Damas de copas

Cecília Costa

Damas de copas

EDITORA RECORD
RIO DE JANEIRO • SÃO PAULO
2003

CIP-Brasil. Catalogação-na-fonte
Sindicato Nacional dos Editores de Livros, RJ.

C871d Costa, Cecília, 1952-
Damas de copas / Cecília Costa. – Rio de Janeiro: Record, 2003.

ISBN 85-01-06484-X

1. Romance brasileiro. I. Título.

03-1358
CDD – 869.91
CDU – 821.134.2(81)-1

Copyright © 2003 by Cecília Costa

Capa: Victor Burton

Direitos exclusivos desta edição reservados pela
DISTRIBUIDORA RECORD DE SERVIÇOS DE IMPRENSA S.A.
Rua Argentina 171 – Rio de Janeiro, RJ – 20921-380 – Tel.: 2585-2000

Impresso no Brasil

ISBN 85-01-06484-X

PEDIDOS PELO REEMBOLSO POSTAL
Caixa Postal 23.052
Rio de Janeiro, RJ – 20922-970

EDITORA AFILIADA

A Kalu

Prólogo

Carrego este livro dentro de mim há muitos e muitos anos. Uma criança que hoje já seria mulher. Na realidade, a vida, neste caso, estranhamente nasceu de um livro. A ficção construiu a realidade. Pois foi um livro descosturado, apenas esboçado, que maculara com sua perigosa inocência algumas virgens folhas brancas, que fez explodir a vida. Hedionda, convulsa, espantosamente bela. Ódios reprimidos, amores silenciados, roucos de dor e de desejo, amizades mal compreendidas, gestos. Tudo aflorou por causa dele. O livro que já foi escrito tantas e tantas vezes intermináveis, dentro de mim — minha alma é seu pergaminho —, sem que eu nunca tivesse a coragem de escrevê-lo até o fim. No fundo de meu ser, eu praticamente o sei de cor, como um poema aprendido na infância, aquele poema que nunca aprendi, porque, sendo ruim de ouvido, nunca aprendi poemas na infância. Não tenho música, mas ouço e faço sons. Sou capaz de virá-las dentro de mim, as palavras, contorcê-las, recriá-las, tecê-las e destecê-las, fiá-las e desfiá-las para que nunca acabe o fio da máquina de fiar e eu nunca me pique, nunca acorde. Sim, trago as palavras trancadas dentro de mim como se fossem um jardim dourado, sedento por vida, lágrima, orvalho, que de repente emerge, queima o sol com seus raios, inunda a planície, os campos, as esquinas, os becos e as ruas da cidade com as cores quentes das emoções. Bebo as palavras e me cego, fecho-me para o mundo, adormeço no prazer das flores de meu interior. Escrever, neste caso, seria me separar dele, não? O meu jardim secreto. Guardei-o em gavetas, pastas. Compartimentos selados do meu cérebro e do meu coração, embriagado por estar preso nesta doce teia da memória. Mas eu sabia que em algum momento teria que terminá-lo. Libertá-lo de sua prisão. Deixar a paixão voar. Como um rouxinol ferido que quer cantar o último cântico. De êxtase pela existência que se finda. Por nós. Todas nós. A palavra é uma faca, uma bofetada, mas também pode ser uma carícia, uma brisa, um toque ou uma ruptura. Um beijo soprado que atravessa o tempo. Éramos belas, como éramos belas e jovens, com nossas imperfeições, nossas peles macias ou secas, pernas finas, grossas, bem ou mal torneadas, braços carentes de abraços, seios pequenos e pontudos, que nunca amamentaram, narizes empinados, e, tolamente, como nos achávamos velhas, vividas, despertas, conscientes. Aos trinta anos, já tínhamos dado tantas voltas ao mundo, em espaços fechados ou abertos, tantas paredes haviam ouvido nossos gritos, de horror ou gozo, nossos corpos já estavam tão cansados de amar, que nos considerávamos mulheres feitas. E, ao mesmo tempo, como éramos tolas, de nada sabíamos. Não controlávamos nossos sentimentos. Nos achávamos livres e carregávamos fardos, espectros. Passados que gemeram ao som das palavras. Estremeceram como arbustos violados pelo vento e nos curvaram. Palavras que nos machucaram, fizeram com que nos dobrássemos doloridas sobre nossos ventres ocos. O sangue rolou no chão. O sangue de espasmos que era um rio de desvario. Sim, deliramos. Cortamos nossos corpos e vínculos como se nos cortássemos com giletes, navalhas, tesouras afiadas e não signos sem gume. E como eu quis lamber-te, consolar-te em tua dor, Maria. E como eu quis amar-te, a ti e a tua perna doente. Maria, Estela, Joana, Eliane, Rosa, Marieta, Mariana, Das Dores. Minha mulher cor de barro, consciente do peso do mundo, a quem dedico as asas deste livro agora liberto.

Soube ontem que o Armando morreu. Só ontem, Maria. Estava morto há anos, era cadáver, osso, verme, pó, e voltou a morrer ontem. A morte é assim. As pessoas morrem para cada uma das outras em separado. Sim, são várias as mortes. Quem se vai deixa um rastro de perdas, memórias. Os sentimentos que explodem dentro das peles, de uma só vez ou aos poucos, são diferentes. Cada epiderme reage de forma única. Com eczemas, pruridos, cicatrizes que ainda coçam, anos, séculos depois, ou contrações. Manchas vermelhas resplandecentes, sangüíneas, que bordam no corpo enigmáticos baixos-relevos. Pompéias de dor. Cidades, grutas abandonadas dentro do corpo. Espasmos. Soluços. Lágrimas. Em mim, a notícia, seca e abrupta, caiu dentro dos vãos das artérias do coração como uma pedra de gelo, uma espátula de neve. E os cristais em forma de rosas se espatifaram lá dentro, voltando à tona como suave água tépida que inundou a moldura do rosto, transformando-o num quadro deformado pelas gotas salgadas do tempo. Sim, o tempo voltou. Como uma rajada de vento, uma maré forte batendo na janela. Violenta, impiedosa.

Em um segundo, vi tudo de novo. Transparências. Vultos. Tules. Túnicas. Véus. Ampulhetas. Amarguras. Desejos.

Clepsidras. Vi o rosto de Armando dançando no éter. Os óculos grossos, o nariz grande, de italiano do Mezzogiorno, os cabelos negros revoltos, fartos, o sorriso doce de menino grande que enternecia e consolava as mulheres. O braço só nervos e músculos, tão fino e branco. As veias azuis, tenras... Se eu estendesse meu braço dentro do nada, sei que tocaria o dele, vivo e eterno no ar. Arrepiei-me e chorei. Por detrás de Armando estavas tu. Teu rosto, tua dor. Nosso passado.

Eu participava de uma reunião de trabalho, quando recebi a inassimilável notícia, assim, de supetão, fria e inconscientemente transmitida por uma boca qualquer perdida no oco do espaço e do tempo, uma boca inconseqüente, leviana, e eu mesma me surpreendi com a irrupção do choro copioso, inesperado. Eu, que nunca chorava, que susto levei com a contração automática de minha face, o ríctus impossível de ser controlado, e com a queda do que me pareceu uma torrente marítima que desceu até as fímbrias de meus lábios. As pessoas que me cercavam, atentas às notícias do dia, nada entenderam, é claro. E eu pouco me importei. Porque naquele momento elas não importavam em nada. Estavam na outra margem do rio. Chorei, chorei sem parar. Chorei o tempo que não voltaria. As perdas. Tempo que de repente se fez presente, avolumou-se, imenso, como um carvalho, um salgueiro chorão cujos galhos houvessem explodido no centro da mesa carcomida da redação, tornando mais quente aquele ambiente árido, funcional, todo feito de gelo, lâmina, vidro, o aço das invejas e das competições. Sim, nascera uma árvore em frente aos meus olhos esbugalhados pelo despertar da consciência. Uma árvore frondosa de vida. Pois naquele momento, o momento no qual as lágrimas desceram pelo meu rosto e senti o peito chegar a dar solavancos de agonia mesclada ao espanto, percebi que, de certa forma, amara Armando, sua rara generosidade máscula. Percebi que, apesar de toda a tristeza e de todo o sofrimento, do rompimento e das brigas, fora um tempo feliz, o nosso. Um tempo irresgatável.

Lembrei-me de Chantal, da cama vermelha, sem espaldar, nua de enfeites, das tartines e das quiches. A luxúria do paladar, dádiva daquela francesa alegre e corpulenta, sinceramente afetuosa. Lembrei-me da ruidosa confraternização em torno dos quitutes que demoravam às vezes dois a três dias para serem preparados, e das festas. Vi tudo, nitidamente. Como eram profundas as nossas raízes. O tempo dançou no ar. E pensei em te ligar. Estivesses onde estivesses, para que chorássemos juntas novamente, para que ríssemos até cair no chão, rolando sobre nossos ventres virgens contraídos por nossas gargalhadas nervosas, atônitas por nos permitirmos tantas bobagens, romper por segundos nossa camada rígida de mulheres sérias, cheias de ideais e de utopias, jogar ao chão a nossa falsa capa de contenção. Os bons modos. E comentar de novo, com lágrimas nos olhos provocadas pelos espasmos de alegria, o jeito estranho de alguém coçar o olho, uma percepção nova sobre a realidade que nos circundava ou apenas um trocadilho, uma bobagem da língua, uma armadilha, um tropeço. Marco Antônio entre os pacotes de roupas, naquele cubículo de shopping transformado em depósito, tentando ser vendedor sem nunca o ter sido, ou tu,

Maria, horas e horas trancada no banheiro, vendo a cascata de urina que não acabava de acabar, só porque deras uma breve tragada, uma das primeiras (tinhas medo, lembra?, por causa da cabeça, tinhas medo de ir e não voltar...). Quando conseguiste enfim sair de lá, a bexiga aliviada, o líquen da cor de ouro velho iluminando o vaso, rias, rias, rias desprendida e feliz com o teu próprio descontrole. E nos entreolhamos, admiradas. De teu riso, de tua demora, teu alegre desvario.

Foi Armando, recorda?, quem me fez morar de novo com Beth. Armando, percebo agora, encarnava o lado bom de Beth. O único, talvez. Por causa dele, devido à doçura de sua intercessão, esqueci tudo o que havia ocorrido antes e voltei às cegas, deixando a intuição de lado. Como fui burra, Maria. Mas ele, tu bem o sabes, tinha uma fala mansa, pausada, a simplicidade e sabedoria dos anjos e das crianças, de homem que amava peixes, conchas e pérolas, atingindo com sua ternura e boa vontade fluidas o tecido de nossas peles além, muito além da trama do cérebro. Era só carinho, afeto, e sabia ouvir. Como é raro saber ouvir. E como gostava da vida. O tempo e suas trapaças o partiram ao meio. O diabo ri no tempo. O tempo que nos separou a todas, como um rio caudaloso, sem beira. Um rio selvagem, que transbordou pelas margens e emudeceu os sinos de nossas festas. Os guizos de nossa edênica felicidade. Nossos momentos perfeitos, oníricos, e estranhamente também tão desesperados. Nossos momentos-limite. Tanta era a nossa vontade de engolir a vida, a maçã e a serpente, com caroços, gosma e veneno. A goiaba e os bichos. Éramos vestais e hetairas. Ávidas concubinas de nossas esperanças.

Rosas, anêmonas, ranúnculos, lírios, rosmaninhos, rododendros, papoulas, girassóis, espadas-de-são-jorge, hibiscos, samambaias, violetas, hortênsias, orquídeas, cravos, margaridas, ravinas, clareiras, vales. E o verde, o verde fosfóreo das folhas e dos ramos ciciando ao vento. Alma em movimento. Pés de Mercúrio. Asas. Naquele momento, uma estrela cortou o céu.

Ou foi um pássaro noturno? Voltar. Voltar atrás. Encarar a dor de frente. Arrancar da pata o espinho. Foi no dia em que foste embora que tudo começou. Tua partida foi o estopim, a pólvora, o rastilho. Marcou no chão o caminho da desavença e do fogo. Quando voltei, à noite, já não estavas mais lá. Sim, claro que eu sabia. Eu mesma te vira partir, te ajudara com a mala até o táxi. Aquela mala na qual carregavas teus parcos pertences. Tuas lembranças de Paris, teus discos, tuas leves saias francesas, de fundo preto ornamentado por pequeninas flores silvestres, madressilvas, deviam sambar lá dentro. Tuas sandálias. Teus lenços. Mas eu não esperava por aquela sensação de deserto. Eu e o vazio, Maria. O tempo todo o vazio. Um vazio espectral. Lêmures. Esgares de fantasmas refletidos na retina. Abri a porta e subi as escadas. Lentamente. Passos receosos, cuidadosos. Depois do que acontecera, estava com muito medo. Temia encontrá-la no corredor, mas não, ela não estava lá. O alívio veio seguido do choque.

Foi do corredor que vi brilhar o gélido luar nacarado, metálico, o dorso branco saindo pela porta, ombro agressivo a avançar sobre mim, como se me dissesse *en garde*. Onde está tua arma, o teu florete? Amarga e prosaica ironia. Quando a minha arcaica arca de gelo quebrou — aquela velha Frigidaire que trouxera do quintal de minha mãe, lembra?, ficamos mais de um mês sem ter onde pôr a comida, até eu tomar coragem — sempre fui uma doidivanas com o dinheiro, herança paterna — e peitar as míseras 24 prestações, que mesmo míseras estourariam o meu não tão dadivoso orçamento. Ninguém se coçou. No teu caso, tudo bem, eu sabia que não tinhas tostão. Vivias de tua humildade. Já Carla era tão desligada da realidade, da nossa e da externa, tão além das portas, basculantes, geladeiras e janelas... Mas Beth, que se fizera de morta quando ficamos mais de uma semana empilhando os víveres em cima do mármore da pia, como conseguira arrumar aquela outra geladeira assim tão rápido, da noite para o dia? Qual fora a magia? A bruxaria? Que mágica que nada. A necessidade e o ódio fazem o homem, e a mulher.

Na sala, retirara todas as minhas coisas do armário, aquele que fora uma contribuição dos pais dela e que havíamos reformado juntas, com o auxílio do italiano, aquele homenzinho ridículo que usava rabicho e tinha um nariz aquilino — e que se achava extremamente sedutor sem sê-lo, tu te recordas, Maria? Tínhamos chegado a lixá-lo juntas, ajoelhadas no chão. E nos embriagáramos depois, findo o trabalho, arfantes diante da vetusta beleza recuperada. A madeira antes escura adquirira um tom marrom-claro brilhante. Agora lá estava ele, a boca escancarada, sem dentes. Morto por dentro. Caixa de madeira inútil, sem o mistério de seus guardados. Espalhados pelo chão, numa desordem furibunda, meus copos, os pratos, os talheres, as toalhas, as travessas, os descansos, as caixas de bombons comidas pela metade, as garrafas de bebida abertas, uma delas entornada, deixando escorrer uma mancha licorosa pelo já maltratado carpete verde, panos de prato com pontas de crochê cerzidas por avós e primas, inúteis presentes natalinos, um brinco sem o par, fósforos, grampos, elásticos, recortes de artigos de jornal que haviam nos chamado a atenção, sei lá a razão, tantos foram os anos juntas.

Um frio me feriu o estômago. Ouvi o zunido. O risco da bofetada cortou minha face dentro do diáfano espaço da imaginação. Era fácil formar as imagens, montar a cena do quebra-cabeça. Fácil ver a agitação nervosa com que derrubara tudo, chegando a rosnar como cadela raivosa em fúria, segurando no peito o desejo histérico de rasgar e quebrar. Pisar na louça. Nos poucos copos de cristais que sobreviveram às nossas inúmeras festas, como uma bacante enlouquecida. Rasgar a toalha bordada. Fazer dela tiras. A toalha da Ilha da Madeira que eu ganhara naquele tristonho e equivocado noivado que nunca chegara a se transformar em casamento. Muito pelo contrário, se transformara em cupim, rendas esburacadas, fogueira de enxoval comido pelas traças.

Corri para a cozinha. Um pressentimento. Ah, a cozinha... era óbvio. Nos últimos meses, transformara-se num verdadeiro *front* de batalha. E lá estava a linha Maginot. Os dois pálidos ventres elétricos chiavam, quase que rosnavam, olhando-me de soslaio. A imaginação, premonitória, mais uma vez, não falhara. Oh, dom! Oh, dom! Não era dom, era uma maldição. A geladeira dela fora o sinal, a lança. Abri as portas do armário, lentamente, preparando-me para o baque nos olhos, o esmigalhamento de nossa cotidiana realidade, falsamente harmoniosa, e vi tudo dividido. Umas prateleiras haviam ficado com as minhas coisas, e outras com as delas, aquela profusão de produtos macrobióticos. Tudo metódica e friamente separado, apesar da histeria, das mãos trêmulas, quase que em êxtase pela ação malévola. E lá estavam as raízes, o gergelim, o arroz integral, os biscoitos de centeio, o molho de soja. Impressionante como pessoas doentes se envolvem profundamente com as teses e teorias de vida saudável, yang e yin. E, após muitos purês de batata-baroa e inhame, adquirem um falso ar estóico, uma palidez de santo de barro, faquir de feira esfomeado. Respirei. E me encaminhei para o corredor, já sabendo o que iria encontrar.

No armário do corredor, próximo aos quartos, a mesma maluquice demarcatória: tudo separado. Como nem tudo o que era meu (um meu que era nosso, na realidade) coubera nas prateleiras que ela me destinara, minhas tolhas de banho, cobertores e lençóis esparramavam-se novamente pelo chão, acolchoando languidamente a entrada do banheiro. Não chorei, Maria, não senti ódio. Era tudo uma agonia só, um bolo na garganta, uma surpresa suja, desagradável, que acelerava meus batimentos cardíacos à medida que eu ia verificando a que ponto fora a loucura de Beth. E o ódio.

Aquela mixórdia de sentimentos retorcidos, diabólicos, conspurcava a mim mesma, como se as nódoas do mal pudessem entrar pelos meus poros e envenenar meu sangue. Depois do que me dissera, empunhando a faca na mão, logo após a porta ter batido atrás de ti, após as nossas últimas — e para mim desesperantes — despedidas, o táxi na rua à tua espera, depois da desagregação do que antes fora o nosso lar, porque houve um momento em que construímos um lar, um lar de quatro mulheres, mas um lar, meu medo maior era o de ser agredida.

Agredida fisicamente, mesmo. Deus me deu uma imaginação doentia que me faz sofrer por antecipação (acho que aí começa a minha briga com Deus ou com os deuses. Os presentes, as dádivas, se tornam bumerangues). Vejo o que poderá acontecer na agudeza lancinante de suas múltiplas possibilidades, variações. Morro várias vezes ao dia, na imaginação. Mas desta vez não era só imaginação. Um carro cortando o meu carro, uma bala no sinal. Um túnel fechado por traficantes. Era um fato. Irreversível. Impossível tentar desviar a cabeça, o corpo, acelerar a marcha. A violência ainda se fazia presente, monstruosa, disforme. Eu a sentia transpirar e umedecer as paredes, como um animal a me espreitar, a me seguir. Uma pantera, um tigre traiçoeiro pronto para dar o bote no vazio.

Em teu lugar, no lugar de meu amor por ti, ficara aquele veneno sem cor e sem cheiro. Meu desejo era não ver Beth nunca mais. Nem mesmo após a morte (e muito menos, ah, se eu soubesse, em sonhos. Pois como ela haveria de me perseguir no que mais eu amo, o sonho, com o descanso virando pesadelo). Não vê-la. Não ouvi-la. Por medo de ser ferida novamente, estripada viva, Marsias, Marsias, num ritual pânico de harpia trágica, e por um certo asco de toda aquela situação. Asco que chegava a me deixar com uma sensação de enjôo na garganta. A água quente, pantanosa, que fica no fundo do estômago, teimava em voltar à boca, inundando a saliva de desgosto e terror. Mas teria de ver. Ouvi-la cantar, fingindo que tudo estava bem. Que ela estava totalmente no controle da situação. Sim, eu ainda não escaparia de ver Beth. E seu nariz torto. A bruxa da cancela torta, do caminho torto, da árvore torta, do "Mundo das Crianças". A casa ainda estava úbere de lembranças. Tuas lembranças, Maria. E eu não tinha para onde ir e não queria partir. Essa era a verdade. Ir embora seria perder um pedaço de minha alma. Teu fantasma e a casa me habitavam.

Eu via tua imagem na penumbra, sob a cúpula do abajur, opaca e luminosa como uma visão lunar noturna, sonambúlica miragem na aridez da casa vazia, desentranhada, violentada por tua partida. Via teus olhos faiscarem pelas paredes, vagando vaga-lumes pelos ares pútridos. Cada canto, cada esquina empoeirada do corredor branco, maculado pela sombra de alguma aranha a tecer sua pegajosa teia, escondia o brilho de tuas pupilas.

A casa, toda ela, ficara verde. E fosforescente. Como uma floresta de percepções. Sair dali seria perder a pele. O corpo que anda dentro do corpo. Mas mesmo assim, quando olhei os sinais daquele ataque silencioso, todo aquele rito de separação que tinha como objetivo me dilacerar, desmembrar — ou apenas magoar —, assim como a faca que empunhara, mas não tivera a coragem de usar, pensei em estar a mil léguas dali. E deixá-la sozinha, latindo louca, ou a entoar seus monocórdios motetes, dentro daqueles gastos metros quadrados que haviam sido mágicos, encantados, sacrílegos e, para mim, tão sagrados. Paredes, portais, janelas, batentes, assoalhos e varandas que nos haviam visto dançar, girar no ar, amar sem freios, com sofreguidão, entrega e liberdade. Pensei em deixá-la sozinha com a lua. A lua e suas sombras pálidas, femininas. Marítimas. Sangüíneas. Nebulosas. E chorei sem chorar lágrimas secas. Morta de dor, Maria, pela miséria de tua partida. A minha miséria.

Anêmonas, rosas, jasmins, campânulas, hortênsias, rododendros, corolas, corifeus, pistilos, pólen. Ana escrevia contos infantis, histórias de saltimbancos, unicórnios e princesas de três olhos, que catavam estrelas na cabeleira do universo como quem cata piolhos na cabeça de filho. Catarina era uma pessoa prática. Dominava a casa pelos detalhes. Era a única que tinha uma caixinha com coisas imprescindíveis, como tesourinha, agulha, linha, alfinetes de cabeça e de segurança, e broches antigos, de prata em filigranas. Seu espírito ficava aprisionado em uma gaiola. Quando tocava com seus dedos magros o violino que retirava do armário chumbado em ferro que trazia dentro da jaula da alma, ele se soltava, as cordas gemiam e ela mesma se assustava. Livre, o espírito da música flutuava no éter, leve, leve, leve, airada nuvem. E formava paisagens. Os corpos, amolecidos, fremiam. Catarina, aterrorizada com seu próprio poder, guardava então o violino, fechando a tranca do armário com suas chaves plúmbeas, e o deixava lá esquecido de novo por eras sem fim. O som, antes tão forte, capaz de quebrar vitrais, esmaecia, virava gemido, até sumir em sua totalidade e ficar mudo e triste em sua prisão. Como um cão escorraçado, aprisionado em sua guarita, à espera da gentileza do dono e da libertação. Bela parecia que tinha vindo de outro mundo, o mundo além-paredes, o dos espelhos e das aparências. Transitava pela casa como se nela não estivesse, transparente cristal. E quando partia às vezes demorava a voltar, se perdia no mundo lá fora, o das pessoas que envelheciam. Mas o estranho é que voltava. Voltava sempre, com a face carregada de mistérios. Às vezes nublada por sofrimentos silenciados, às vezes iluminada por êxtases. Por que voltava para aquela casa sem homens, para que voltava, ninguém sabia. Talvez para recobrar as forças para novas partidas. Ou um novo destino. E havia Alma, praticamente desencarnada, emoção pura, instinto, nervos. No verde de seus olhos, nos abismos de seu passado — de onde viera? de que mata, de que selva, de que Letes? — naufragava qualquer um. A pele era uma seda escura, que ela gostava de tostar ao sol. A melanina dava a sensação de que ela era real, corpórea, nascida na terra. Vê-la já era uma carícia. Por travessura, ou, quem sabe, arte, sortilégio, às vezes se tornava invisível. Transmudava-se em alma mesmo, alma pura. O tempo, na casa em que moravam, estava parado havia tempos. Quando não há amor, o tempo pára. Fica congelado, hiberna, à espera *da primavera, da floração, da explosão do desejo. As mutações ocorrem, assim como a agonia das estações, mas apenas dentro da alma, muito lentamente. Ana ficava sempre escrevendo os contos. Quando não os escrevia, sentada à máquina, fazia-o na mesa de mogno de sua cabeça fértil. Os olhos ficavam distantes, distantes. Perdidos em suas brumas e desertos. Catarina bordava. Tricotava ou lia, silenciosamente. Bela, a estrangeira, cheia de segredos, segredos terrenos, tinha a mania de guardar todos os doces que ganhava em suas idas ao exterior numa arca dentro do quarto. Nunca os dava para ninguém, mesmo que estragassem, embolorassem. Talvez ela fosse a única que estivesse aguardando alguém. E Alma sorria. Por onde ela passava ouviam-se acordes. As notas a seguiam, como as crianças seguem os elfos e as fadas. Gostava de cantar baixinho melopéias suaves, e de dançar pela casa, espalhando sua morenice de cigana pelo assoalho. Sua sombra dançava nas paredes, criando no branco fantásticas fantasmagorias.*

Mas às vezes entrava em tristezas profundas, infindas. Só ela sabia a origem da dor. Será que queria voltar para o lugar de onde viera, onde só havia a música de rios ou de regatos mansamente azuis, que clareavam o seio das florestas, cascateando lá de cima das colinas até o sopé e zunindo o riso franco das ninfas, a tecerem entre as folhas das árvores um burburinho parecido com o das abelhas em sua faina diária? Sua tristeza fazia Ana parar de escrever, Catarina parar de bordar ou de ler, e Bela de não fazer nada. Coçar a cabeça ou o peito do pé. Fazer as unhas. A casa, então, ficava sem alma. Até que Alma se esquecesse de sua tristeza e voltasse a sorrir. E a dançar. Até que a sombra da roda de sua saia florida incandescesse novamente e voltasse a ornamentar as paredes de pedra da casa com a leveza dos guarda-chuvas chineses. Alegorias. Metamorfoses.

O que mais me intrigava era como fora possível guardar tanto ódio por tanto tempo... Difícil de entender. Todo aquele rancor acumulado dentro daquele peito amargo, ruminado anos e anos no buraco fétido onde chocalhavam os ossos de suas costelas. Buraco de bichos mortos. Cemitério de múmias. A maldade e o ódio a secavam. Meu Deus, não tenho dúvida alguma. Ela queria me matar. Não usou a faca, que segurava nervosa, quase que a acariciando como a um gato ronronante enquanto brigava comigo, porque não soubera como passar da vontade ao ato. O gesto era o de quem queria enfiá-la em minha carne, no seio, no ventre — retirar de dentro de mim o meu amor por ti, meu alento, fazê-lo se esvair, com a quentura do sangue derramado no assoalho —, mas Beth, apesar de louca, nunca fora boba. As emoções estavam descontroladas, mas ela era sempre racional o suficiente para saber o que aconteceria, caso me matasse. Teria que ter arquitetado tudo antes, saber onde esconderia o corpo, em que mala enfiaria os meus sangrentos pedaços, ou ter comprado o ácido, para nele dissolver o cadáver, na banheira que não tínhamos. Lera lá o seu Dorian Gray. Assim como surgira do nada uma geladeira, teria sido possível também surgir repentinamente uma banheira, se este fosse o caso em sua mente mórbida. Do dia para a noite ou da noite para o dia. Sim, eu já notara que tudo era possível. O ódio também construía. Mas o fato é que ela não arquitetara a minha morte, o meu sumiço. Foi o saber que tu partiras que a levara a empunhar a faca. Tua saída da casa onde um dia fôramos tão felizes, todas nós, mas que há muito perdera a alegria, fez nascer dentro dela uma força inaudita, a dos seres encegueirados pelas emoções.

O vazio deixado pela ausência de teu corpo enchera-a de desejo de vingança, vingança, quem sabe, por nossa felicidade hedonista — ela não era muito amiga de felicidades — ou pelo fim dela, sei lá. Os loucos não têm lógica. E mais do que a enchera, inchara-a do desejo de me esmigalhar como se eu tivesse de repente me tornado uma mera pulga, uma barata rasteira e indefesa, por me encontrar separada de minha fonte de força, meu raio, meu halo, minha chama, ou seja, separada de ti. E eu sentira com estupor o baque, a violência da malignidade adormecida, então despertada como lava de vulcão em erupção, enquanto ela empunhava a lâmina em minha direção. O ar ficara impregnado do doce e enjoativo perfume da ânsia de destruição. Extermínio. Ela queria rasgar o desenho de meu rosto, revirar minhas entranhas, minhas vísceras, minhas veias, à procura do motor anímico que me movia. A mola, o pássaro Bo ou fosse lá o que fosse que me desse vida. Porque passara a odiar tudo em mim. Tudo. Minha existência, minha respiração doíam em Beth como uma chaga, uma ferida mal tratada, gangrenada.

Na mente dela, eu, com minha mania de bondade e de perfeição nos relacionamentos humanos, aquela quase que minha obsessão em criar alegrias e harmonias feéricas, pesava como estátua rediviva de um campo-santo para onde deveria voltar. Voltar com os olhos vazados pelo que vira. E ouvira. Sim, as palavras que me jogara na cara, branca, branca, lírio pútrido e lívido maculado por vermes e pragas, segurando a faca na mão. Cada uma delas caíra nos meus ouvidos como óleo quente, azeite. E quase atingiram o cérebro e o pasmaram para sempre. Ela sabia, ela era do *métier*: palavras me feriam, abriam a minha carne mais do que gumes, dardos ou pedras. Balder, Balder, eu também tenho meus pontos fracos. O significado torpe dos signos sibilados bailou no ar, como flecha envenenada. Ferro em brasa. Me senti queimada numa fogueira. Esmeralda. Sara. Valpúrgis. O fogo, a lenha e o óleo eram as palavras. Bolas ígneas de perversidade que tentavam invadir o meu castelo, lançadas com fúria hercúlea de erínia sobre as muradas, tendo a língua como catapulta. Como eu era ingênua. Sim, naquele momento eu vislumbrei a intensidade de minha ingenuidade e ela foi a causa de minha tonteira, do nojo que engolfou meu estômago e minha boca. Nunca acreditei ou imaginei que alguém conseguiria um dia me odiar tão profundamente. E querer me aniquilar com tamanha sanha, violência. Daí a dor, brutal, incompreendida. O apatetamento. O sentimento de estar sendo quebrada por dentro, em mil pedacinhos.

    Areia de mim. Vidro. Pus. Sangue. E a inação. A total inação. Pensar que depois ela iria adorar ouvir de meu pai aquela história de que a briga tivera a violência de um casamento que estava a se romper... Acharia tão psicológico, uma interpretação tão fina... Só meu pai mesmo para falar tanta besteira. Éramos quatro mulheres. Não havia casamento algum. Hoje, não tenho mais dúvida, o que mais me irritara e ao mesmo tempo fora razão de intenso estupor fora perceber, então, a minha lerdeza, a minha falta de antenas, defesas, o meu bom-mocismo, o fato de eu não ter antecipado nada, não ter pressentido que poderia ocorrer uma explosão um dia, não ter visto na testa dela, desde o início, a marca, o risco, a cicatriz deixada pelas voluptuosas noitadas no Harz. E não ter sentido a fluidez do rio que corria sob os nossos pés, volumoso, barrento, cujas águas presas, seus galhos úmidos e folhas apodrecidas, soterrados por debaixo dos tacos, estavam a minar os alicerces do velho casarão. Não ter ouvido o ruído do córrego monótono, ancestral, que deslizava no solo encoberto pela estrutura da casa, muito abaixo do assoalho carcomido pela usança. Córrego onde há muito enxaguávamos nossas sensações, nossos humores, nossos corações. Se o tivesse ouvido — que falta um ouvido não faz — teria me armado. Elevado minhas muralhas até a boca do céu. Posto guardas nas guaritas das torres. Ferrolhos nas portas e nos portões. Erguido a ponte levadiça ao céu. Mas como eu era boba. Complacente até.

Às vezes a achava ruim como um demônio, quando acordava de manhã já xingando o dia, enfurecida com o mundo, ao arrastar as chinelas esburacadas pelo corredor. Mas às vezes eu acreditava nela, me equivocava completamente, concluindo — porque estava habitualmente disposta a tirar conclusões apressadas, sempre pela harmonia na casa — que se escrevia um texto bom sobre uma atriz de teatro, cheio de sentimentos, interpretações delicadas, era impossível não haver nada de vivo naquele coração seco. Um arbusto ou pelo menos um cacto com uma flor, mesmo que amarela ou lilás, logo eu que gosto tanto do vermelho (quanto tempo, oh, quanto tempo de espanto e de erro, quanto tempo de concessões para aprender que estilo não é medida de caráter).

Fui tão boba, tão boba, Maria, que não me assustei nem mesmo quando ela começou a me deixar cartas por debaixo da amarelecida porta do quarto. Cartas torpes, que deslizavam pela fresta próxima ao chão na barriga da madrugada e nas quais ela me dizia que eu era o teu pau, Maria. Teu gozo. Cartas com interpretações loucas. Satânicas de tão más. Terias deixado Ramiro por mim, apenas por mim, por minha causa, minha influência, meu desejo, e por isso, alertava, tão amiga minha que era, eu devia ter muito, muito cuidado. Meus atos impensados teriam conseqüências funestas, avisava. Normalmente eu estava desperta, escrevendo meus poemas e histórias, sonhando acordada, quando o papel escorregava por debaixo da porta, sorrateiro, ofídico. Eu ouvia o guizo, o cicio, o chocalhar. O cio (havia prazer naqueles atos). A mão do outro lado sumia rápida, rasgando o ar com seu impulso frenético. E de novo as mesmas palavras. Acabaras tudo com Ramiro, perderas Ramiro, dizia ela, porque eu te envenerara com a minha paixão. Era tão claro, afirmava, como que eu não vira isso, eu, que fingia tudo ver, tudo saber? Tudo dera errado em teu namoro, obviamente, por eu existir. Por te querer. Por te amar. Mas ela não ia dizer isso a ti. Nunca!!! Nunquinha. Eu não precisava me preocupar. Ela era minha "amiga", frisava novamente, escrevendo o amiga com letras maiúsculas, alegóricas (o parco estudo de alemão resultara nesta mania por caixas-altas, tão prenhes de significados). Estava apenas tentando me auxiliar a não cometer novos erros, acrescentava, conciliadora na infâmia. Esperava que eu enxergasse que o que estava acontecendo entre nós duas não poderia continuar a acontecer sem riscos para nós... e tomasse uma atitude.

Que atitude, Maria, deixar de te amar? Abandonar-te? Deixar de conversar furado no canto iluminado do abajur, quando nós duas chegávamos do trabalho, até o sono chegar, pesar nas pálpebras, e eu sentir minha alma voar, livre, atravessando os portões ignotos do cosmo, porque voavas também ao meu lado, como uma irmã? As irmãs que eu perdera na distância de minhas procuras, os meus espelhos embaçados e convexos?

Ela é que não estava entendendo nada, mas como explicar? Queria que eu te expulsasse, era isso? Da casa ou de minha alma? Como explicar que eu te amava, mas que isso não tinha nada a ver com Ramiro? Que eu nunca te impediria de amar Ramiro? Ou qualquer outro homem? João, Mário, Roberto, ou seja lá quem fosse com um pênis entre as pernas. Era tudo tão diferente! Eram outros os sentimentos. As vertigens. Outro o prazer. Eu lia as cartas e as rasgava, esperando que o surto passasse. Não, não prestei a atenção devida, por isso não me perdôo. Nunca mostrei essas cartas a ninguém, nem mesmo a ti, Maria. E não guardei originais ou cópias. Lamento. E como. Porque hoje eu ainda penso, será que as inventei? Será que as imaginei na madrugada, como tudo o mais que eu imaginava madrugadas adentro? Aquelas maledicências? As tortuosas interpretações analíticas, de quem fez dez, quinze anos de análise sem nunca ter saído de seu próprio lamaçal, seu círculo de doença e de fogo? A letra nervosa, descontrolada, esparramada pelas folhas, crescendo no papel, se avolumando como garrancho em desarranjo?

Havia dias em que as cartas vinham escritas a máquina e as análises ficavam mais doentias ainda, porque vinham na forma e fôrma frias dos tipos da máquina, sem a quentura da mão. As análises doentias, os disparates, adquiriam uma ordem, ou pelo menos uma aparente forma ordenada, e essa tentativa falsa de transparecer saúde, regra, dava vontade de vomitar, pôr para fora o horror. Terá sido um delírio noturno? As frases monstruosas? As acusações? A torpeza? Inventei as cartas escorregando na noite, sorrateiras, venenosas, inventei a doença de Beth? O ódio? Cheguei a este ponto de delírio? Eu também não me espantaria, porque depois do ódio de Beth nada mais me espanta. Pois como pudera, logo ela, que tinha ojeriza a paixões descontroladas, nelsonrodriguianas, considerando qualquer caso de amor ou comportamento não convencionais desregramento puro, sandice — geralmente tapava os ouvidos para não ouvir as histórias que eu contava, ou inventava, de atos incomuns dos comuns dos mortais, muitos deles de minha família —, como ela pudera perder tanto o controle? Acusava-me de louca lúbrica e lésbica e estava se comportando como uma.

Há um pó de deuses mesmo no inferno. A rasteira e desocupada imaginação a esmagava, tenho certeza. Devia contorcer o corpo na cama de febre, raiva, ciúme. Sim, ciúme. Agora chego a pensar nesta hipótese, ciúme. Mas para ter ciúme é preciso amar. E ela, na realidade, era apenas maldade, torção, perversão, sentimentos pútridos. Malícia. Inveja. Lascívia. Escuridão. O avesso do amor. Nada queima mais do que a maldade, a inveja. E posteriormente o ódio, o ódio cego, a borbulhar no peito, querendo extravasar em atos. Assassínios. Humilhações. Ignomínia. E se os atos não fossem possíveis, que pelo menos as palavras agissem E se não matassem, já que palavras, de cara, não conseguem matar, que ferissem de morte, criando úlceras no corpo e na alma que nunca se curassem, ou violassem os sonhos. Sim, meus sonhos seriam violados. E eu escrevo, escrevo, porque quero o lacre de volta. Palavra contra palavra. Eis a minha arma, amiga. Minha única adaga.

Ele pegou a estrada iluminada pelo sol, quente de mormaço, o homem que veio do nada. Nas costas, uma mochila leve que parecia praticamente vazia. Sabia para onde ia. Não parou em cidade alguma. Era esperado. Fazia muito tempo, mesmo que não o soubessem, que ele era esperado. Dentro da mola do tempo. E não apenas por Bela, a estranha. Bela, a terrena Bela, sentia alguma coisa no ar, era dada a esses sentidos, percepções, mas as outras também o sabiam, mesmo que não o soubessem. Tinha essa certeza, o homem ruivo, aquele que trazia o beijo dos astros nos cabelos revoltos. E que se embevecia com as cores. Quando olhava para o céu e via os feixes de luz atravessarem a transparência do éter, as agulhas luminosas, as flechas no azul, fechava os olhos mornamente e imaginava telas castanhas, douradas, tépidas. Mulheres nuas tomando banho em nascentes, o cabelo virando água, o seio jorrando néctar. Corpos gotejados de leite, lágrimas. E em qualquer pedra via musgos que cresciam e se transformavam em árvores, selvas fechadas, inexploradas. Cavernas. Hímenes. Húmus. Como o primeiro homem. Na morte, via a vida e na vida, a solene espera da mulher encoberta. A que traz a noite eterna. Aquela que não tem rosto e um dia nos abraça com seus braços de lesma e nos leva de volta para o abismo cego, do qual ninguém retorna. Ele pegou a estrada com passos firmes, deixando uma trilha fina de pegadas no pó. Sabia para onde ia. Lá onde há muito era aguardado. Trazia o tempo nas mãos. Rei mago, carregava consigo uma ampulheta como quem carrega uma dádiva. Ou um martírio. Um êxtase. Só o tempo dá êxtases. A vida.

Tudo faz sentido quando há muito perdeu o sentido. Quando a proximidade virou léguas, o ruído, silêncio, e a luz apagou-se nas cinzas da memória. Os corpos perderam suas linhas, contornos, arestas, redondezas, volumes. Pelas cartas, principalmente as que foram escritas a mão, com a letra trêmula, eu deveria ter antevisto o que viria. Mas como saber de antemão que o homem com o qual você está se casando é um assassino, um alcoólatra ou um sutil torturador, capaz de uma violência insuspeitada, monstruosa, vampiresca, em troca de alguns orgasmos, ou que a mulher com quem você vai morar um dia vai se transformar numa louca de pedra e cal, uma harpia, um grifo, um monstro marinho milenar, cheio de guelras e de fome?

Beth, Elizabeth Sanders Dorfmann, fora amiga da irmã de uma amiga minha. Havíamos nos encontrado várias vezes na hospitaleira casa branca desta amiga, na rua Tomás Pederneiras. Uma rua silenciosa, tranqüila, de casas pobremente protegidas pela sombra esquálida das esparsas árvores colocadas nas quinas da calçada, sempre maltratadas pelo abandono da municipalidade. Tijuca. A Minas carioca. Interiores, perdições, incestos, loucuras. Paixões recalcadas. Dores. Eu ia ver a minha amiga e ela ia ver a dela. Nessas ocasiões, praticamente não nos falávamos. Nunca gostara do rosto dela. Para ser mais clara, ou franca, nunca fora com a cara dela, pura e simplesmente. Com ressalvas científicas, creio em Lombroso, Gall. Li Balzac. Seus estudos romanescos de frenologia. E dando o devido desconto ao pseudocientificismo do século XIX, não tenho dúvida alguma: os rostos revelam a alma. Rostos claros, almas claras. Desconfie dos tortuosos e sombrios. Se há maldade então, saia correndo. Mas minha amiga jurava que o rosto da amiga da irmã dela não era para ser levado ao pé da letra, ou das linhas. Muito pelo contrário do que insinuava, acobertava uma bela verdade. Primaveras insuspeitadas. Pois na realidade os traços malignos de Alcéia que se viam no rosto de Beth Dorfmann, informava a minha querida Paula, escondiam uma mulher culta, ou ao menos curiosa intelectualmente, que estudara o idioma de Mozart e de Goethe, tocava violino e era muito politizada, preocupada com o social, com a educação, a saúde e o bem-estar dos outros.

Enfim, por mais incrível que parecesse, segundo a versão de minha amiga, a amiga da irmã dela amava o próximo, apesar do estigma daqueles traços, daquele nariz, brincadeira traiçoeira da espátula dos deuses. Ou de um imperfeito Fídias em bêbada decadência. Como nunca fui apaixonada por movimentos políticos, tendo um medo que me pelava de qualquer pensamento coletivo, de massa, costumava mitificar os que tinham o que eu não tinha. E por isso construí em minha cabeça um certo respeito pela desagradável figura. Na realidade, chegava a ter uma certa dose de culpa dentro de mim por não ter participado de ações armadas. Por ter vivido desde o início da puberdade dentro de um romance, os que lera e os que tramara vida afora, com os homens e as mulheres que cruzaram o meu caminho. Mas mesmo com todo o respeito, pelas cartas eu deveria ter previsto a tempestade que se avizinhava, o ribombar dos trovões. O problema é que havia sempre o tal resquício de culpa pairando sobre mim. E a complacência. Por não ter entendido direito o que acontecera com o meu país na hora amarga em que um punhado de jovens, alguns deles adolescentes imberbes, optaram por uma brava militância cujo prêmio fora a morte, e não a revolução, a sociedade utópica, o fim do Estado autoritário, eu perdoava quase tudo em Beth, apesar de não saber até onde ela tinha ido em sua luta. O que importava é que fora mais longe do que eu, não importando a minha juventude nos idos da década de 60. Nada dirimia a minha culpa pela mania de refletir em vez de agir. E a tenra idade não podia ser usada como desculpa, no júri que eu montara para mim mesma, porque eu conhecia muito bem o mundo de fantasia que eu forjara para me esconder.

Conseqüentemente, de coração aberto, esquecia a malquerença instintiva e a tratava como uma espécie de venerável irmã mais velha, levando em conta, na avaliação racional e afetiva que se sobrepunha aos meus instintos, os seus decantados vínculos políticos — alguém, a meia-voz (a época ainda era de medos e de cochichos, tão recente a abertura), mencionara um dia o Partidão. E eu respeitava o Partidão, sua tradição, até mesmo seus equívocos, seus erros. Ainda na adolescência, mesmo fechada em minha redoma como eu era, dedicada a devorar os livros que tomava emprestado numa extraordinária biblioteca municipal (o acervo era pequeno, mas excepcional, e me permitiu grandes descobertas, como a de Erich Maria Remarque, Jack Kerouak, Faulkner, Bukowski e de toda a "Comédia Humana", com as essenciais notas de pé de página de Paulo Rónai), cheguei a abrir-me um pouco para ela e para a irmã, principalmente para a irmã, Branca, cujo rosto era um camafeu, reencarnada reminiscência renascentista. Ah, a doce, botticelliana Branca... como deve ter sofrido por sua beleza, nas mãos da irmã que a dizia amar mas que provavelmente nunca a amara, por uma quase que natural e inevitável inveja...

Foi na casa dos pais de Paula, na Serra — Paula Leoni, minha paixão de adolescência, de sedosos cabelos negros que iam até o meio das costas, que ela adorava pentear sedutoramente à minha frente, escorregando lentamente o pente da raiz dos cabelos até a elétrica ponta dos fios, fingindo que não me endoidecia mas sabendo que sim (sou tarada por cabelos longos) —, que chegamos a trocar algumas palavras. Lembro-me bem ainda das festas anódinas que freqüentávamos, das caronas que pegávamos, cheias de coragem, em carros de desconhecidos, das risadas nervosas, o nervoso tendo sua origem no desabrochar de nossa ainda enigmática sexualidade. As conversas noturnas na borda da cama de minha amiga — ou de uma de suas irmãs, num imenso quarto-dormitório onde todas nós nos reuníamos antes de desmaiarmos em nossos leitos, derrubadas pelas parcas, raras mesmo, mas incomensuráveis emoções do dia. Conversas que giravam sobre a incipiente e misteriosa atração por homens, menstruação, família, livros e política, e com as quais nos esquentávamos nas frias madrugadas da Serra, como se estivéssemos a bebericar um forte conhaque, nós que, naqueles tempos inocentes, nada bebíamos.

Como era gostosa a partilha de segredos, segredinhos mesmo, que na época chegavam a nos ruborizar. Segredos de virgens excitadas. Bobos, bobos. Inocentes até. Que paradoxalmente, apesar de terem como tema os homens, só auxiliavam a aumentar minha fixação por Paula, tornando-a ainda mais enigmática, atraente e distante. Andar de bicicleta ao lado dela, naquelas manhãs enevoadas, estranhamente me fizeram mulher. Ou começaram a, na medida em que juntas despertávamos para o sexo. Um efeito parecido como o de ler "As grandes famílias", de Drouon, ou "O crime do Padre Amaro", aos 11 anos. Mas não vou me perder em Paula e em seus cabelos negros — em cujos anéis se perdeu completamente um dos meus irmãos —, nem em minhas leituras extemporâneas, porque a história que estou a contar é a tua, Maria. E quer eu queira ou não, por reflexo, maldito reflexo, também a de Beth.

Foi somente muitos anos mais tarde — quando já viera a anistia e com ela os exilados — que eu a encontrei de novo, no meio de uma dura e ineficaz tentativa minha de ser um animal político. Passar das palavras ao ato. Anos que já não eram os de chumbo, mas nos quais ainda se vivia e se bebia o elixir dos ideais. Os generais ainda não estavam de pijama e o mundo continuava tendo que ser mudado, sem que se perdessem a candura, o sal e a vontade de lutar. Querendo domar por dentro minha descrença permanente no coletivo, obriguei-me a tentar participar, quase que me impondo uma tarefa, ao mesmo tempo que me iniciava na profissão de jornalista, achando que em um determinado tempo ou ponto minhas linhas de interesse se encontrariam: as da literatura e as do jornalismo (perdi uns bons vinte anos chafurdando na esterilidade, com a infrutífera espera pela convergência. Devia ter aprendido mais com Estevão Lousteau, Emile Blondet, Arthez, Luciano, suas lições e suas ilusões, mas a leitura não substitui a vida, por mais que tentemos).

A Rotativa era uma pequena empresa de socialistas, comunistas, ativistas de todas as colorações e visionários que fazia jornais sindicais, naquele momento em que os sindicatos estavam a se fortalecer novamente, turbinados por São Paulo e por sua pujante indústria automobilística. Enquanto o Brasil vivia sua revolução industrial, aproximei-me aos poucos daquele cenáculo de idealistas. Desajeitadamente, como uma pata manca. Humilhada por minha inabilidade e leiga ignorância. Beth já estava lá há muito, escrevendo e fazendo a revisão dos textos. Nós nos reconhecemos, é claro, mas de início praticamente não nos falamos. Eu era uma neófita, ou seja, do ponto de vista dos mais experientes era vista quase como uma idiota política, uma babaca bem-intencionada. Ela, macaca velha, sabia que eu não sabia de nada — na adolescência, eu resistira às reuniões em naves de igreja impostas por Paula, tendo ido uma ou duas vez para nunca mais voltar, pagando a recusa política com a nossa amizade, já que a partir daí nosso relacionamento foi se esgarçando, ela adquiriu novos amigos e eu perdi para sempre a visão daquele ritual lascivo de pente e cabeleira — e não gostava nada dos apenas bem-intencionados. Além disso, questões pessoais, afetos, amizades não eram o que estava em jogo. O local era de trabalho. Trabalho subterrâneo e silencioso, numa casa assombrada, quase que em ruínas.

Poucas as palavras, os risos. Caras sérias, compenetradas, sem alegria. Mas Beth, naquela ocasião, estava vivendo um problema prático que acabou por quebrar a distância entre nós duas, fazendo com que nos aproximássemos e nos víssemos diante do agradável prazer que é falar do e rememorar o passado. Por tratar-se de um problema prático que eu também estava vivenciando naquele momento. Eu estava amando um colega de trabalho — Luiz Alberto, o meu Lula, em parte responsável por esta minha frustrada tentativa de me transformar em um animal político — e queria sair da casa dos meus pais. Precisava de um quarto e de uma cama bem larga, onde pudesse liberar bem longe dos castradores e amorosos freios familiares os meus arroubos romanescos e sexo-políticos. Beth também estava em busca de liberdade. Já tentara se mudar da casa dos pais uma vez, sozinha, e surtara. Derrotada, havia voltado para o rígido colo da mãe, uma senhora esquálida e irritadiça, envelhecida antes do tempo, e para a quente e paciente fraternidade do pai, homem esclarecido que tinha lá suas leituras e suas amantes e que se orgulhava de suas inteligentes meninas, Branca e Beth.

Na ocasião, eu não dei nenhuma bola para a informação de que em sua primeira tentativa de independência Beth surtara, porque entendia como era difícil enfrentar a solidão e as rupturas. Ainda mais aquelas que não eram concretamente necessárias, mas criadas por abstrações, princípios ou racionalizações, como era o caso da necessidade de sair da casa dos pais apenas porque a razão (ou os amigos) dizia que era chegada a hora da saída. Há muito havia soado o gongo da independência. E não adiantava continuar a fingir que não soara. Caso de Beth. Já no meu caso, a imposição racional, a tarefa, criada por mim mesma, era a de trabalhar em jornaizinhos sindicais, porque era a hora e a vez, mesmo que nunca fosse a minha hora, principalmente tendo que lidar com um bando de gente que se achava iluminada, só porque participara de um grupo de estudos sobre textos de Marx, o jovem e o maduro, lera a orelha de um livro de Lenin — geralmente "Que fazer" ou "O esquerdismo, a doença infantil do comunismo" — ou mantinha na parede uma imagem de Che, como se fosse a da Virgem, a de João Batista ou de um novo Jesus Cristo (mesmo com todo o meu amor por Che e seu heroísmo, eu me pelava e ainda me pélo diante de venerações).

Foi um amigo comum que achou por bem nos juntar. Há sempre uma boa alma fazendo ações más (apesar de que este bom amigo, um dia, enlouquecido, assassinaria uma prostituta, numa quitinete de Copacabana, e diria que fora a mando de seus torturadores, ou de homens que o perseguiam sabe-se lá por quê, contando, para se justificar, uma história tenebrosa, com os olhos a rolar dentro das órbitas. Desconfie de olhos que rodam e de repente ficam brancos, branquinhos). Juntas, poderíamos alugar algo melhor, disse Marcelo Lamarão, cheio da lógica da razão, que naqueles tempos ele ainda mantinha intacta. Insufladas por Marcelo e por sua preocupação em nos ajudar, marcamos um encontro em um bar. Rapidamente verificamos que nosso signo era o mesmo, Áries, o da força e da guerra, e achamos que fosse um bom presságio — a política não substitui a astrologia, principalmente entre mulheres.

Conversamos sobre os rumos do país, a felicidade que estavam trazendo os ventos da abertura, e concordamos em tudo, ou praticamente tudo. Recordamo-nos nostalgicamente das amigas em comum da rua Tomás Pederneiras, Paula e Sônia (a irmã mais velha, amiga de Beth), relembramos no que ou quem haviam se transformado, ou seja, o que haviam estudado, que mestrado haviam feito ou não, onde trabalhavam, com quem haviam se casado, de quem haviam se separado, e foi agradável fustigar a memória, reviver os bons momentos passados na modesta e alva casa da Serra, que tinha uma pequena piscina sempre com cara de abandonada; o farto café da manhã preparado pela ágil Irma, a prestativa empregada faz-tudo da mãe de Paula, café americanizado que incluía até bife; os olhos cor de ardósia da irmã mais moça, Emília — quase criança ainda, quando éramos adolescentes, e já tão segura de si em sua beleza púbere —, o rosto indígena de Sônia, a irmã do meio, morena forte, exuberante, e também falamos da mais velha das quatro filhas do coronel, Lígia, tão longínqua para mim em sua diferença de idade, de uns quatro ou cinco anos a mais, que naquela época, principalmente no meu caso, eram uma imensidão, um mar, um continente... e depois, encharcadas pelo prazer das recordações, que chegaram a detalhes, como a descrição do luar a alvejar a piscina sempre seca, coberta de folhas e de galhos partidos, e me fizeram ver os cabelos de Paula a esvoaçarem com toda a intensidade de seu compacto negrume em nossas manhãs de ciclismo — e a lamentar novamente o tolo afastamento por motivos político-eclesiásticos —, delineamos, ainda sentadas na borda da memória daquela velha cama, algumas idéias sobre arte e literatura.

Neste tocante, então, bebíamos o mesmo sangue e a mesma hóstia em muitas de nossas opiniões. Creio que foi sobretudo por isso, ou seja, dando-nos por mais do que satisfeitas com a aparente harmonia e a comunhão de nossos pensamentos estéticos e sociais, que resolvemos morar juntas. Fomos rápidas, portanto. Rapidíssimas. Estávamos com pressa, urgência. Eu, precisando de uma cama vasta, sem pudores, e ela de uma casa. Em conseqüência tudo se sucedeu também muito rapidamente. A decisão, regada pelo banho de lembranças, levou menos de uma hora para ser tomada. E em apenas uma ou duas semanas, já sabíamos o que queríamos, o bairro, a rua, o prédio, tanta era a premência de liberdade de movimentos. Num edifício antigo e acolhedor, de fachada amarela e pequenos balcões de tijolos avermelhados, alugamos um apartamento pequeno com uma varanda mínima, dois quartos, cozinha, banheiro, total ausência de área.

Foi a varanda que nos seduziu, logo de cara. Do exíguo espaço aberto para a rua, via-se o Cristo. O céu de braços estendidos para nós. Para que área, dependências? A vista nos alimentava de ar fresco. E a varanda, mesmo sendo microscópica, uma cápsula, também tinha a vantagem de permitir a existência de plantas na casa. A senhorita Dorfmann, com seu nariz que assustava as pessoas, amava plantas. Plantas e gatos. Tudo perfeito, então. De posse das chaves, entramos no apartamento com parte da mobília, adquirida por mim com o dinheiro das férias (seguindo o velho lema, poupar, jamais). Logo no primeiro dia, houve um acidente. Estávamos montando a estante, uma das pranchas escorregou de nossas mãos e a quina da madeira estalou sobre a cabeça de Beth. Um ferimento pequeno, mas fundo, que fez o sangue jorrar. Fomos para o hospital, no centro da cidade. Uma noite de horror, com pessoas com as pernas feridas a bala ou em acidentes de carro, muletas, bandagens ensangüentadas, curativos imundos, prontos para serem trocados, entradas de emergência, médicos atarefadíssimos correndo de um lado para o outro, cabeças enfaixadas, campainhas estridentes tocando, rompendo o angustiado silêncio da noite, atendentes ensonados, bocejantes, com total falta de compreensão ou benevolência para receber os visitantes tardios. Todos agiam tomados pela má vontade da obrigação. Após muita demora, até conseguir chegar a um médico, Beth levou uns seis a sete pontos no corte e decidiu voltar para a casa dos pais a fim de se recuperar. Estava meio que aparvalhada com o inesperado ferimento, causado pela minha pressa infantil em montar os móveis recém-adquiridos.

Fiquei sozinha no apartamento nu, uma semana a duas, decorando-o com os escassos recursos que tínhamos para torná-lo mais acolhedor. Esperava surpreendê-la quando voltasse, a ferida na cabeça já cicatrizada. Pus os quadros na parede, toscas cópias de Modigliani, Picasso, uma tela hindu, o panô incaico. Fiz um cantinho de plantas, vasos no chão, vasos pendurados no teto balançando em cordas de sisal. Samambaias. Sabia que ela gostava de samambaias. Olhei de longe: o ambiente ficara realmente aconchegante, *cozy*, com as poltronas de madeira crua, as almofadas verdes, a pequena mesa com cadeiras embelezadas pelo rústico assento de palha. Na estante, é claro, livros. Eu os tinha em número suficiente para a estante da sala e para as do quarto. O som, um dia apareceria, se os deuses ajudassem, em seu ectoplasma humano, ou seja, meu pai.

Ela chegou. Tocou a campainha. Abri a porta, feliz, e postei-me do lado, esperando a reação. Que veio, e forte. Só faltou explodir de raiva. Os olhos queimavam, enquanto a boca derramava-me palavras ácidas, só faltando espumar. O rosto ficou branco como o da famosa afilhada da pérfida madrasta, sem a sua mágica beleza — ou da própria madrasta ao perguntar ao espelho se havia alguém na terra mais bela que ela e ouvir que não —, e algumas lágrimas de estupor saltaram da cara e correram pelo nariz pontudo, molhando a face escarpada. O primeiro ódio, e não o reconheci, não o entendi. Só vi que ela estava transtornada. Eu tentara aprisionar a beleza em nossa gaiola, tornar confortável, quente, o pequeno sala-e-dois-quartos que seria nossa casa enquanto durasse o contrato, e lá estava ela fula da vida, parecendo que ia partir para cima de mim. O que era aquilo, Deus meu? Depois eu a conheceria melhor e saberia que as explosões de raiva eram constantes. Mas naquele momento fiquei surpresa, muito surpresa mesmo. Por que tanta raiva?

Como eu não entendia?, ela perguntou ainda fora de si, mas tentando segurar um pouco as pontas do ataque de fúria para poder falar, costurar com a linha e a agulha da saliva as palavras. Como eu não entendia que ela estivesse pasma e magoada? As lágrimas áridas, econômicas, continuavam a correr pelo rosto. Era a nossa casa, seria a nossa casa, eu não poderia tê-la decorado sozinha, disse. Mesmo que a maioria dos objetos de decoração fosse minha, como era, ela gostaria de ter compartilhado comigo a arrumação. A tomada de decisões. E as samambaias?, é claro que também gostaria de tê-las comprado comigo, escolhido. Eu não poderia ter feito o arranjo sozinha, eu sabia o quanto ela gostava de plantas... fora egoísmo, e um egoísmo profundo, berrou Beth, uma demonstração clara de que eu não estava preparada para viver com ninguém. Talvez fosse melhor deixar tudo como estava, talvez fosse melhor ela voltar para a casa dos pais novamente. Pois, definitivamente, eu não era delicada e perceptiva o suficiente para viver com uma outra pessoa, dividindo o difícil dia-a-dia.

O impressionante, Maria, inexperiente como eu era em moradias em conjunto, é que naquele momento achei a acusação mais do que razoável. Meu sentimento foi de solidariedade e até cheguei a considerar que toda aquela reação era uma prova de sensibilidade por parte dela. No máximo, pensei numa hipersensibilidade, mas não em irascibilidade ou descontrole. Até então, a bem da verdade, eu só havia vivido mesmo com minha família, e, mesmo sendo ela numerosa, era claro que família era família, uma relação completamente diferente. Eu devia ser mesmo um ser mimado, egoísta, por não tê-la esperado. Minha família era minha carne, meu osso, minha perna, meu olho. Sem falar no sangue. E em algumas características só nossas. Agora, eu precisava achar os limites. Os limites do outro. Pedi-lhe que não se fosse. Podia mudar tudo. Tirar tudo do lugar e pôr onde quisesses. Ela deu um suspiro fundo. Andou pelo apartamento. Mexeu no arranjo de plantas, mudou alguns vasos de lugar. Disse que na realidade os quadros estavam bem postos. Mas que as poltronas talvez ficassem melhor num outro canto. Arrastamos os móveis, chegamos um pouco para o lado as poltronas, e rapidamente Beth começou a se tranqüilizar. Tocou em pouquíssimas coisas. Alguns Vitalinos da estante, comprados em alguma viagem de férias ao Nordeste, ou a um Porto Seguro qualquer, ela mudou de uma prateleira para outra para pôr na parte mais central, de forma a ficar mais à vista, uma caixinha que trouxera da casa dos pais, uma caixinha russa, com um príncipe montado em um cisne (provavelmente lembrança de algum ex-namorado do Partido). E só depois é que penduraria na parede um pequeno quadro. Uma gravura triste, de Goya. Era muito pouco mesmo o que queria, afirmou. Pois era muito pouco o que tinha. Mas queria participar. Estava certa, oh, como estava certa, pensei. Eu errara profundamente. Senti-me tola, fútil, leviana mesmo em meu orgulho de decoradora neófita, e a achei bem mais sábia do que eu. Nunca mais, nunca mais eu seria pega em egoísmos.

Ficamos juntas um ano. Um ano praticamente sem brigas, sem novos rompantes. Eu aprendera a lição. Tudo o que fazíamos era debatido democraticamente em nosso conselho de duas. Ela era maníaca pela palavra democracia e por divisão de tarefas. Nenhuma decisão relativa à casa era tomada sem que fosse de comum acordo. Mesmo que às vezes fosse preciso discutir um pouco, explicitar os pontos de vista mais firmemente, antes que chegássemos a um acordo. Quase todas as noites eu recebia o meu amigo-amante — Luiz era uma espécie de ladrão da madrugada, roubava minhas torrentes de seiva e de carinho e ia-se embora — e ela de vez em quando recebia o amante dela, na ocasião um deputado já de certa fama. Quando por acaso os dois se encontravam — os encontros com o deputado, mesmo sendo menos amiudados, quando ocorriam também costumavam entrar pela madrugada adentro —, era com satisfação que os víamos conversar, às vezes por uma hora inteira antes de se retirarem para os quartos, fazendo no tocante a nós duas uma certa sala na ante-sala, o que não deixava de ser gentil, apesar do adiantado da hora. Dava uma sensação de intimidade, de uma casa viva, vê-los a falar, animadamente. E quase que de normalidade naquelas relações irregulares, já que não havia tanta urgência em ir para a cama.

Os dois homens, casados, obviamente, eram extremamente politizados, e o sexo chegava a ficar secundário, diante das questões do país. Eles sabiam, por outro lado, que nós podíamos esperar e que esperaríamos, ficando até felizes com os encontros esporádicos dos dois. Nossos homens. E mais mulheres-gueixas do que nunca, enquanto eles conversavam, mesmo que fosse lá pelas duas horas da manhã e que não fossem esquentar nossos leitos após a chegada do sol, preparávamos alguma coisa na cozinha para os dois, servíamos um vinho, um queijo, querendo prolongar aqueles momentos raros, de precária domesticidade. Entendiam-se perfeitamente, apesar de serem de partidos políticos diferentes, com programas divergentes. Foi a primeira vez que vi a esquerda se entender tão bem em meu país — afinal, estávamos todos juntos naquele barco dos novos tempos, embriagados de esperanças — e, até hoje, com uma fé que chega a ser ingênua, por causa daqueles dois homens, um mais jovem, vibrante, e o outro mais velho, reflexivo, mantenho a crença na maturidade política e na conciliação. Aguardo por utopias. Tenha fundamento ou não. Também tenho meus lados irracionais, míticos ou místicos. Como a teimosia em acreditar no Homem e em seu futuro, mesmo que o futuro harmônico seja em uma outra galáxia. Sei que a discórdia é enorme, erva daninha que sobrevive aos séculos, e que o planeta parece minado. Pela ganância, pela violência. Os poucos ricos, a imensidão de pobres. Mas pelo menos num momento, num breve momento, eu vi a comunhão na diferença. Uma comunhão que desembocaria em alguns movimentos, como o Diretas Já. E o que veio depois não tem importância. Aquele encontro ficou cristalizado em minha mente. E com toda a certeza deve estar frutificando em alguns encontros atuais, que estão nos tirando um pouco o medo de ser feliz. O fato é que nada diminuiria, naqueles dias, o prazer de poder receber aquelas duas mentes cheias de esperança num futuro que nunca chegaria — ou pelo menos tardaria muito a chegar — em nossa casa, nosso teto, o apartamento que conquistáramos. Nada nos embaçaria o prazer de termos liberdade para amá-los. Outros homens vieram, outros se foram, em momentos de mágoa, atritos. Relações pouco importantes. E mais no caso dela, porque no meu caso aqueles tempos eram de Luiz, totalmente de Luiz e de suas mãos comidas pela culpa, a culpa de me ter sem poder, consciente e inconsciente, já que a filha nascera há apenas alguns meses. Nunca esquecerei aquelas mãos comidas por feridas.

Cedemos o apartamento para debates. Recebemos amigos para jantar — entre eles Armando, tonto com a chegada de Chantal, da França —, conversamos sobre livros, notícias, ouvimos músicas juntas, quando o som chegou — meu pai não falhou, raramente falhava —, e nunca brigamos. Nem mesmo a lavagem de roupas na banheira, com revezamento — às vezes eram as dela que ficavam no enxágüe, às vezes as minhas —, a falta de espaço pela inexistência de dependências de empregada, causou brigas. Mas lentamente as coisas começaram a azedar por causa da cozinha, lentamente mas num crescendo firme e forte, o que foi uma nova surpresa para mim. Como é que eu poderia imaginar que, com tanta coisa em jogo no tocante à partilha de nossos segredos e hábitos mais íntimos, logo a cozinha seria um problema? Fora um problema, uma vez, com um americano em Londres, quando eu quisera a todo custo repetir minha mãe e seu servilismo nordestino, suas refeições cheias de pratos e de sobremesas — mas com uma mulher? Uma mulher cúmplice de meus devaneios, sofrimentos, sonhos? Só muito tempo depois eu entenderia como as mulheres, liberadas ou não, ainda têm o pé — e o ventre e a cabeça — na cozinha. Nas chamas violáceas do fogão. Adoram administrar a cozinha, dar ordens. É o espaço de poder. Não importa que a mulher trabalhe fora. Toda mulher, descobri com o tempo e também me autodescobrindo, gosta de dominar sua cozinha, suas panelas, seus temperos, e só a entrega a outrem por concessão. Mesmo aquelas que não sabem disso, as que crêem odiar a cozinha, as que dizem a querer à distância. Mal que vem de Ceres, a nutridora do mundo. Dos seios que são fontes, seja de leite ou prazer. Ou quem sabe, eu ousaria brincar teluricamente, usando uma imagem inspirada naquela exuberante foto de Isabel Allende, por trazermos uma panela dentro do corpo, depositada bem lá no fundo do colo do útero, cheia de sumos, ervas e pimenta-do-reino.

Nossos pequenos litígios — não chegaram a ser uma briga, porque eu as evitava ao máximo, devido a meu maníaco horror a conflitos — giravam em torno da cozinha e do dinheiro, combinação explosiva, é claro. Poder a mil, a bailar em estratosferas. Eu gastava muito, ela dizia. Comprava o que não podia ser comprado, já que ela não tinha dinheiro para tanto. E o pior, o que a deixava praticamente possessa, é que ela acabava comendo o que eu comprava. Não resistia. Caía de boca. E eu — generosamente ou maldosamente, sei lá (não enxergo muito bem minhas próprias maldades, mas às vezes, quando as escrevo, até para mim mesma começam a ficar mais claras) — dizia-lhe que ficasse à vontade, comesse o que quisesse. Afinal de contas, eu não ia me restringir por causa dela e de seu parco orçamento. E, quando ela comia o que eu comprava, sancionava o meu próprio gasto. Mas mesmo assim não deu certo. Muito pelo contrário. Cada vez que a empregada ia ao mercado era um bate-boca sem fim. Ela queria a geladeira vazia — dava-lhe uma noção de economia, parcimônia — e eu a queria cheia. Neurose de quem tivera muitos irmãos — alguns deles mais velhos a se apossarem com suas grandes mãos das parcas laranjas e bananas que minha mãe servia na sobremesa —, nenhum queijo e poucos farelos de biscoitos para adoçar a boca.

Não houve uma explosão, mesmo com a pólvora se espalhando por debaixo dos ladrilhos brancos encardidos pelo tempo de uso da exígua cozinha. Mas a empregada — uma senhora um tanto porcalhona e doidivanas, mas dedicada, bem-intencionada — foi ficando cada vez mais tonta e perdida com as ordens e contra-ordens. Eu tinha o dinheiro e a bolsa mais solta, por isso Consuelo, nossa diarista, obviamente tentava me agradar. Mas Beth, com seu nariz adunco e a carranca de meter medo, a fazia tremer, quase que se esconder como criança por detrás da porta da cozinha. Com isso, de todos os modos que podia, a boa senhora tentava não falhar com a força parcimoniosa e irritadiça da casa — cujo poder de fogo era mesmo o mau humor — e sempre a atendia rapidamente, quase que aos pulinhos, como um cachorro amestrado, chegando ao ponto de tentar camuflar o que comprara no mercado, entrando com as sacolas em casa meio sorrateiramente ou de lado, já que, não havia jeito, era obrigada a entrar pela porta da sala, por causa da inexistência de área e de entrada de fundos. A camuflagem era um sofrimento. Para Consuelo, para mim, e até mesmo para Beth, que não queria ceder e aceitar o que considerava o meu desperdício. Mesmo tendo muitas vezes se aproveitado dele para bem receber seu amigo deputado. Ao final de um ano, o tempo da locação do apartamento, eu estava exausta daquilo tudo, ou seja, daquele joguinho de faz-de-conta. A harmonia desarmoniosa. Não havia culpada, pois eu também não cedera, não tendo mudado de atitude. A geladeira se manteve cheia até o fim. Queijos, doces, frutas e o escambau. Mas a arte de fugir do embate, se esquivar de desavenças, me cansara. E eu achava toda aquela questão mais do que desnecessária. Porque no fundo, no fundo, tudo não passava de um orgulho besta de Beth, por ter um salário menor do que o meu (e olha que o meu não era lá essas coisas).

Por tudo isso, quando entregamos as chaves do apartamento na imobiliária, mais do que decididas a sair de lá — foi como se tivéssemos atribuído ao lugar nossos desentendimentos e até mesmo os sofrimentos causados pelo estado permanente de espera de nossos homens, de agonia frente ao telefone, de ansiedade por um toque de campainha que poderia vir ou não, soando dentro do coração, como sino de celebração, ou decepcionando-o, deixando-o vazio de alegria e de sentido —, eu também, internamente, já tomara uma outra decisão. Não mais moraria com a senhorita malhumorada e pão-dura, já que não tínhamos necessidade mesmo de passar por aquilo. Se éramos diferentes, e se administrávamos orçamentos com enfoques diferentes, o melhor, concluíra, seria nos separarmos, pura e simplesmente. Sem mágoas. Antes que o barraco se formasse.

Não esperava pelo que iria acontecer. Não acreditara na formação de imperceptíveis laços. Apenas voltei para casa dos meus pais, a fim de dar um tempo na tão almejada e sofrida liberdade e aguardar por uma outra solução para meus encontros noturnos. Até porque eu não era proibida por meus pais de sair com Luiz. Àquela altura, já não era mais proibida de nada. Há muito eles tinham desistido de proteger o que restava da minha virgindade de corpo e de alma, espírito ou seja lá o que fosse de físico, material ou de etéreo. Estava apenas perdendo, por algum tempo, meu próprio espaço, meu próprio leito, vasto como minha sensualidade, e tendo de ouvir de novo meu pai a dizer, na hora em que eu saía de casa para pernoitar com Luiz em algum motel, ou na casa de algum amigo dele: "Não vai não, meu bem, está muito tarde, é perigoso, não vale a pena, fica, meu bem, fica." Sim, meu pai ainda tentava. Já minha mãe há muito deixara de me esperar, angustiada, madrugada adentro, olhos esbugalhados pelo sono, não ousando mais gritar ou chorar. Suas córneas límpidas como céu cristalino apenas me olhavam sem me entender, silenciosamente, demonstrando no máximo um certo cansaço e decepção com relação àquela filha que tanto se distanciara de seus sonhos. Que não a repetira. Ou não mais a repetia, pois inesperadamente, ao final da adolescência, havia furado, como se furasse o próprio peito, a própria carne, a camisa-de-força de seu dolorido modelo, ensangüentando-o com seu desejo de liberdade. Mas mesmo assim havia doçura no olhar. Eu era o seu Frankenstein, sua ovelha maculada. Beth também voltou para casa dos pais dela. E subitamente, sem quê nem por quê, ficou agonizante.

Bem, não é que estivesse à morte, mas se comportava como se estivesse. Uma febre alta, que não passava, um incômodo em todo o corpo, dores da cabeça aos pés, um vírus que ninguém sabia de onde vinha e que não se ia... Eu soube, mas mesmo assim não queria vê-la. Mas nossos amigos — a maioria eram amigos dela, Partidão é Partidão — me procuraram. O telefone na Tijuca não parava de tocar, para desagrado de meus pais, que sempre estavam dispostos a me manter em casa como uma filha pródiga, mesmo que sofressem com minhas saídas noturnas e se vissem obrigados a silenciar sua preocupação. Alguns telefonemas, eu nem atendi. Pedi para dizerem que eu não estava em casa, o que fizeram prontamente (se eu solicitasse uma muralha entre mim e a rua, imediatamente a construiriam). Mas Armando, bem, Armando não era uma pessoa a quem eu pudesse dizer que não estava. Ansiava por me ver. Queria falar comigo.

Fui vê-lo. Lembro-me de andar com ele por uma rua arborizada, tranqüila e calma, o sol morno escorrendo líquido pelas folhas, ouvindo seus argumentos, transparentes, límpidos. Uma cozinha, o que é uma cozinha? Que história é essa? Nem dá para acreditar. Que briga mais boba a de vocês, disse ele. E os olhos doces, translúcidos, apesar de parecerem duas roliças ameixas, na medida em que falava, pacientemente, tentando minar minha resistência, ficaram fulvos, calidamente ensolarados como aquela tarde de primavera... Armando, meu estimado Armando, tinha um jeito muito especial de tornar tudo o que era complicado extremamente simples. Só uma coisa em sua vida ficara mais complicada do que ele desejava: Chantal. A francesa, desde que viera para o Brasil, não queria mais voltar para casa e cismara em se casar com ele. E casar ainda não estava em seus propósitos. Mas mesmo assim tinha dúvidas... estavam acabando os seis meses, Chantal teria mesmo que ir embora, e ele não gostava de ver ninguém sofrer, muito menos a mulher que em seu íntimo temia amar e que sabia ser louca por ele... por isso estava deixando ela ficar no Brasil até a situação ficar irreversível... e no fundo, no fundo, já sabia o que ia fazer. Fingia para si mesmo que teria que tomar uma atitude séria como se estivesse adotando uma ordem de seu partido, mas ao mesmo tempo, dentro de sua consciência, sabia que amava a exuberante e dadivosa mulher, tão generosa quanto sua culinária... era como se estivesse encostado contra a parede, ou se deixado encostar. Não teria escapatória, a teia que Chantal armara para ele acabaria por aprisioná-lo, por mais que quisesse se manter livre, e era uma doce teia, aquela, bem o sabia, confortável como uma rede, e por isso talvez fosse um erro tremendo estar sofrendo tanto, sentir aquela pressão na cabeça e o peito pesado como se estivesse sendo esmagado por um pilão... já vivera outras prisões, talvez fosse por isso, até mesmo o exílio fora uma prisão... mas quanto a mim e Beth, voltava ele a acentuar, deixando de lado seus próprios problemas, brincando de enrolar na mão uma folha que caíra no chão, achava que era um caso simples demais, de fácil solução... Em primeiro lugar, afirmou, eu tinha que ver Beth, não podia deixar de vê-la... ela estava doente, e eu morara um ano com ela, devia-lhe uma atenção... e, em segundo lugar, ... bem, ele tinha certeza de que acharíamos uma saída para o problema... Beth não era tão ruim assim, não merecia ser tratada assim... Só ver Armando, ouvir Armando, já me fazia fraquejar. Era realmente o amigo de Beth de quem eu mais gostava, disparado. Dois bons legados que Beth me doara naquele ano de convivência, não havia dúvidas: Armando e a própria Chantal, com seu calor humano, seus peitos fartos e firmes, que estufavam as brancas camisetas, os bicos se revelando até mesmo quando protegidos pelo algodão dos sutiãs — naquela hora em que poucas de nós usávamos sutiãs, ela os tinha de usar, tal a fartura de peitos... Sim, peitos e coragem, era o que Chantal tinha de sobra. Porque fora coragem se despencar para o Brasil para o que desse ou viesse, disposta a tudo, contanto que ficasse com o homem com o qual fora tão feliz em Nice, o homem que aprendera a amar, do qual soprara as feridas no exílio, e as fizera cicatrizar com sua língua, sua saliva, seus mimos, sua rica comida. Chantal viera para o Brasil atrás de Armando porque sabia o quanto Armando era dela, mesmo que este fingisse não o saber, enredado que estava, ao voltar para o país, pelas mulheres de sua própria terra, que falavam seu próprio idioma, dividiam com ele os mesmos costumes, a mesma história. Ou histórias. De quedas, mortes, torturas, ressurreições, tantos foram os Lázaros, tantas as Madalenas e Marias sacrificadas, não é, Maria? Mulheres que estavam tendo naquele momento o contentamento de o reencontrar forte de novo, curado das chagas e mais reconfortado para suportar as decepções sofridas e a violência das saudades dos amigos perdidos. Ah, mas fora Chantal, sim, fora a vital, sábia Chantal, que o curara das dores. Ela o fizera ter motivos para sorrir de novo aquele sorriso cálido, o resgatara do pesadelo, pensara os ferimentos. Por isso é que imediatamente ele abrira o corpo e a casa para ela, e só a palavra casamento é que o fazia titubear. Tremer até, tamanho o horror a grilhões, cerceamentos.

Fora na Faculdade de Filosofia que Armando conhecera Beth. Os dois haviam militado juntos, participado de grupos de estudo juntos, entrado para o Partidão juntos, enfim, tinham sintonia e fazia anos e anos eram unha e carne. Talvez Beth gostasse mais de Armando do que aparentasse. Mas já nos bancos da faculdade sentira que o sentimento do rapaz por ela nunca passaria da amizade. E por isso resolvera preservar o que tinha, esta amizade, que era o que Armando podia dar a ela. Teve o bom senso de nunca demonstrar ciúmes em relação a Chantal. Pelo contrário, enquanto Armando expunha suas dúvidas sobre o casamento, Beth até o incentivava a optar pela solução que o estava deixando quase em pânico, tão cioso era da liberdade de movimentos. De certa forma, Beth até simpatizava com a francesa, simpatia esta alimentada por uma certa frieza de pensamento, já que, por ser de um mundo tão diferente do nosso, Chantal não balançava em nada a intimidade de Beth com o amigo de faculdade, sedimentada pela irmandade intelectual e política. Se Chantal tinha a memória do exílio, o sexo, os seios maternais, as saladas com nozes, as quiches e as tartines, a partilha de uma mesma casa, de uma mesma cama, seria, no entanto, sempre a estranha, a longínqua que estava próxima, Calipso em Ítaca, e Beth seria sempre a grande amiga, pronta a ouvir as confidências de Armando, confidências essas que foram e que continuariam a ser só dela. Confidências sobre a própria Chantal e seu cerco. Eu não entendia muito bem por que Armando tinha Beth em tão grande conta, mas chegava a admirar a amizade dos dois. Tão sólida, tão enraizada. Nada a abalava. E eu achava bela, até, aquela troca permanente de sensações, energias, pensamentos.

Como já te disse, Maria, Armando era o lado de Beth menos sombrio e o que eu mais gostava. Talvez ele fosse para ela o irmão que ela não tivera. Ouvi-lo obviamente mexia comigo. É realmente uma bobagem, continuou ele, desviando-se de um passante para poder continuar do meu lado, na rua de Ipanema protegida do sol pelas copas das árvores. Vocês são mulheres adultas, inteligentes. Não há problema que uma boa conversa não dê jeito. Assim como Beth, Armando acreditava em conversas, diálogos, negociações. Só que dizia isso com aquele olhar puro, de quem realmente acreditava na fraternidade humana. Já Beth, no fundo, só acreditava em estratégias. Maquiavelismo. Clausewitz. Talvez fosse até uma estratégia dela ter me enviado Armando. Maldade, é claro que Armando viera por si mesmo. Beth estava doente. Não poderia ter armado nada.

Mas se fora Beth que o enviara, se fora Beth quem pedira que ele falasse comigo ou não, Maria, com sua voz mansa, de rio a deslizar por suaves colinas, inundando o cérebro de generosidade e razão, o fato é que deu certo. É claro. Só poderia ter dado certo. Armando, o reformista do mundo. O homem com fé. Eu o amava. Como amigo, mas o amava. Por quem era. Comunista, mas com a sabedoria atávica anárquica de sua família de jornaleiros italianos, emigrados para o Brasil. Todos no bairro o conheciam. Seu cabelos cacheados se enrolavam na nuca com a força de um pêlo de gato, negros, negros, assim como eram negros os olhos de ameixa redonda, luminosa. O homem feio mais belo que vi, cheio de confiança nos amigos e em si mesmo. Encharcado de esperanças. Em sua chegada, Chantal fizera muita viúva daquele Valentino chorar. Pois ele levava quem queria para a cama com o ar meio desnorteado de quem não entendia seu próprio poder de sedução. As mulheres o perseguiam. Caíam em cima dele, formigas, abelhas, gatinhas recém-paridas em busca de mel, leite, papinha. O corpo branco, delicado, alguns raros pêlos negros no peito, passava uma falsa noção de fraqueza distante da realidade. Era um touro em suas certezas. Enquanto não se casou com Chantal, no papel — com a desculpa de que estava se casando apenas para que ela pudesse ficar mais tempo no Brasil —, ainda deixou as mulheres o assediarem. Mas no dia em que se decidiu a firmar finalmente o contrato, a francesa se tornou sua rainha de Sabá. Sua Cleópatra. Não que deixasse de olhar para as outras mulheres, acho que isso nunca aconteceria com o Armando. Não que ele as procurasse — elas se viravam para ele, sorriam para ele, o serviam, o seguiam, como se fosse um anjo, sei lá, um anjo humano que prenunciava prazeres celestiais... um mensageiro dos deuses do kamasutra... mas ninguém mais teria importância depois que decidira entronizar Chantal como sua Inês, sua Laura, e permitira o anel no dedo, a marca da prisão... E foi gozado como todo o bairro também imediatamente passou a amar Chantal, quando ele a elegeu sua mulher... Por osmose, fusão. Quem Armando amava, não havia dúvidas, era para ser amado também (o que de certa forma também beneficiava Beth no grupo, criando-lhe mais amigos do que seria o natural).

Enfim, fui visitar Beth, acompanhada de Armando. Ele ficou na sala dos pais dela, conversando com eles, eu a vi no leito amarrotado, de nariz vermelho, fungando, ainda com febre... Não tive pena. Juro que não tive pena. Mas lá estava ela, frágil em sua feiúra sem véus, há mais de uma semana de cama. Perdida no meio de seu orgulho, não me pediria nada. Olhava-me quase que fria, se fazendo de indiferente. E eu não agüentei. Amoleci por completo. Ok, disse, vamos procurar outro lugar para morar. Quando eu estava vindo para cá Armando fez um comentário que talvez esteja correto, como tudo mais que costuma dizer. Para não ficarmos brigando por mesquinharias, talvez fosse melhor convidarmos uma terceira pessoa para dividir a casa com a gente, a casa e as tensões menstruais. O que você acha, Beth? Acho bom, respondeu ela, imediatamente. Então, quando você sair dessa cama e eu voltar de minhas férias, vamos procurar um lugar. Ah, fez ela, interessando-se loucamente mas sem querer se mostrar tão interessada. Você vai entrar de férias no jornal? Vou, vou tirar uns vinte dias. Vou viajar. Conhecer a terra de meu pai, Piauí, Maranhão. Mas está fechado. Vamos procurar uma casa e mais uma pessoa que amorteça os golpes de nossas diferenças. Um biombo entre nossas marciais personalidades arianas, que oscilam entre uma agressividade explosiva, explícita, e outra falsamente escamoteada, ruminada...

Ela chegou a sorrir. Armando, que esperava por mim na sala, não suportou aguardar o fim da conversa; entrou no quarto da amiga doente e nos olhou feliz, percebendo imediatamente o *happy end* de sua intervenção. A febre de Beth não passou magicamente, ainda demorou a ir-se embora, transformando-se em febrinha renitente de 37 graus. Mas o nariz, quando eu deixei a casa dos pais dela, já não estava mais tão vermelho. Eu o achei até bonitinho, apenas curvilíneo, proeminente, já que ela sorria, meio sem jeito, prometendo-me com os olhos, sem nada dizer — não precisava falar nada —, que seria a partir de então mais condescendente com meus gastos... Estranho, perturbara-me tanto com suas reclamações diárias, enlouquecera tanto Consuelo por tão pouco e queria continuar a viver comigo... confesso, aquilo chegava a me tocar. Ah, também ficara decidido, durante nossa conversa, que moraríamos perto de Armando e de Chantal, mudando-nos para Ipanema, idéia que imediatamente abracei com gosto... Armando dava um certo equilíbrio a Beth, e seria bom tê-los por perto... por outro lado, não era nada mau para uma tijucana como eu morar uns tempos em Ipanema, perder minha casca de provinciana, mineira do Rio, pegar uma cor... Luiz com certeza também ia gostar da idéia, porque nosso projeto era alugar uma casa bem maior, o que aumentaria a privacidade de nossos encontros, e ainda mais perto da praia... Luiz, o leonino exteriorizado e ensolarado, amava a praia... Pelo menos foi o que pensei na ocasião, não podendo suspeitar que aquela mudança iria na realidade aprofundar o fosso já existente entre mim e Luiz, já que ao te conhecer, Maria, eu me reencontraria, voltando a aceitar meus lados sombrios, mais criativos... E Luiz navegaria por outros mares, outras ancas, outras ondas...

Rosas, rosmaninhos, rosas brancas. Elas teriam de esperar um pouco. O sol estava se pondo, o céu se cobrira com seu manto cardinalício, manchado de névoas róseas, e lá em cima, do ponto em que estava na estrada, a cavaleiro do precipício, Pietro avistara a crueza do vermelho a tingir o mar, abrindo-lhe no dorso sulcos de sangue. Máculas na espuma. Senda púrpura no azul. Passos de deuses feridos pelo crepúsculo. Ovo. Gema. Cintilações. Os olhos chegaram a tremer, por dentro. Tinha de parar e pintar. Abriu a bolsa. Tirou da sacola tudo de que precisava. Aquele couro mágico não tinha fundo. Era um mundo cheio de seres e de paisagens, com parecenças com o escudo de Aquiles (outro filho de ninfa). Elas o esperariam na casa de pedras, lá onde o tempo estagnara. Um dia a mais seria uma eternidade, sabia, mas uma eternidade para aquelas mulheres era apenas fragmentos de dias, horas, um piscar de olhos. Até porque, fora Bela, as outras o esperavam sem saber que o esperavam. E quando se espera sem saber não há espera. Naquele agora ele tinha outras urgências... precisava de um pouco do vermelho dos hibiscos, o branco das camélias e do híbrido dos cravos irisados. O fogo e o azul viriam com o ar, no balanço da brisa... E o verde o rodeava, quase que o comia, enchendo-o de frescor, virilidade, inspiração... Os dedos riscaram traços em papéis imaginários... nunca precisara de telas... a natureza era sua alquimia, sua tela, sua moldura. Formaram-se os florões, o mar incandesceu, anunciando o entardecer, a proximidade da lua. Até que as estrelas desceram sobre o papel, prateando-o, e ele adormeceu, a cabeça encostada numa pedra almofadada pelo musgo e por folhas secas, úmidas de sereno e orvalho. Amarelecidas pelo sonho. E ele as viu.

Eu estava na piscina da Socopo, bestando — protegida pela choupana de árvores, as únicas daquela fazenda tão seca e pedregosa, que me relembrava narrativas familiares, contadas em casamentos, batismos e velórios —, quando Beth me ligou. Desta vez, quem não esperara fora ela. Estava tão ansiosa como eu ficara ao mobiliar nossa primeira casa, rachando-lhe a testa. Achara a casa. Sim, achara a casa, quase que berrava do outro lado do fio, fazendo o fone estremecer em minha mão com sua alegria, motivada pelo orgulho da transmissão da notícia. Mas — disse baixando o tom —, como estava desempregada (volta e meia brigava no emprego e ficava desempregada, essa era mais uma de suas características) precisava de mim sem falta para assinar os papéis. Pensei, um pouco maldosamente, que também tinha sido assim da primeira vez. Mas estava tudo bem. Eu tinha topado e iria até o fim. Além do mais, continuava a dizer ela lá do outro lado do país, o Sul se comunicando com o Norte por fios e emoções, a casa era fantástica, fantástica mesmo, tinha certeza de que eu iria adorá-la, mas era preciso correr, voltar o mais rápido possível, para que nós não a perdêssemos.

Bem, eu já tinha visto o que queria ver no Piauí. A casa de meu avô, a rua onde meu pai nascera, o colégio que recebera o nome de meu tio, vira as mulheres lavando roupa no rio, com suas saias largas e pesadas como suas trouxas. Tomara todos os sorvetes, de cupuaçu a bacuri, deleitara-me com seus sabores até então desconhecidos, virgens para a minha boca e em minha memória, assistira à missa na Igreja Vermelha, visitara o jornal local, fora a festas de comunhão, onde meninos e meninas de branco tomavam chocolate forte, sem nata, assistidos pela soberba dos pais, que de católicos não tinham nada — a grande preocupação no pedaço era dar a melhor festa e oferecer o melhor chocolate aos convidados, sendo o vencedor da disputa aquele que mais atraía amigos para o católico festim infantil —, comera todos os cuscuzes e pãezinhos, até mesmo os enrolados em folhas, a coroa de espinhos, tapioca a estalar na boca, e os doces... Ah, os doces... hora de voltar, mesmo. Sair correndo, abandonar a preguiça, a modorra daquela inesperada piscina na secura gretada, tomar o avião. Ver o Rio da janela, a cidade abrindo as sedosas pernas pontilhadas de luzes entre a baía e os morros, com seu chapéu de antenas... Cheguei. Cheguei a tempo e a hora. Já quase que com os papéis na mão. E Beth tinha razão. Era preciso dar a mão à palmatória. A casa era mesmo maravilhosa. Correr fora preciso. Imagine perder aquilo. Era o sonho impossível. Sonho inglês em Ipanema, bolo de frutas a se desfazer na língua, gosto de chá com leite na boca. Lembranças, lembranças. Um rodamoinho de lembranças, que me fez girar no embalo do prazer. Um homem me levando chá na cama, os cabelos de palha saltitando em suas costas de menino maduro. Quando abri a porta, vislumbrei Steve nas escadas, com sua leveza e agilidade de gnomo, seus olhos de diamante, seus potes a fermentar licores. E me senti em casa naquela cinqüentenária casa de vila, um sobrado de três andares e três escadas que subiam e desciam para seus mistérios.

Na entrada, os degraus íngremes atapetados de um verde um tantinho puído desembocavam numa garganta escura, que parecia levar-nos para o âmago do mundo. Impossível saber o que viria. E o que vinha era um longo corredor sombrio, um caminho estreito de tacos marrons sem o beijo acariciante da luz. Que mesmo assim não assustava, só criava uma imensa curiosidade, como passagem baixa e arenosa em tumba de faraó. Virando à esquerda, logo após chegar-se arfante ao último degrau, dava-se de cara com uma ala com três quartos e um banheiro. Mas seguindo em frente era surpresa atrás de surpresa. Ao fundo, estava a cozinha, encravada no corpo da casa. Uma cozinha antes inexistente, que havia sido construída do nada pelo ex-dono, para transformar a parte de cima do sobrado em casa com útero. Da cozinha saíam uma porta e um outro corredor que levavam para uma sala interna retangular, quente, acolhedora. Nesta sala havia uma janela com postigos brancos, que dava para o verde jardinzinho da casa de baixo, a do rés-do-chão, a da receptiva e simpática proprietária, senhora de meia-idade, de altura empinada, cabelos pintados e riso farto, que ficara encantada por ter como inquilinas três mulheres jornalistas. Verde e vermelho. Vasos com azaléas coloriam o fundo do vão. Cristas rebeldes de galos. E havia mais, muito mais. Do lado da janela da sala paralela à cozinha, uma outra escada atapetada levava para um jardim de inverno, enorme, com três portas com venezianas. Abertas, davam para uma varanda escancarada ao céu, protegida por uma murada caiada. Nossa varanda anterior, ao lado daquilo, era apenas uma balaustrada. O peito se azulava ali, tonto de amplidão. Respirei o ar, ainda marítimo, apesar da distância relativa da praia, esqueci o casario em frente, a favela lá embaixo, na encosta do morro, as torres dos edifícios, a dureza da vista mais próxima, enchi meus olhos de abóbada celeste e imaginei cadeiras brancas. Chaises-longues, guarda-sóis.

E os segredos do sobrado labiríntico continuavam a se revelar. No corredor parcamente iluminado, aquele entre a entrada e a cozinha, havia uma outra porta, uma pequena portinhola branca, que dava para uma área mínima, onde estava estendida uma corda de pequenas dimensões que servia de improvisado varal de roupas. Desta área, de onde também se avistava lá embaixo o jardinzinho de dona Clara — esse era o nome da loura proprietária —, saía uma outra escada em direção ao céu. Subindo seus degraus espiralados, chegava-se a um espaço aberto enorme, onde havia uma lavanderia tendo ao fundo um quarto de empregada. Ou o que poderia ser chamado de quarto de empregada, porque era tão grande, tão grande, tão vasto e infinito, que poderia ser o que quiséssemos. Um ateliê, um escritório, um esconderijo de seqüestrado, um caseiro quarto de hotel, uma fábrica de perfumes. Ou de devaneios. Lembrou-me mansardas. Vi Rastignac, enfrentando Paris e seus telhados. Só que não foi fábrica, nem ateliê, e lá não morou nenhum francês ou americano, daqueles que costumavam seguir Chantal e seus seios pelas ruas de Ipanema, recém-vindos da Europa ou de Seattle. E também não morou lá nenhuma empregada, já que só empregaríamos diaristas, mulheres sem prole que éramos. Quem veio um dia para viver ali, naquela mansarda iluminada pela prata da lua, foste tu, Maria. Teus olhos verdes faiscaram como crianças brincando com baldes de areia ao verem aquele teto alto, onde logo, logo, imaginaste estrelas. Só muito mais tarde viria o pintor. Quando já tinhas ido embora e eu ficara sozinha com a loucura de Beth. E seu ódio, sua raiva, sua faca. E, um dia, uma criança subiria aquelas escadas perigosas atraída pela paleta multicolorida de meu amigo alquimista. Eu morreria de medo que ela caísse no vazio, mas ela nunca caiu. Subia e descia célere com seus pés alados, soltos no ar — eu na cozinha, de coração apertado, ao sentir, mesmo sem ouvi-los, os pequeninos passos nos degraus, já vendo-a estatelar-se lá embaixo entre o verde e o vermelho do jardinzinho, crânio aberto, vísceras espalhadas — e voltava lá de cima trazendo os olhos cheios de arco-íris e estrelas. Há um Deus que protege as crianças. Nas casas e nos sinais. Ou pelo menos havia, antes de o Rio parecer ter sido abandonado pelos deuses.

Quando o pintor chegou na casa de pedra, o tempo parado, esculpido na eternidade, começou a voar. Os dias e as noites adquiriram intensa claridade de aurora boreal, aquela que cega os incautos, os que querem olhar os astros e ídolos de frente, sem proteção, cautela. A luz escorria pela janela, amarelo ungüento. Alma, sem nada perguntar, de onde viera, para onde iria, abriu a porta e ficou tão maravilhada com a candura de seu rosto, o fogo dos cabelos, que dançou em volta dele, improvisando um rito de chegada. Dançou, dançou, dançou, com suas sandálias aladas presenteadas por alguma adoradora de Terpsícore. Catarina, assim que o viu, encheu a face de rubor e imediatamente começou a tricotar um agasalho — as noites eram frias na casa da colina, ele iria precisar — e depois, quando todos conversavam sem saber exatamente o que diziam, falando do passado e do presente, sem nunca mencionar o futuro, abandonou as agulhas e pôs-se a tocar com seus magros dedos o violino imaginário, numa condescendência que só fazia a homens que lhe chegavam às cordas do coração. A casa virou uma caixa de música, humana, viva. Bela, quando apareceu na sala, mostrando saber o que elas não sabiam, já trazia consigo as balas escondidas do quarto e as depositou nas mãos dele, umas mãos pequeninas, infantis, de unhas roídas. Pietro era nervos, só nervos. Vida, tensão. Ana lhe contou a história que estava escrevendo, a última, e ele a ouviu encantado, o que a incentivou a contar a penúltima e a antepúltima, até que as amigas a pararam, sabendo que aquela torrente de palavras quando começava não mais acabava. E que Pietro, com aquela gentileza toda no semblante, nunca se mostraria incomodado, fazendo-se todo ouvidos, mesmo que a mente estivesse lá fora, a vagar na noite estrelada. Quando as quatro mulheres se acalmaram com a irrupção da presença masculina e a casa voltou à rotina, uma rotina transfigurada pela presença daquele homem de cabelos de chamas e mãos de mágico, que trabalhava silenciosamente, ficando horas e horas na prancheta que elas improvisaram para ele, um grande pedaço de madeira em cima de um pedaço de tronco, apesar de ele assegurar que não precisava de nada para criar — trazia tudo o que precisava dentro daquela pequena bolsa infinita feita de cacos de espelhos, na concha das mãos e dentro dos olhos —, foi a vez de Pietro seduzir Ana com seu encanto. Postada ao lado dele, ela se perdia no trabalho daquelas mãos perpassadas por raios e pulsações e ficava horas e horas silenciosamente a vê-lo pintar, triste de não dominar as cores, os traços, os pesos, as medidas e os volumes. As circunferências, as perspectivas. Amava ver as linhas a adquirirem corpo no branco, dando forma e luz ao vazio. Com seu pincel em movimento, era Pietro quem contava a ela histórias. Histórias dos sonhos que tivera. Sonhos intricados, emaranhados como selvas fechadas, cheias de enigmas e de luzes de olhares fugidios. Sonhos com animais pré-históricos, seres antediluvianos ou futuristas, de planetas que ainda viriam a ser descobertos, eldorados galácticos. Ela o ouvia e sonhava mais. E quase adormecida, como se estivesse a escutar música bem dentro do cérebro, as células e os neurônios tendo se transformado em negras e brancas teclas, tecia na mente contos que escreveria mais tarde, tendo como substância a tessitura dos sonhos dele. Com a chegada do pintor, a casa adquiriu, portanto, uma nova harmonia, um novo ritmo. Bela deixou de partir, voltar e partir de novo, adquirindo uma extática e estranha tranqüilidade. Não queria perder nenhum segundo da presença de Pietro para as outras. Todas as suas reservas de balas e doces foram gastas, compartilhadas com uma generosidade nunca antes suspeitada. Alma não mais ficou triste. Nunca foi tão solidamente humana, corpórea. O violino de Catarina, naqueles tempos nos quais a areia do tempo corria em ampulhetas, saiu de vez da caixa do peito, abandonando a prisão e enchendo a casa de acordes. Era um pássaro livre, solto. Um pião no chão. Elas, de tão risonhas, chegavam a rir de si mesmas, se achando tolas como crianças com um novo brinquedo, uma marionete de carne e osso. E riam também das brincadeiras de Pietro, que quando abandonava sua prancheta — maravilha das maravilhas, aleluia, aleluia! — ficava totalmente ao dispor delas, ajudando-as na cozinha ou na faina diária, ajustando o avental de uma delas ao corpo, mas com tamanho mau jeito e tanta trapalhada que as fazia rolar de rir no chão pedregoso — queria auxiliá-las, mas nascera só para pintar mesmo, e já era muito. Era tudo, aliás. Era o cosmo na casa. Incríveis visões. E às vezes, fazendo com que a alegria delas atingisse pincaros, chegando a doer, como riso solto, ele as pintava. Ou em separado, ou juntas. Sentiam-se como se fossem parte de sua criação. Sentiam-se dele, totalmente dele. Barro, vidro, tinta, mármore. A felicidade durou um ano, uma década, quem sabe um século ou apenas dias. Sem que o futuro, o futuro delas, jamais fosse mencionado. Para quê? Bastava a elas tê-lo. Ele e sua arte. Seu rosto de arcanjo caído na terra, sua habilidade em metamorfoseá-las na variedade de suas cores, o prisma que existia em seu olhar fundo como o mar. Por isso, quando ele disse que, assim como viera, um dia teria que partir, e o pior, que a hora da partida estava se aproximando, Alma dançou tão lindamente no meio da sala, uma dança cadenciada e estranha, que parecia ritual de índio para a chuva, o sol ou para a lua, uma mágica tão forte, daquelas que fazem o vento uivar nas folhas, as nuvens correrem céleres pelo céu, a lua se esconder sob o sol, como se quisesse jogar nele um feitiço, as folhas da saia voando no ar, os pés entrelaçando com seus toques no assoalho notas e colcheias, levantando a música no espaço, uma pirâmide de sons, um totem, que Pietro, dionisicamente embevecido, resolveu ficar um pouco mais. Efeito do feitiço? Das asas dos pés a baterem no assoalho de pedra? Não, o tempo não contava, disse Pietro. Era uma abstração. Um dia, um ano a mais ou a menos... a partida, ficassem tranqüilas, poderia ser adiada. Bela então preparou um bolo, Bela que nunca fizera nada, molhou sua mão em leite, mel e trigo. Transformou a clara em espuma. Bateu a massa. E de sua faina surgiu um imenso bolo com recheio de caramelo, ameixa e nozes; coberto com o suco negro do cacau. Bela sabia que Pietro adorava calda de chocolate. (Ele mesmo fazia bombons quando queria trabalhar com as mãos sem ser com pincéis e cores. A única coisa que gostava de cozinhar, bombons recheados. E gostava também de entalhar a madeira e de mexer com ferro, erigindo do chão estranhas esculturas. Ou de transformar o vidro em vitrais, fazer da transparência um *pedaço da natureza, atravessada pelo olho.) Catarina abriu um vinho espumante. Catarina, que de tão formiga, guardava tudo para os dias festivos que nunca vinham, transformou aquele dia numa orgia de alegrias e de gotas de espuma doce e ligeiramente amargas a se dissolverem na boca. E Alma cantou, enquanto Ana sonhava acordada, ouvindo o canto de Alma e o som fino, intangível, do violino de Catarina. E assim, cercado de mimos, servido como um rei pelas quatro mulheres, ele foi ficando, ficando, as telas se amontoando no sótão da casa, sótão que só passara a existir com a vinda dele. Lá reunia os quadros e os vitrais que passara a fazer concretamente para que elas também os vissem, retirando-os das paredes da imaginação, onde antes moravam. Eram como beijos, beijos cheios do calor de seu engenho. Arrebatamentos, comoções, coração desnudado. Mas não teria jeito, um dia teria que acordar daquele sonho sem fim sonhado pelas mulheres, e partir, com sua sacola de couro e espelho onde carregava vales e abismos. Curiosas, elas a abriram um dia, a sacola, e viram lá embaixo, no fundo sem fundo, o nascer perfumado da primavera. O cair iluminado das noites, a pureza das manhãs orvalhadas, pescadores em mares prateados, jogando suas redes pontilhadas de mariscos sobre peixes luzidios. E a fecharam rapidamente para não submergirem nas ondas que brilhavam lá no fundo com a cegueira e a limpidez do cristal. Ondas-sereias que as chamavam. Miragens. Se caíssem naquele abismo, sabiam, não mais voltariam. Deixariam de ser gente, virariam líquen, alga, mar. Sim, ele teria que partir, quando a roda do tempo voltasse a parar. Quando as águas se movessem e rugissem lá dentro da sacola, pedindo para ver de novo a crista dos oceanos, e o gigante que mora na profundeza dos mares. E para que elas deixassem de pensar na dor da partida, e não sentissem o coração ficar apertado dentro do peito, do tamanho de um dedal, asfixiando o sorriso e deixando-as sem luz, só sombra turva nas faces, ele propôs que na véspera da partida fossem ao povoado com ele. Há tempos não desciam à pequena vila! Bela, sem dúvida, descera nas madrugadas em que a porta de seu quarto ficara entreaberta, revelando sub-reptícias fugas noturnas, antes da chegada de Pietro. Mas elas nunca perguntaram nada a Bela do que ocorria lá fora, porque Bela não gostava de contar suas próprias histórias e, se pressionada, incorria no pecado da mentira, contando histórias tão extraordinárias sobre suas noites proibidas no mundo dos homens, aquele no qual o tempo voava e as feria, que pararam, complacentes, de lhe fazer perguntas incômodas. Histórias nas quais cavaleiros adestrados montavam a pele luzidia de unicórnios vermelhos, com estrelas na testa e arco-íris a descerem lépidos por seus rabos de ônix.*

A primeira vez que te vi, Maria, lembrei-me de Maria Eduarda. Maria Eduarda, a ama e o cachorrinho. Nas ruas brancas de Lisboa. Na luz marmórea de Lisboa. Carlos a viu e viu a deusa dentro dela. O corpo de estátua por debaixo do tule e do cetim enchia o vapor dos tecidos de intuídas formas de carne. Mármore aberto em seus veios pelo cinzel perfeccionista do artista morto. Estátua que anda, inundando a terra de harmonia e vida. E a achou inatingível. Ela passeava pelas alamedas da avenida da Liberdade, pela praça do Rossio ou por debaixo do arco da praça do Comércio, velada em seu coche, como se estivesse atravessando corcovas de ondas posta rainha no carro de Vênus, abrindo sulcos de lascívia na imaginação dos homens, que a viam nua, toda nua, lacrimejada de úmidas gotas marinhas. Ou foi no Campo Grande que Carlos a viu pela primeira vez? Ou na porta de um hotel, com seu casaco de Gênova, protegida da luz solar pela branca sombrinha segura por um angolano porteiro? Não importa, não importa a tragédia dos irmãos, a rua das Flores. A primeira vez que te vi, Maria, pensei em Maria Eduarda. E em Flora. Vaso quebradiço, flor de uma só manhã, matéria para doce elegia. Olhos grandes e claros cheios de um saber inexplicável, antiqüíssimo. Flora, que trazia a música dentro de si. E quando se dedicava ao piano se esquecia de si mesma. Sim, andavas como Maria Eduarda e tinhas nos olhos o enigma de Flora. Flora, o pomo da discórdia. Mas não estavas no Rossio nem no Chiado. Nem em Maricá, na rua de Matacavalos ou em Botafogo. Cruzavas os carros, no tráfego apertado de Ipanema, e eu temi por teu corpo, teu corpo perfeito, enxuto e moreno, elástico no meio do aço. Vi o fio do alumínio cortando a tua carne e tremi. Vi o carro de nácar da deusa ser engolido pelo asfalto fumegante. Ou quebrar. E quase corri para salvá-lo, reentregá-lo às ondas do mar, onde balançaria solene em sua trilha de espumas e conchas.

A primeira vez que eu te vi, Maria, foi sob o sol a pino. Estavas deitada na areia de Ipanema, pensativa, protegida pela barraca. Olhei para dentro do escuro e vi os pontos de luz de teus olhos cintilarem. Verdes, verdes cintilações. Pirilampos. Senti-me na selva. E pensei em Perséfone no bosque. Pronta para ir embora para o Hades, seqüestrada pelo desejo. Tu eras o inverno na primavera. Teu corpo escaldava sob o sol. E havia neve nos teus olhos. Fluidos cristais. Levantaste, atraída pelas crianças, filhas de tuas amigas. E foste brincar com elas. E de longe me sorriste levemente, estranhando-me, intrigada com a fixidez de meu olhar. Ou foi pura imaginação minha, não me olhavas, olhavas para algum amigo ou amiga que estava chegando na praia com a cadeira na mão, jornais debaixo do braço, uma toalha puída. Tantos eram os amigos que te cercavam, tantas eram as pessoas as quais tu te dirigias, ou te levantavas para cumprimentar. E enquanto andavas sobre a areia quente, rindo para as crianças, a pele morena se amorenando ainda mais, eu te seguia no espelho de minha retina, tentando entender tua beleza, o que havia nela de tão atraente para mim. Nunca notei que tu mancavas. Eras Vênus na terra, Maria, deixando-te queimar na areia comum dos mortais. A das ampulhetas. Por isso, quando bateste em minha porta e me pediste para morar lá em cima por uns tempos, no quarto vizinho à lavanderia, porque havias deixado teu marido e não tinhas para onde ir, eu nem pestanejei. Disse sim, navegando sem bússola dentro de teus olhos estrelados. Totalmente perdida em tua luz de farol. Bêbada de emoção. Nem falei nada com Beth. O que falar? Até então tudo havia sido decidido em conjunto, mas quem seria capaz de te dizer um não? Não, nem Beth. Senti como se a sereia de Andersen tivesse voltado das espumas para mim, andando por sobre as ondas com seus pés feridos, sentindo as agulhas afiadas da bruxa a perfurarem seu corpo para mim, só por mim. Para chegar até a mim. Não, não notei que mancavas. Como uma gaivota altaneira, sobrevoavas o mar.

Fazia muito tempo que não desciam à pequena vila. Já a tinham quase que esquecido no que pareciam eras de calmaria e solidão. As casas brancas de cal com floreiras nas janelas, os girassóis amarelos, os arroxeados gerânios. A torre da igreja, os pára-raios com galos. Haviam fugido das cidades. As cidades as assustavam. Haviam decidido morar perto daquela vila, mas mantinham-se afastadas, lá no alto da colina. Queriam uma vida tranqüila, onde o tempo não corresse pelos dedos fugidio como água de regato a saltar pelos seixos. Queriam tempo para criar e pensar. Por isso era tão raro irem ao povoado. Ficavam protegidas na casa da colina, também caiada, o portão de madeira meio apodrecida, quase que encostada à escarpa, de onde em noite de tempestades desciam com ruído de cascata cascalhos e pedras. Só muito de vez em quando iam à vila comprar mantimentos. O povo era gentil, trabalhador e silencioso, e não bisbilhotava a vida de ninguém. Carmen, a mulher da venda, morena cigana, lia as mãos. Logo que chegaram, aproximou-se, amistosa, fazendo questão de olhar a palma das mãos delas. Elas riram, negando-se, mas como não há quem resista a uma cartomante, a uma cigana, e à curiosidade quanto ao futuro, acabaram por ceder. E abriram as palmas, alvas, aos olhos perspicazes da Carmencita. Que deu um pulo para trás ao vê-las, aquelas mãos, e se negou a lê-las. Aliás, leu só a de Bela. Bela, a estranha. Bela, a vaporosa. Que gostava de ser engolida pelas noites e voltar com a aurora. Depois de ter observado que as mãos de Bela eram a mais pura treva, linhas sumidas, anciãs, enterradas na carne, ficou a cochichar coisas no ouvido da rapariga, que se fazia de desentendida, fazendo caras e bocas para as amigas, e dando uns risinhos maliciosos. Não adiantava nada perguntar depois o que Carmen lhe dissera, porque já podiam antever as narrativas fantasiosas que viriam. Por causa da necessidade de víveres, praticamente, desde que haviam se mudado para lá, era só com Carmen que elas falavam. A vendeira as atendia rapidamente, sem deixar ninguém se aproximar da loja no momento em que elas lá estavam, protegendo-as da curiosidade do povoado. Daquelas mulheres, era melhor distância, disse um dia a quem quisesse ouvir, ou seja, alguns homens que as tinham achado belas e que pensaram em cortejá-las. Elas não tinham passado nem presente e o futuro delas era só delas, um deserto ou um mar (as mãos praticamente nada diziam, jurava, a quem perguntava se as havia lido). Que as deixassem em paz. Sim, era verdade, queriam ardentemente a solidão, o tempo enclausurado pela distância do burburinho das cidades e dos homens, mas no fundo ficaram meio que assustadas com aquelas predições da cigana, com uma sensação de desconforto quanto ao futuro. Mesmo que não acreditassem de todo na sabedoria de quiromante de Carmen, aquela leitura de mãos que não se concretizara, as palmas que se abriram e que foram rapidamente fechadas, assim como os cochichos em torno das *linhas de Bela, que ajudaram a fomentar as lendas em torno delas, foram mais uma razão para praticamente não descerem amiudadamente ao pequeno burgo. Quando lá iam, o povo as olhava como se fossem bruxas ou ninfas — dependendo de quem as olhasse —, não adiantando nada explicarem que não eram nem feiticeiras, nem fadas, nem ninfas das águas ou das pedras, eram apenas mulheres em busca de paz. Mas ir com Pietro à vila, tinham certeza, seria algo bem diferente, seria uma festa. Queriam beber vinho com ele na Taberna do Dragão, onde nunca tinham entrado e que morriam de vontade de conhecer, porque diziam que lá havia uma cantora que cantava canções cheias de veneno e picardia, vestida de domadora de leões, que às vezes se enrolava em cobras e sem temor beijava a boca dos ofídios. Ninguém seria capaz de impedir Pietro de nada. Muito menos de lá levar suas amigas, para matarem a curiosidade. A ousadia estava no rosto dele. E o encanto. Tinha um encanto que derretia quem o olhasse, mesmo os corações mais duros, fossem de quaisquer sexos. Pietro, bem o sabiam, era uma chave mestra para entrar em qualquer lugar. Com ele poderiam beber e dançar a noite inteira, no coreto da praça, sem serem perturbadas. Ou acusadas de sortilégios e bruxedos. Chegou a véspera da partida. Todas as quatro se enfeitaram com xales e flores e puseram carmim nos lábios. Ana e Catarina escolheram o vermelho sangüíneo para o corpete, Bela foi de amarelo-ouro e Alma de azul celeste. E pela primeira vez desde que chegara, Pietro se arrumou. Abriu a sacola e de lá tirou suas roupas de festa. Ficou lindo com sua bata de pintor, toda florida nas mangas, os cabelos ruivos jogados para trás e no rosto o sorriso claro, de dentes alvos e perfeitos, cuja transparência encobria seus profundos mistérios. Ele era claro como vidro lavado pelas chuvas e, ao mesmo tempo, indecifrável, uma floresta cerrada, como as que pintava. Calmo, doce, mas se algumas delas colocasse a concha do ouvido em seu peito ouviria o rugido de oceanos nunca atravessados por naus de vikings, veleiros de deuses. Aventureiros, argonautas.*

A princípio, nos tateamos no escuro. Eu fora conquistada por ti de graça, desde o dia em que te vira com as crianças na praia, cercada por teus amigos, a pele tostada, e depois a andar pelas ruas de Ipanema, de volta para o apartamento que ainda dividias com teu marido, mas não te conhecia muito bem. Para falar a verdade, praticamente não te conhecia em nada. Só te havia encontrado em algumas noites nos bares que freqüentávamos, eu, Beth e os amigos dela de Ipanema, entre eles Armando e Chantal, Paulinho, Cacá e o Duda, e trocáramos algumas poucas palavras, apesar da imediata simpatia mútua. Beth me dera algumas referências, Maria, mas mesmo assim não dava para montar um quadro, muito menos um painel inteiro. Uma história, uma saga. Falara de Paris, dos sete anos de exílio, dera algumas explicações sobre por que mancavas (foi quando comecei a prestar mais atenção no pequeno movimento que fazias com uma das pernas, puxando-a ligeiramente no ar a cada passo que davas), sem entrar muito em detalhes para não me chocar ou talvez para ela mesma não se chocar, com aquela sua mania de evitar assuntos que considerava desagradáveis ou escabrosos. Como ela mesma dizia, tinha horror da hediondez humana, só que às vezes — esse até não era o caso, por tratar-se de hediondez mesmo — tinha horror da própria condição humana. Não percebia, ou não queria saber, consciente ou inconscientemente, que o homem não era perfeito em suas emoções. Daí gostar tanto de plantas e gatos, como se os homens a enchessem de náuseas, e os bichos e os vegetais, não, por serem incapazes de perturbar as suas emoções, tirá-la da aridez sentimental. O que me deixava ainda mais intrigada quanto ao fato de Beth atrair tantos amantes, mesmo sendo tão seca, mal-humorada e com tão pouca bondade humana refletida no rosto. Devia ter uma luxúria na cara que eu não percebia. Uma lascívia que não era apenas uma promessa, ou seja, que se concretizava plenamente. Porque não havia como duvidar que Beth devia ser realmente boa de cama, ter uma luz naquele corpo dotado de inusitada redondez (*fausse maigre*, peitos bem pequenos, colo para dentro, era cadeiruda e com pernas grossas, torneadas), devendo ser capaz de artimanhas de Noites de Mardi Gras que só revelava no leito, já que os homens não só vinham, mas queriam voltar ou ficar para sempre, sendo ela própria quem muitas vezes tinha que mandar embora o importuno, quando deixava de se interessar por um de seus efêmeros parceiros de cama (o que ocorria com uma certa freqüência, dada a sua súbita mudança de humores). Mas deixemos Beth, o mistério de seu corpo e suas idiossincrasias de lado. Porque o que importa agora,

Maria, é a tua chegada em nossa casa. Tua ocupação daquele quarto que não era quarto, mas que, ao lado da pequenez acanhada de teu apartamento com teu marido, era uma verdadeira suíte, com vista para a lua. Um quarto que tinha seus encantos, e que tu o encantaste de vez, fazendo com que eu amasse aquelas paredes nuas, aquele feio telhado de eternit, a janela descolorida pela ação tórrida do calor. Até então, a vida fora uma rotina. Beth vinha da rua, ia para a cozinha comer, trocava algumas palavras comigo e depois se fechava no quarto, sozinha ou com algum de seus enamorados. Um quarto que era uma espécie de caverna, porque, mesmo com todo o espaço que havia na casa, era lá que ela costumava ficar enfurnada horas a fio.

Já Carla falava comigo e bastante, chegando a me agoniar um pouco. Porque gostava muito de falar do jornal e de seus problemas no trabalho e fugia das questões pessoais. Nunca abria o jogo, nunca se revelava por inteiro. E do jornal, quando eu chegava em casa, fora algumas raras ocasiões excepcionais, geralmente estava farta, tendo muito mais predisposição para falar de sentimentos, sensações e de percepções sobre as pessoas que nos cercavam do que sobre ouro, dólar, matérias (minha matéria, em casa, eram o meu coração, os meus sentimentos). Carla, é claro, tu bem o sabes, Maria, era a nossa terceira companheira de casa. Aquela minha amiga jornalista que viera morar conosco para amenizar os choques entre mim e Beth, a pessoa que tínhamos decidido arrumar, se é que o verbo pode ser usado neste caso — mais que arrumação e ordem, Carla era a abulia e a desordem —, para esfriar os embates que haviam deixado um saldo meio negativo entre nós duas desde os problemas ocorridos na cozinha do apartamento de Laranjeiras. E, fossem quais fossem as suas características, que só viríamos a conhecer melhor com a convivência, sua vinda funcionou. O sabor agridoce que havia ficado em nossa relação aos poucos foi se desfazendo, chegando a desaparecer de todo do canto da boca — ou da alma —, onde cismara de se esconder ainda por alguns meses. Com uma casa daquele tamanho, extremamente acolhedora, tão grande que dava a sensação de que espíritos andavam pelos corredores à noite e pelas imensas áreas abertas ao léu — a do jardim de inverno e a que ainda se encontrava desocupada, sem a tua presença, lá na lavanderia —, era difícil, pelo menos no início, quando o encantamento com nossa nova moradia era ainda completo, alimentar dissabores ou arrufos. Espaço sempre ajuda a reduzir os embates (não os impede, mas ajuda bastante). Além disso, as emoções não ficavam mais perigosamente concentradas em mim e em Beth, havendo entre nós o biombo formado pela presença de Carla, sempre com seu sorriso largo, desmesurado (que desnudava indecentemente as gengivas), ao nos ajudar na tomada de decisões e na partilha de funções dentro da casa. Carla sorria — era muito difícil quebrar o seu bom humor, originado talvez pela distância emocional —, até mesmo quando era objeto das pouquíssimas desavenças ocorridas entre nós, motivadas pela necessidade de alcançarmos alguns pequenos ajustes, que visavam a melhorar nossa sintonia.

Desavenças essas que giravam em torno de questões essencialíssimas relativas a quem e quando jogar fora o lixo ou a areia do gato. Todo mundo odiava fazer essas tarefas, mas cada uma tinha que fazê-las um dia, e Carla, batendo suas longas pestanas e sorrindo sempre, preguiçosamente — era realmente a preguiça em pessoa —, costumava fazer corpo mole, mas acabava realizando o que tinha que ser feito. Pois tudo continuava sendo resolvido democraticamente, como numa célula do Partido.

A dona da democracia e do centralismo ortodoxo obviamente era Beth, mas ela também acabava por ceder em seu posto de líder empunhadora da foice e do martelo, principalmente quando Carla e eu nos uníamos. Enfim, o fato é que mesmo com Carla, meio que intuitivamente, tentando de todas as formas não se envolver medularmente com a casa como nós duas, Beth e eu, estávamos envolvidas, de certa forma ela me auxiliava a combater algumas das manias de minha idiossincrática companheira, rindo muito dos bilhetinhos deixados na cozinha e dos papeizinhos colados com durex no vidro do armário do banheiro ou no corredor, com instruções para apagarmos as luzes e tomarmos cuidado com uma descarga que teimava em quebrar e virar uma descontrolada cascata, quando muito pressionada. Enrolada em seus próprios anéis — tinha a mania de ficar nervosamente fazendo anéis nos cabelos com as pontas dos dedos —, sobretudo quando ficava a escutar algumas compridas análises que eu e Beth fazíamos sobre pessoas e situações nas poucas refeições que fazíamos em comum, na tosca mesa da sala (madeira crua, era a moda) — quase que perdida em si mesma, ou na sua falta de rumo na vida, Carla me fora essencial até a tua chegada, Maria. Pois se ela não tivesse vindo eu não teria suportado continuar a conviver com Beth. Quisesse ou não, tivesse jeito para a coisa ou não, ela era o nosso amortecedor. E suas dificuldades, bem diferentes das nossas, chegavam a nos divertir, distraindo-nos, as duas compartilhadoras de casa mais antigas, de nossas próprias mazelas. Pois ao lado de Carla já éramos superexperientes em independência e liberdade, tendo um ano de vantagem.

Recém-saída da casa dos pais, após algumas peripécias que haviam desgastado a relação com a mãe, nossa amiga estava meio que maravilhada com a sua nova situação, que de início não era capaz de usufruir de todo. Ia palmilhando o nosso campo, vendo até onde podia ir, como um gato doméstico, mas aventureiro, que nunca saiu de casa e de repente dá de cara com uma porta aberta e um corredor, e, mesmo que tomado de pânico e tremelicando, movido por uma avassaladora curiosidade, vai seguindo em frente. Primeiro mandou para nossa casa uma cama de solteira. A mãe não poderia imaginar para que ela ia querer uma cama de casal. Ou fingia que não podia imaginar, minando a coragem de Carla. Depois de uns três meses na cama de solteira, percebeu que esta não coadunava com seu novo estado e encomendou numa loja de móveis uma cama de viúva. Um meio-termo entre o dossel de virgem que seria permitido pela mãe, que ainda se esforçava em fantasiar para a filha um hímen que desde muito já se fora, e a liberdade total, o despudor de uma cama de casal. Só que tal cama de viúva, encomendada, levou semanas para vir, causando uma imensa impaciência em Carla, que só faltava pedir-nos nossas camas emprestadas por uma noite ou duas. Quando por enfim chegou o leito da viúva, que nunca perdera o marido, porque nunca o tivera, comemoramos, sem comentar que na realidade a tínhamos considerado extremamente ridícula e anódina, um artefato de madeira que ficava no meio do caminho da imaginação reabilitadora de hímenes de dona Carlota e da esfuziante e mal-intencionada imaginação sensualíssima de Carla. Ela estava muito feliz com a aquisição, daí não termos feito comentário algum. Pelo contrário, dissemos que era linda e que vinha muito a calhar para o tamanho do quarto, que era um pouco mais acanhado do que o meu e o de Beth. Com a cama veio também uma estante que carinhosa e infantilmente foi preenchida por bichinhos de pelúcia rosa-chá, marrom-castanho e azul-bebê. Uma menina-criança em nosso corajoso e dolorido mundo de pretensas mulheres adultas. A postura de mocinha com remorsos de abandonar o éden assexuado, no entanto, em nada escondia o quanto Carla queria ser uma fêmea madura, funcionando como um véu furado. Pois como se esforçou em ser dona de seus atos, enquanto morou conosco, e como fez inúmeras tentativas de ser uma mulher libertária e libertina, sem que a mãe o soubesse. Tinha até um mulato alto na jogada, muito do charmoso e garrido, que dava grandes gargalhadas lá dentro do quarto, provavelmente divertindo-se com a visão do batalhão de bichinhos celestiais, castanhos ou rosados como nuvens na alvorada, acastelados na inoportuna e por isso mesmo engraçada estante. Quem sabe estivesse fazendo guerra de bichinhos felpudos contra a nudez também castanha de Carla — era louca por uma praia. Ou talvez risse porque tivesse escorregado da fatídica cama de viúva, já que o amigo alegre de nossa amiga, conforme todas as fantasias masculinas, era mesmo o feliz dono de um porte hercúleo, que nos fazia facilmente adivinhar o restante da musculatura.

Mas, para o bem da verdade, devo dizer também, Maria, que Carla, liberta da mãe, não ansiava apenas por homens musculosos e seus fortes amplexos. Mais do que sexo na cabeça — e membros dentro do corpo —, o que ela tinha em mente era se divertir a larga, após os anos de prisioneira, batidas de pestanas e de dissimulação que suportara sob o tacão de dona Carlota. Lá em casa, fora o fim do teatro. Gostava de homens, sim. Mas o que adorava mesmo eram as festas. Seus imensos olhos pestanejudos sempre longínquos e um tantinho sonsos — o que os tornava intensamente provocadores para os homens — chegavam a girar dentro das órbitas quando se mencionava a palavra festa, antecipando a fartura de emoções, os transbordamentos, os novos conhecimentos e os riscos advindos. E felizmente para a nossa terceira mulher em Havana, seu espírito festivo, dionisíaco, há tanto reprimido, pôde ser fartamente saciado no período em que ficou em nossa companhia.

Pois como demos festas naquela casa, não é mesmo, Maria? Principalmente depois de tua vinda para o quarto contíguo à lavanderia. Acho que foi uma atrás da outra. Tua própria vinda foi uma festa. E creio que não só para mim. No começo Beth resmungou, dizendo que eu devia ter perguntado, tomado a decisão em conjunto, pedido uma votação, até porque nunca havíamos conversado sobre a possibilidade de transformamos em moradia para mais uma ocupante da casa o quarto de empregada, mas a rezinga não durou muito. Ela tentava esconder, mas estava razoavelmente feliz com a tua chegada, para não dizer extraordinariamente feliz. Nunca confessara, parca em elogios que era, mas é claro que Beth te admirava. Ter-te em casa, por outro lado, chegava a ser um motivo de orgulho entre os amigos dela, uma espécie de medalha ou galardão. Armando aprovaria, é claro (já devia até ter aprovado, porque, se bem o conhecia, provavelmente fora ele quem te enviara naquela noite, sabendo de antemão que nós te daríamos acolhida, não havendo necessidade de que ele mesmo intercedesse por ti). Paulinho e Duda, outros membros da célula de Ipanema, também adorariam a idéia. Já gostavam de nossa casa antes e gostariam mais ainda depois, sabendo que tu também estavas lá. Tu e tua pele morena, teus olhos verdes, teu sorriso tímido mas sempre cálido. Tu, a sobrevivente, a heroína. Brava e romântica guerreira.

Enfim, Beth bem que sabia que todos que participavam de nossa rede de amigos, que também era a tua, achariam que tínhamos agido mais do que corretamente ao te darmos abrigo, Maria. E intimamente, quando viera questionar, em meu quarto, a solitária decisão que eu tomara —

ou seja, a decisão que não fora debatida por nosso pequeno conselho, a grande falha minha na história —, já havia dito um sim. Por causa de teu exílio e tudo mais, que ela conhecia muito melhor do que eu, e respeitava, já que mesmo tão politizada quanto se dizia permanecera cautelosamente grudada no país nos anos de chumbo, não tendo nunca passado pela tenebrosa experiência dos aparelhos e vivido o horror dos vulneráveis encontros em pontos com o coração na boca, a angústia dos informes cada vez mais constantes e rotineiros dos amigos caídos, que não mais voltavam a ver a luz do dia. Em outras palavras, ela jamais te diria não e não disse. Reclamou comigo a tomada de decisão unilateral — não importava que Carla também estivesse em casa naquela noite — mas matreiramente não ousou fazer nenhuma reclamação na tua presença, e o fato é que ficaste. Porque Carla não era nem contra nem a favor, topava qualquer coisa, contanto que ninguém metesse o bedelho em sua vida e em sua liberdade recém-adquirida, na qual a grande conquista fora a cama de viúva (se havia alguma luta com Carla era apenas no tocante ao lixo e à areia do gato, que fora uma invenção dela própria, o Dr. Roberto).

E quem enfrentaria a sinceridade que habitava teus olhos diamantinos? Ninguém, nem mesmo Beth e sua rabugice. E aos poucos o milagre aconteceu. Enquanto Carla, com seu sorriso largo, que escondia segredos e inseguranças, sua ânsia por emoções, rupturas, sua tendência em manter distância dos problemas, fora um colchão que suavizara os embates entre mim e Beth, tu foste uma liga entre nós, um amálgama. Tua presença silenciosa — quando chegaste vivias absorta em ti mesma, em teu passado, em tua dolorosa separação — incrivelmente nos uniu, mudou nossas vidas. Porque eras integridade, justiça, doação, da ponta de teus cabelos negros à unha do pé morto. E porque trouxeste contigo tua música, teu imenso afeto, e tua dor.

Um presente, ele iria deixar um presente para elas? O que seria? Foi quando voltaram da vila que Pietro deu a notícia. Mandou-as dormir — estavam exaustas mesmo de tanto dançar e da emoção que fora conhecer a Taberna do Dragão, a rouca cantora sibilina e dar de cara com Carmen lá dentro a servir as bebidas no balcão, vestida provocadoramente de verde e vermelho, profundo decote, e com uma exótica e forte maquiagem — porque queria trabalhar solitariamente madrugada adentro. Era comum, quando ele pintava, trocar os dias pelas noites. E o presente seria uma surpresa, que elas só poderiam ver quando o sol chegasse, despontando na ponta da colina. Cada uma delas naquela noite sonhou com Pietro. Bela se viu presa em ramagens na beira de um precipício, sentiu-se cair e no fundo da água espelhada do mar viu o rosto dele. Era um homem-peixe que a trazia de novo para a superfície. E que ao ver o sol virava homem de verdade e a levava para um distante deserto infindo, esteira de dunas sem bordas no horizonte. No deserto, andavam sobre as estrelas que se refletiam no ouro da areia. E beberam néctar doce e amargo no cálice de um cacto até o vento uivar e a areia virar mar. Catarina *se viu tocando violino para ele, só para ele. Violino, alaúde, violas, harpas. Os dedos magros voaram ágeis pelas cordas. Neles surgiram minúsculas asas de vaga-lumes, que tiraram dos instrumentos os sons da origem e do fim. Pietro interrompeu o concerto e a levou para uma sala onde havia um imenso piano branco, de cauda, sentou-se na banqueta, vestido de smoking de seda, e tocou para ela sonatas de Bach. Ela o acompanhou no violino, mas de repente o violino caiu no chão, porque ele a beijava docemente, o celestial e cadenciado som de Bach a circundando como um perfume, uma revoada de pássaros. Quando sentiu o beijo mais intensamente, Catarina acordou aterrorizada. O que as outras não iriam pensar? Pietro não poderia ser somente dela. Todas o amavam. O coração culpado bateu mais rápido, tomado de medo e prazer. Ana o viu montado num cavalo e o seguiu com os seus pés alados. Pararam num bosque. O bosque tinha um lago. Ana tomou banho no lago e sentiu que seu corpo de borboleta crescia e se fazia mulher. Para ele. Ele a cobriu de flores. E beijou a tenra e branca pele de seu pescoço. Ela sentiu o arrepio e sorriu, feliz. Ana não tinha medo da felicidade. E não tinha a culpa de querê-lo só para si. Alma dançou, dançou, dançou, até que o sentiu perto, quase colado, respirando junto à nuca, fazendo-a sentir uma tepidez de brisa morna de verão... Dançava com ela, cantando baixinho em seu ouvido uma música que nunca ouvira, em uma língua estranha. Não saberia dizer por que, pensou em Mozart, Sarastro, Papageno, a flauta, a dama da noite e os iniciados. Pietro era a iniciação no amor. Ou quem sabe o próprio Amor? Uma brincadeira dos deuses? Sentiu-se embriagada de prazer como Psique, mas uma Psique consciente de seu dono, pronta para a entrega. Uma Psique sem dúvidas, medo, sem desejo de traição. Mas o que Pietro queria de todas elas? De que ele ria, na concha de seu ouvido, o que sussurrava naquele estranho dialeto? Aramaico? Sânscrito? De onde viera, para onde partiria? O que ele sabia que elas não sabiam? Sentia em sua própria epiderme, no sangue que corria quente nas veias, que quando ele se fosse a roda do tempo voltaria a parar, por segundos que seriam um século, tanta a tristeza, e que depois de novo voaria solta, trazendo marcas, cicatrizes, rugas, sem a presença dele para as acalmar. À noite, Alma bem o sabia, ele ficava praticamente invisível enquanto pintava, só a pintura tinha vida. Mas ela o enxergava no escuro. Na treva via o cabelo ruivo, a cabeça que subia e descia seguindo o movimento nervoso das mãos pequeninas a misturar as tintas. Quando vinha o dia, tudo esquecia, a visão das cores trêmulas, o conhecimento, a sensação de espanto diante do incógnito. E na testa ardia a queimadura da lâmpada de querosene. Ou de velas. Ele pintava sob a luz de velas. Como se tivesse vivido em outras eras, na boca do universo. Mirífica. A nascente do rio da vida. Ou era tudo imaginação? O que seria, afinal, o presente? Ela sentiu a pressão nos dedos e viu que ele a levava para a sala, para pintar com ele... queria a flor de sua alma na pintura... queria dançar com ela dentro do quadro. Entraram na parede. Dentro do sonho dela. E de repente ela viu no espelho do sonho que ele, Pietro, era ela. E ao mesmo tempo não era. Gritou, não de dor. Puro êxtase. Píncaros de prazer.*

Era quase que inebriada de felicidade que eu subia as escadas que davam para o teu quarto solitário e via a lua pendurada em cima de teu telhado cinza, tua janela protegida por jornais velhos aberta para o frescor da noite, a luz acesa. Eu sempre chegava de madrugada e tu ainda estavas acordada, como se estivesses à minha espera. Como se estivesses... Ainda não sabias muito o que fazer da tua vida. Estavas cheia de dor pela dor que causaras. A separação fora uma decisão unilateral de tua parte.

Murilo andava por Ipanema e seus bares como um cão sarnento escorraçado, procurando aconchego no burburinho dos amigos reunidos em volta de mesas umedecidas pelos copos lagrimejados de cerveja, atulhadas de bolachas de cortiça e pratos de petiscos pela metade. Todos fingiam que nada havia acontecido, mas, nos olhos de Paulinho, Duda, Cacá e Armando, Murilo sentia a compaixão, e desnorteado voltava sozinho para a dor com a qual dava de cara nas ruas, andando a esmo até ficar exausto, buscando encontrar nas esquinas da Zona Sul do Rio as quinas dos bulevares de Paris, onde fora tão feliz contigo. Certo de que nunca o abandonarias, porque nunca tinhas demonstrado nenhum sinal de insatisfação com o relacionamento aparentemente tão seguro, enraizado na terra doída do passado. Por isso é que ele não entendera aquela súbita, maldita separação. Queriate de volta a qualquer custo e sofria como o diabo. Armando, nosso bom Armando, preocupado com o sofrimento do amigo repentina e brutalmente descasado, náufrago perdido em sua incapacidade de racionalizar a perda inesperada que sofrera, que o cortara do umbigo do mundo antes tão reconhecível, tão íntimo e amado, quando Murilo não aparecia, ia buscá-lo em casa para levá-lo para os bares onde a turma costumava fazer ponto. Tentava manter o amigo a qualquer custo dentro de uma rotina. Tentava abafar o grito. Eram dois os bares de seleção, e em cada noite poderiam estar num deles. E Armando praticamente trazia Murilo pela mão, fraternalmente, arrancando-o da solidão para a qual ele sabia não haver cura, mas que dentro do espaço que dividira contigo, Maria, era ainda muito mais amarga do que a solidão em companhia dos companheiros de fortuna, infortúnios e ideais. Armando e também Duda, é bem verdade, se esforçavam em criar uma normalidade para Murilo, Duda, o líder que não era líder do grupo, já que a liderança inata, até ele mesmo o sabia, era de Armando, devido ao carisma perante o qual o próprio Duda se curvava. Era sempre assim: quando Murilo não dava as caras nos bares, os dois o obrigavam a sair de casa e da depressão, dando apoio sem fazer perguntas, imaginando dentro de si mesmos a vastidão da dor do amigo. Este não podia entender no que falhara, mesmo que batesse com a cabeça na parede para que ela rachasse e nela entrasse alguma faísca de entendimento, porque não houvera falha ou erro, o que ocorrera fora apenas o fim do amor, um amor que talvez nunca houvesse sido amor.

E tu também sofrias, Maria, ah, como sofrias, ao sabê-lo sofrendo e ao mesmo tempo ter a mais completa consciência de que a situação era irremediável. Não voltarias. Nada nem ninguém te fariam voltar. Eu tentava te consolar, mas também para ti não havia consolo. Pelo menos naquele momento, em que tu te sabias tão dura, tão inexpugnável. E tão inexplicável, até para ti mesma. Procurava então te fazer pensar em outra coisa qualquer, falando sobre tudo sem parar, jogando-te em cima uma cascata de palavras. Amor, família, mulheres, a diferença entre os sentimentos dos homens e das mulheres. O que queremos, o que eles querem, o que não queremos. Com medo de te magoar, ao tocar em algum campo minado, eu mudava totalmente de assunto e até mesmo, quebrando uma regra minha, dava uma de Carla e passava a falar do jornal, tentando te passar meus novos *insigths* sobre a economia mundial, que sempre me deixavam em grande euforia, euforia com a qual não compartilhavas nem um pouco, porque teus interesses eram bem diversos dos meus. Eu pensava o mundo e tu, que uma vez pensaras em reformar o mundo, naquela ocasião, eu viria em breve a descobrir, para meu maravilhamento, só pensavas em música, emoção pura, ritmos celestes. Sim, só a música diminuía a tua tristeza, ou pelo menos tu a diluías na mágica aritmética dos sons. Mas, sem ainda te conhecer muito, eu insistia em te falar sobre minhas novas descobertas, as que eu trazia de meu trabalho para teu quarto.

Ainda não se falava da globalização e seus males, a rede ainda não havia chegado, mas estávamos chegando perto. E eu delirava, falando do fim da serpente européia, de Nixon e da derrocada do padrão ouro, do Brasil a navegar nestes novos mares sem âncora, instáveis... Despertavas então de teus devaneios, esquecias momentaneamente tuas feridas e tentavas seguir meus pensamentos, mas apenas por amor a mim, porque apesar de tua vivência política nunca havias te interessado por mercados de ações e de capitais, crises de petróleo, taxas de juros, dívidas interna e externas, meus assuntos prediletos, naquele tempo, fora a intimidade dos sentimentos e os livros. O que eu queria, com aquela enxurrada de economês, verdadeiras conferências sobre as molas do poder universal, que eu sabia não te comover em nada, era fazer com que tu parasses de pensar em Murilo perdido na noite, já que de nada adiantava pensar nele e sofrer, na medida em que estavas firmemente decidida a não voltar para ele. A decisão de abandoná-lo viera repentinamente, sem quê nem por quê. Não chegou a ser uma iluminação, mas tivera o impacto de um raio caindo em tua cabeça. Não sabias explicar muito bem os motivos que te haviam levado à minha casa, naquela noite em que Beth estava ausente, para pedir que te acolhesse. A escolha fora irreversível, esmagadora, tendo a força destrutiva de um aluvião. Um vulcão que demorara a explodir, mas que explodiu, derrubando a cidadela de Murilo. Os templos que construíra para ti no latejante, amoroso coração. Tu apenas percebeste que tinhas que ir embora e foste embora, como uma cega guiada pelo instinto e não pela razão, do pequeno apartamento que fora o lar de vocês dois desde que, ainda como um casal inseparável, haviam chegado ao Brasil, logo após a anistia. Mas para ti mesma foi como se tivessem arrancado um braço teu. Ou uma mão. Haviam sido sete anos em Paris, colados, agarrados. Um não largava o outro. Mas com a volta para o Brasil tudo ruíra. Com o tudo rapidamente se transformando em nada. De uma hora para outra, o amor, a amizade foram esmagados, viraram pó.

Querias ficar livre, livre e só. Sem liames, sem laços, sem o braço de Murilo apoiado no teu, apoiando-te. Querias medir tuas medidas, teus limites, tua força, e entender o que sentias, sem tê-lo a teu lado, a te asfixiar de carícias. Querias parar de viver a vida de Murilo, querias o fim da proteção. E reencontrar tua outra vida dentro de ti, a outra vida cujas sementes estavam florescendo havia tempos dentro de teu peito, só que Murilo, que tanto gostava de pôr a cabeça no teu colo, não as ouvira brotar. Não sabias o que fazer, que caminho trilhar, onde abrir picadas. Não estavas em pânico, mas estavas espantada com tua própria decisão, tua vontade, teu desejo. Quando decidiste deixá-lo, tivesse Armando dado a idéia ou não de nos procurar, tu sabias que te receberíamos. Sabias porque viras nos meus olhos, à distância, no lusco-fusco dos bares, ou naquele dia em que subimos a favela para a festa de São João (ainda podíamos subir em favelas naqueles tempos, e ir até a última casa, a lá do topo, para fazer xixi naquela que os líderes comunitários consideravam a melhor) e eu fiquei a te olhar fixamente dançando, segura por Murilo, te namorando sob o redondo perfeito da lua sobre o morro, intrigada com a simplicidade de tua beleza, em busca de uma chave.

Era sempre a mesma intrigante questão, a martelar os meus sentidos, o meu cérebro... O que tanto me atraía? O cabelo farto e negro? O corpo flexível, sob a roda da saia? Ebúrneo? Saído do fundo do mar, como uma citérea? A tristeza de teu sorriso? Sim, seguramente sabias intuitivamente, apesar das poucas palavras que havíamos trocado até então, sobre a chuva, o calor ou a ressaca do mar, que eu faria qualquer coisa que tu me pedisses. E foi por isso, gosto de assim pensar, que, antes de recorrer a qualquer outra pessoa, tu vieste a mim de mãos vazias, sem trazer nada, só para fazer o pedido, para checar minha acolhida. E somente no dia seguinte trouxeste tuas roupas, quase nada. Davam todas em uma pequena sacola. Impressionante, aliás, como tinhas tão pouco de teu, no apartamento em que vocês dois viveram dois anos. Ah, mentira, mentira, não, esquecimento meu. A música, é claro, havia toda a tua música. E ela era sua. Os discos, uma enxurrada de discos. E ele te deixara levá-los, sem uma queixa, um egoísmo, porque te daria a casa inteira, se tu a pedisses, mas não pediras nada, só teus discos, tuas poucas roupas e algumas das lembranças dos tempos vividos em conjunto em Paris, fotos, cartas, cartões-postais. Aos poucos, tu me inundaste de música, Maria. Sim, em troca de minhas tentativas de te encharcar de mundo, de fazer esquecer a dor de Murilo, tu me deste aquela imensidão, tua música. Espertamente, talvez, porque assim silenciaste, a mim e meus *insigths* globalizantes. Ouvíamos teus discos, deitadas nas almofadas do jardim de inverno, aquelas que ficavam sobre os dois compridos sofás de alvenaria, quase que todas as noites. Puxavas tuas preciosidades das prateleiras, selecionando-as, pondo-as para tocar como se estivesses catando para mim conchas na areia de Ipanema, colando-as à mirrada concha de minhas orelhas. Quebrando minha surdez. Eram os teus bens mais queridos. Teu tesouro. Tuas jóias de pirata.

Maria, Maria, tu me batizaste de novo em tuas águas de som. Teu rio. Meus ouvidos se abriram, despertaram, e infelizmente adormeceram de novo quando tu partiste. Fui uma aprendiz que dependia totalmente da presença do mestre para manter vivo o meu novo saber. Sem ti, Maria, fiquei surda de novo. Mas valeu a pena ter entrevisto, ou melhor, entreouvido aquilo que antes eu nunca ouvira. No final daquelas nossas audições, eu estava tonta, impregnada de música, e tão humilde e devotamente agradecida a ti por ter desencantado um de meus sentidos, ter feito o silêncio cantar, que minha vontade era arrancar do peito o coração e depositá-lo, batendo ainda, todo ensangüentado, no meio do frio assoalho de lajotões marrom-avermelhados. Para que o ouvisses. Para que tu ouvisses o meu ruído descompassado. Merecias ouvi-lo, como se ouve o coração de uma criança por nascer, já que para mim eras o nascimento da música. E eu, bem, eu te enchia de sonhos, não é? Apenas por existir, ou te amar, sei lá, daquela forma doida que nem eu mesma entendia. Ou que talvez comece a entender agora, só agora, Maria. De sonhos de independência, porque nos sete anos de Paris viveras na dependência do amor integral de Murilo. Quando saíste da Alemanha e chegaste em Paris, nada fazia sentido para ti e Murilo te amou sem te pedir nada, significados, sentidos, e sem te perguntar nada sobre o que sentias em troca, sem te exigir promessas. Te apoiaste nele como no tronco de uma árvore milenar, cansada de lutas que estavas. Mas agora querias suportar tua solidão e o peso de tuas memórias sem ter um homem do lado. Querias dar tempo ao tempo, até que surgisse alguém que valesse a pena. Alguém que amasses de verdade, não como a um irmão, um aconchego, abrigo.

E para captar melhor o que estava acontecendo dentro de ti, dentro daquela caixa sonora que era a tua máquina de pensar, eu queria que tu me explicasses tudo, que me contasses tudo, todo o teu passado, até chegares à noite em minha casa, a casa que também era de Beth e de Carla, e pedires para ficar no quarto vizinho à lavanderia, cuja entrada era atravancada pelo tanque e pelo rol de nossa roupa suja. Sôfrega, eu queria o teu passado. Queria chegar com uma vela iluminada por tua história ao fundo de teus olhos luminescentes para entender por que que mesmo quando sorriam eles pareciam chorar sem poder chorar. Era como se houvesse uma pedra lá dentro, que te calcificava para o amor, e que precisava ser retirada, para que pudesses viver plenamente de novo, de novo amar. Uma pedra de dor. Um cisco de gelo. E mesmo com toda esta dor, eras tão doce, tão apaziguada, que em teus olhos eu via peixes e algas, cavalos-marinhos, anêmonas, estrelas-do-mar, e deles não conseguia me apartar. E Beth não perdoou, não perdoou aquele amor que ela não entendia. Não perdoou as horas que passávamos juntas, as conversas sem fim na sala, as audições de música no jardim de inverno, nós duas estiradas sobre o sofá ou esparramadas no chão, relaxadas pelo prazer daquela companhia tão irmanada, tão íntima. Não anistiou nosso encontro, a cumplicidade.

A ti, é claro, ela perdoou. A culpa, se houvera alguma culpa, do ponto de vista dela, fora toda minha. Pois tua aura te protegia, Maria. Tua aura era forte demais, até mesmo para Beth. Ela nunca a faria sofrer, porque tua cota tantálica já vivida de sofrimento daria para encher mil tonéis de danaides, infernais e sem fundo. Já eu, bem, apesar de já ser bem crescidinha e ter amantes que me visitavam à noite como ladrões da pudicícia alheia, do ponto de vista de Beth, que confesso não estar totalmente errado, eu era uma menininha mimada por meu pai, gastadora, e sem limites, e podia sofrer à vontade. Por isso, ela deve ter jurado, quando o ciúme começou a corroê-la, um ciúme não localizado, que provinha apenas do fato de ela não suportar as paixões humanas, que eu teria de pagar por te amar tanto, Maria, e ainda por cima ter sido inundada de música ao conhecer-te. E viver o teu mistério como se ele fosse o meu. Como ela ousa?, deve ter pensado Beth, ir além das muralhas e limites que todos haviam construído em torno de ti, para te proteger, ou sei lá o quê...

Mas isso foi bem depois. Bem depois, mesmo. No fundo não posso nem reclamar, porque aproveitei bastante da cálida fraternidade que eu via em teus olhos e que me deixava ébria, num estado de felicidade que veio a se tornar tão declaradamente evidente a ponto de ter suscitado a inveja em Beth, deixando-a enfurecida e com ganas de me matar. Mas como já disse, isso foi bem depois. Antes, Beth não se deu conta de nada. Sua rastejante imaginação doentia só veio a florescer após muitas voltas da terra ao redor do sol, quando provavelmente passou a considerar que rolávamos juntas em camas e dosséis — que não eram de viúvas — como duas personagens baudelairianas, debochadas e lúbricas. Seria preciso ter uma imaginação muito mais forte do que a de Beth para saber que eu não precisava tocá-la para ter prazer. Tanto que nunca a toquei. E que tua música me bastava para me dar orgasmos. E que não conspurcaria aquela intimidade anímica com o sexo, porque de sexo eu já estava cheia. Era só o que Lula me dava. Aos borbotões, bebendo vinho em minhas fendas na garganta negra da madrugada. De certa forma, assim como Beth não usou sua faca em minha carne, mas o desejo de usá-la foi suficiente para matar em mim muitas de minhas ilusões sobre a bondade humana, e me fazer assim sofrer mil mortes, eu nunca precisei tocá-la para ter prazer, Maria. O que me deste foi infinito. Mais infinito e misterioso do que qualquer outro orgasmo. E há quem não acredite que exista algo além do corpo. Algo que talvez esteja na música. Ou na natureza. Ou estarei sonhando, mais uma vez?

Mas logo de início, sim, voltemos ao início, Maria, ao nosso tempo de felicidade (sei que de certa forma sempre narro o que já sabias ou intuías, mas não deixa de ser também um presente teu este meu prazer de narrar, já que me ajudaste a libertar a literatura dentro de mim, dessacralizando-a). Bem, mas continuando, de início Beth não prestou muita atenção no que começava a acontecer entre nós duas. Ela estava às voltas com um novo emprego e um novo amante, um jornalista bem interessante, que conhecera neste novo trabalho, e não tinha tempo para pensar em nós. Quando acabara a relação com o deputado, Beth sofrera, apesar de que fora ela mesma quem decidira acabar. Apesar do nariz adunco e do rosto de poucos amigos, como já ressaltei, ela realmente parecia ter mel pincelado em todo o corpo. Durante alguns meses, os meses vazios de emoção em que dividíamos a casa apenas eu, ela e Carla, Beth ainda manteve o retrato do deputado colado à parede, à direita do espaldar da cama. E tinha razão em manter a fidelidade ao retrato, já que, casado ou não, posso testemunhar, tratava-se de um homem que gostara de Beth de verdade.

Fora um tempo em que ela, mais do nunca, se fizera mulher, quase que mulherzinha. Talvez porque o admirasse (e não era sem razão) e a ele tivesse se subjugado, se fazendo doce, feminina, enquanto durara a relação. Talvez porque tivessem afinidade política, além da física. Mas como ele nunca deixaria a mulher e os oito filhos, ela resolvera, repentinamente, cortar o mal pela raiz, proibindo-a de vê-la. Não fora uma decisão fácil e, neste exato momento, tive orgulho de ser sua amiga. Mostrara um ímpeto inusitado na decisão. E o corte, só em olhar para ela podia sentir, doera fundo. E me impressionara muito depois o fato de, apesar de ser extremamente sexualizada, durante muito tempo — um tempo sem fim para nós naqueles tempos — ela não ter deixado ninguém entrar na vida dela. Mantivera o corpo faminto em greve de fome. Até que — nada poderia ser eterno em mulheres de trinta anos que tinham as portas do mundo abertas, após muito lutar para abri-las — acontecera o novo trabalho e o jornalista. Uma coisa boa este jornalista. Na realidade, até aqui eu estava a usar de uma meia-verdade, chegando a ser má ao dizer que apenas Armando era o lado bom de Beth. Porque Adriano, e eu não poderia nunca me esquecer de Adriano, foi uma demonstração clara de que Beth tinha realmente alguma beleza dentro de si que não mostrava para nós. Guardava toda a sua graça, verve e feminilidade para os homens, deixando os piores aspectos de sua personalidade para as suas coabitantes. Há mulheres, infelizmente, que são assim, charmosas apenas para os homens. Medusas que se transformam em Calipsos, quando encontram os seus Ulisses. Aceitam as outras mulheres, vivem com elas, mas não se dão a elas como se dão aos homens, no plano emocional. Há mulheres nascidas para os homens. E Beth, pelo que eu constatei, era uma delas, sem dúvida alguma. O que víamos, portanto, todos os dias, era uma mulher mal-humorada, zura, e que vivia imprecando, do alvorecer ao crepúsculo. Quantos palavrões horríveis era capaz de tirar de seu baú de expressões. Mas quando fechava a porta do quarto e trancava a janela — que dava para nós ao dar para o pátio interno da casa — para se dedicar a seu jornalista, a sensação que tínhamos é que fazia alquimias lá dentro, transmudando-se em generosidades, palavras doces, sussurradas, provavelmente até dando comidinha na boca do rapaz, já que levava seus melhores mantimentos macrobióticos lá para dentro, às vezes acompanhados de uma cervejinha ou de até mesmo de um vinho. E um vinho para Beth era o máximo da excentricidade, quando era comprado por ela mesma.

Costumava levar também jornais. Não só porque éramos todas, com exceção de ti, Maria, mulheres jornalistas, com o vício de notícia. Ele a estava ensinando a arte da diagramação e os dois analisavam juntos a arte gráfica de vários periódicos cariocas, fazendo recortes e assinalando corpo de títulos. E para tornar ainda mais agradável aquela alcova que era sua casa — uma casa indevassável, devido à mania de fechar tudo, portas e janelas —, um dia, a fim de aumentar o conforto do jornalista, ela veio municiada de um pedreiro, abriu um buraco na parede e colocou lá um ar-refrigerado. Ficamos abismadas. Era mais um gasto de pasmar qualquer uma que conhecesse a sua mania de poupar dinheiro. Contraditoriamente, portanto, de todas nós seria a única a ter um ar-refrigerado. O que não quer dizer que a sovinice a tivesse abandonado. Para as pequenas coisas, continuava mais avara do que nunca. O dia em que resolveu solicitar a empregada que fizesse um manjar para receber a mãe, teve um ataque quando eu às escondidas dei dinheiro à dita cuja para que comprasse ameixas e fizesse uma calda. Essa foi, aliás, uma das nossas primeiras brigas naquela casa implausível que tanto amávamos, o *cottage* inglês que ela conseguira achar para nós no meio da selva da cidade. As ameixas a deixaram fora de si, como se fossem uma gota d'água sei lá do quê. Disse-me, na ocasião, que, se quisesse ter solicitado um manjar com calda de ameixas, ela mesma teria dado dinheiro à empregada para comprá-las. Mas que eu tinha aquela terrível mania de ser boazinha e intrometida em tudo, fazendo as coisas sem perguntar e sem me preocupar com o sentimento dos outros. E, por outro lado, o que era o pior, fazendo-a passar vexame diante da empregada, que era nova, pois sempre eram novas, recém-saídas do forno, as nossas empregadas, dando a entender que ela não tinha dinheiro para pôr uma calda no doce da mãe.

Sim, a guerra da cozinha mostrava suas garras novamente. Assim como um gato que mostra as garras para o dono. Mostra e os enfia de novo naquela pele macia. Estávamos tão felizes, era tão grande a parcela de harmonia entre nós quatro, de troca, plenitude na integração, mas Beth continuava a criar, volta e meia, problemas que eu achava incompreensíveis. As empregadas sumiam como se caíssem num invisível alçapão, lembras disso, Maria? Nunca conseguíamos ter nenhuma que durasse mais de uma semana ou duas, porque Beth as despedia, dizendo que tinha sido desrespeitada. E era a coisa mais fácil do mundo ela se considerar desrespeitada, pelos motivos os mais estapafúrdios que se poderia imaginar. Mas, mesmo sabendo disso, era um certo mistério para nós o desaparecimento de todas as empregadas, mulheres as mais variadas possíveis, de corpo e forma as mais diversas e de personalidades também extremamente díspares.

Até que chegou uma que elucidou para nós o enigma ao enfrentá-la. Rosa. Mas isso já foi lá pelo segundo ano em que estávamos vivendo juntas. Ou terceiro, quem sabe... Durante muito tempo, o ritmo da casa foi dado por Beth. Maníaca por detalhes, fazia de nossa confortável moradia uma caserna, cheia de regras. Mas nós duas pouco ligávamos, chegávamos a nos divertir com aquele amontoado de manias. Nós e Carla, quando estava presente, já que costumava estar mais ausente do que presente, só entrando na casa de madrugada, com alguém que não víamos. E também não estávamos nem aí para os gritos e resmungos de Beth, sobretudo quando saía da cama, e o jornalista não mais estava no quarto. Com a alegria de tê-la em casa, Maria, eu não me importava mais com nada. Beth ficara praticamente invisível para mim. Beth, seus bilhetinhos e a mania de dar sumiço nas empregadas. Também passei a não ligar mais para o pouco envolvimento de Carla com a casa e nossas questões internas. Seus aparecimentos e desaparecimentos. Eu só queria decifrar o teu olhar. Teu mistério me bastava. O encantamento não acabava. Quase que corria do trabalho para poder chegar em casa e ainda te encontrar acordada em teu quarto-mansarda. Era uma delícia ter alguns momentos de solidão compartilhados contigo. Porque eles eram raros e difíceis. Nossa casa, principalmente nos fins de semana, vivia sempre cheia de gente, amigos, amigas, parentes, ex-exilados, jornalistas, cineastas, artistas, os estrangeiros que Chantal e Armando traziam, aventureiros, o grupo do bar, o grupo da praia. Uma casa de quatro mulheres dava margem a fantasias, e, além do mais, tínhamos os braços e as pernas estendidos para o mundo, ávidas por novas experiências como estávamos. O sobrado virou um ponto de encontro em Ipanema e como estávamos ansiosas por vida, dispostas a provar e esgotar todos os néctares e elixires, gostávamos que fosse assim, um lugar onde qualquer um pudesse ficar à vontade, passar uma tarde ouvindo discos, solitariamente, se quisesse, lá no jardim-de-inverno, ou conversando com uma de nós. Tínhamos prazer em receber, e até mesmo Beth costumava se reunir ao grupo de convidados, quando a casa estava cheia e seu amigo jornalista, fosse por causa do rolo ainda mantido com uma noiva em Campo Grande, ou devido ao fechamento do jornal, se atrasava ou avisava que não poderia vir vê-la à noite.

Anêmonas, ranúnculos, raízes. Olhos de cobra, gemas. Respiração de espíritos. Primeiro, o pintor fez jóias, jóias para cada uma delas, com aquelas pequeninas mãos nervosas. Um colar para Ana, brincos para Catarina, um anel para Bela, uma pulseira de pé para Alma. Usava corda, arame, conchas e prata esmaecida de luar que tirava do fundo da sacola. A prata fria ficava quente em suas mãos e chegava a incendiar com a chama de sua palidez selênica o colo, o pé ou o dedo de quem ornamentasse, entornando na pele o ungüento de sua beleza fria e delicada. Elas chegavam a brincar com ele, dizendo que as estava acorrentando com seu engenho e arte. Ele ria, e quando ria, os olhos, que eram sempre sombrios e sábios, ficavam meninos. Feliz, ele tinha a inocência das crianças, apesar de a sabedoria dos anciãos nunca abandonar seu olhar. Às vezes, entusiasmado ao vê-las tão belas com os enfeites que ele mesmo fizera, Pietro dava um salto do chão e se aproximava para entrar na dança de Alma, enlaçando-a suavemente pela cintura. Os dois rodopiavam juntos pelo assoalho de pedra e depois de muito girarem, pássaros unidos em vôo, ele tentava puxar as outras para junto deles, mas Catarina não vinha, se escondia no armário com o violino, sentindo o coração estremecer de ciúme dentro da caixa do peito. Ela sabia que não podia, mas queria-o todo para si. Odiava vê-lo a dançar com Alma, a incansável bailarina de invisíveis sandálias gregas. Pietro chamava então por Bela, que vinha, e piscava cúmplice para Ana, que ele sabia que também nunca viria para a roda, porque, assim como Catarina, o queria só para si. Enquanto o inesperado hóspede, amado por todas elas, dançava entrelaçado a Alma e Bela, Catarina se mantinha escondida, dentro do armário do violino, chorando suas lágrimas de abandono, e Ana dançava sozinha e sonhava. Sonhava que dançava com a mesma paixão que Alma. Sonhava que voava pela janela até o sol, um sol em permanente aurora, sem queimar as asas de Dédalo, tomadas emprestadas a Ícaro. E que lá, em vez de fogo e calor, haveria uma outra casa, parada no tempo, só para ela e para o pintor. Mas depois balançava a cabeça e pensava que tudo estava bem como estava. E que não adiantava sonhar, porque Pietro, com seu rubro cabelo rebelde, seu corpo de tenso arbusto, seu olhar de início e fim dos tempos, as mãos calosas de artista, não era de ninguém, e partiria sozinho, um dia, para o lugar de onde viera, o purpurino sol. Ou quem sabe viera da lua, aquela lua que a gente vê no mar, vermelha como o sol, quando este se põe e ela começa a se levantar. A lua com cujos fios e massa tecia as jóias. Ou viera de lugar nenhum, aquele lugar onde nasceram a Beleza e a Harmonia e onde se refletia a lânguida noite infinda dos astros. Mas o mais provável é que habitasse algum outro planeta que girasse em torno de outra estrela de primeira grandeza em uma outra galáxia. Um planeta de três luas. Porque trazia o sol com ele, o riso, a alegria, a energia, a luz nos cabelos, mas adorava pintar leitosos satélites. Puros. Indecifráveis, vertiginosos. Apenas suavemente matizados por femininas sombras côncavas e por profundos vales. Colos de úteros. De vez em quando pintava também estranhos homenzinhos de luneta que ficavam a olhar embasbacados para astros distantes, tomados de admiração pelos espectros que lá se desenhavam. Homenzinhos de chapéus de feltro azuis e vermelhos, com asas de mariposa, que saíam de dentro das copas das árvores, das crisálidas das flores dos jardins e dos bosques virgens, ou da escuridão de florestas fechadas. Anões, duendes, gnomos, seres de outro mundo, que gostavam de fazer diabruras, como enfeitar os lagos de colares de nenúfares ou desenhar pequeninas amazonas e centauros nos cascos das árvores. Mas um dia ele parou de pintar a lua e seus homenzinhos silvestres. E pôs-se a pintar as paredes da casa branca, seca e pedregosa cobrindo-a de imensas flores amarelo-avermelhadas nas pontas, flores cheias de vida e pólen, úmidas de orvalho. Que coloriam o emaranhado cerrado das folhas e galhos. A imaginação foi vestindo a casa com um aveludado manto, tapeçaria florentina de quarto de reis ou de rainhas, enfeitada por flores-de-lis, copas de árvores, animais de bestiário. Sua mornidão espessa acariciava lassamente a ponta dos dedos de quem o tocasse. As flores concebidas por Pietro se mexiam, farfalhavam ao vento. O perfume inebriava o olfato e o zunido das joaninhas e dos besouros do bosque que as trazia tinia dentro da concha perolada do ouvido, fazendo dos tímpanos afinados teclados.

Sim, houve muitas horas de harmonia. Harmonia, integração, união. Quando como brigamos com o restaurante do lado, que queria abrir uma porta dentro de nossa vila, para lá depositar seu lixo. Sabíamos que com o lixo viriam os ratos, porque até mesmo dentro do restaurante, muito em moda na ocasião — templo dos naturebas —, para horror de Beth, que lá fazia suas magras compras de produtos alimentícios altamente saudáveis, dávamos de cara com gordas ratazanas passeando céleres pelos cantos penumbrosos (uma das graças do lugar era o seu estado permanente de meia-luz). Lutamos, berramos, usamos o jornal, e não foi por termos sido chamadas de solteironas, vacas despeitadas, pelo dono da pocilga, que paramos de lutar. Foi pelo poder econômico do sujeito, que comprou todos os velhos portugueses da vila, com seus falsos sorrisos e benfeitorias. Além de que os lusitanos também achavam nossa vida muito suspeita, imoral, mesmo, apoiando de certa forma o epíteto de vacas, apesar de na nossa frente serem sempre muito respeitosos, gentis, até. Se ainda se usasse chapéu, sem dúvida os tirariam para nos cumprimentar... Ah, a raça humana!

Sim, apesar dos maus humores extemporâneos de Beth, que ainda não haviam deixado marcas, daquelas que nem a memória lava, durante muito tempo nossa casa foi um lugar de dar inveja no bairro, tamanha a união de nós quatro, as mosqueteiras, sempre prontas para uma briga, uma causa. Ou um carinho. E sem dúvida foi uma festa, morar no sobrado, tu te recordas, é claro, não é, Maria? Uma festa sem fim, cada uma delas sendo apenas mais uma conta em nosso colar ou rosário de dias sucessivamente festivos. Quando Chantal e Armando assinaram enfim os papéis, demos uma festa íntima, para os amigos mais chegados. Quando Bob retornou da Austrália, outra festa. Quando Sacha foi a Paris visitar a mãe, marcamos a partida com um festim, na qual ele prometeu que voltaria, não seria engolido pelas chantagens familiares. Quando Sacha voltou, seis meses e um só cartão-postal depois, frio o suficiente para nos meter medo, fazendo com que temêssemos ter sido agarrado por uma elegante parisiense, brindamos a volta com vinho espumante. Em cada aniversário, havia pelo menos uma pequena reunião de cinqüenta pessoas. Nossos próprios aniversários, é claro, eram ruidosamente celebrados, incluído aí também o aniversário de Branca, a loura e doce irmã da morena e imprecadora Beth. E também as datas de nascimento de amigos, parentes ou apenas conhecidos eram por nós quatro festivamente comemoradas.

Enfim, tudo era motivo de celebração. Qualquer efeméride era razão para cedermos aos amigos, aos íntimos e aos nem tanto, nossos salões. Quando Chantal fez sua primeira tartine, em nossa sala havia umas vinte pessoas para comê-la, mortas de curiosidade com relação ao prato tão comum na França mas para nós tão especioso e demorado. E obviamente só houve uma prova para cada um daquela coisa gelatinosa e esverdeada, saboreada como se fosse um manjar dos deuses, não importando que no final das contas o prato tão ansiosamente aguardado tivesse se revelado uma sensaboria. O dia da quiche, que dourava de três a quatro tabuleiros, tantos eram os interessados na delicada iguaria, também simplória e cotidiana para a maioria dos franceses, mas para nós um verdadeiro êxtase para o paladar, foi motivo de outra confraternização. Quando completamos nosso primeiro ano juntas, ah, a festa foi de arromba. Atraiu tantos homens à nossa casa, excitados com a idéia de que o sobrado abrigava quatro mulheres, mulheres essas que, segundo imaginavam, fatalmente teriam convocado para o bate-coxa no sobrado inúmeras outras representantes do então ainda considerado gracioso sexo frágil, que de início, assustadas, nos abrigamos na cozinha, com umas poucas amigas que já haviam chegado, torcendo para que, devido à evidência de que tão breve não daríamos nossas belas caras na sala, pelo menos metade dos homens que lá estavam — completamente desconhecidos para nós — se mancasse e fosse embora. Quando Carla (nesta noite ela estava em casa, é claro, imagine se perderia uma festa) tomou coragem e resolveu abandonar nosso posto de tocaia e dar uma espiada nos homens, para depois nos informar em que pé estava a situação, um deles gritou bem alto: "Acaba de ganhar um toca-discos para rádio!!!" E todos riram. E nós também. Era o prêmio obtido por Carla por ser a primeira mulher a ousar surgir diante da inesperada multidão de varões, que nos pareceu tão agressiva quanto os pretendentes de Penélope antes da chegada de Ulisses. Mas aos poucos, mesmo sem a ação do arco infalível de algum marido ou namorado enciumado, a murada varonil foi se desfazendo, ou se liqüefazendo no calor da festa. Alguns dos primeiros homens, aqueles que surgiram do nada, já que não os conhecíamos, foram embora de fato, mas o que aconteceu, na realidade, é que a enxurrada de pessoas que invadiu a nossa casa naquela noite fora tão volumosa, tão volumosa, que gradativamente, com o passar das horas, o número de mulheres e de homens foi se igualando. E acabou que a comemoração de nosso primeiro ano juntas virou um tremendo baile, que entrou madrugada adentro, chocalhando até os candelabros de estrelas sobre nossa varanda.

A dança balançou os alicerces do velho sobrado. Somente quando a bebida começou a escassear é que os convidados e os não-convidados começaram a descer as escadas esverdeadas do carpete gasto da entrada, com o verde tendo ficado quase negro de tantas subidas e descidas, dos que iam e dos que ainda chegavam lá pelas três, quatro horas da madrugada, e que logo iam embora ao descobrir que a cerveja já estava no fim. Apesar de nossa mania de celebrar o nada, dando importância a quaisquer eventos sem a mínima importância, a não ser a de nos reunirmos e dançarmos, festejando o fato de estarmos vivas, ainda não éramos escoladas em festas tão grandes e não tínhamos aprendido que o melhor, nesta ocasião, é apelar para barris de chope, o que passou a ser feito desde então, com duas de nós sendo escaladas, antes de nossas comemorações, para ir até a Brahma. Porque a partir daí, ou seja, após esta nossa primeira grande celebração tão bem-sucedida, é que não houve mais jeito mesmo: nossa casa foi eleita a melhor do pedaço para festas. E com isso passamos a dar não apenas as nossas próprias reuniões e bailes. Nossos salões começaram a ser continuamente solicitados, havendo até uma certa antecedência nos pedidos, já que era raro encontrar tão bom espaço em Ipanema, com uma varanda aberta para o céu, ao custo apenas de um sorriso para uma de nós ou de um olhar pedinte, e sem ninguém muito além dos trinta anos para pentelhar por causa do barulho, do vômito nos banheiros, dos arrochos, apalpadelas ou mesmo ardentes e rápidas trepadas nos quartos, quinas ou cantos da casa. Abríamos as portas, víamos os corpos entrelaçados, a se beijarem doidamente, e discretamente as fechávamos de novo. No dia seguinte, quando fazíamos a limpeza do caos, era rindo do que acontecera que varríamos as salas e as áreas abertas do sobrado, em sistema de mutirão. Ou seja, com a ajuda dos amigos que já haviam se refeito da bebedeira, dos corações partidos ou dos repentinos e inconseqüentes enamoramentos. E como havia o que contar, recontar, repassar os detalhes, sendo este talvez um dos nossos maiores prazeres ao darmos juntas tantas festas. A fofoca, o tititi. Maridos e mulheres que haviam se perdido pelos corredores com parceiros nunca antes vistos, amigas já reincidentes na solidão e na desesperança que iniciavam um afogueado namoro, ou namorados que brigavam, por achar que um dos membros do casal flertara com um desconhecido. Ou o pior, com alguém muito conhecido, um ex-namorado, um colega de trabalho ou um vizinho ou vizinha que costumava dar em cima na praia, esperando por uma brecha na relação estável e aparentemente fechada a intrusos. Brecha esta que surgia em nossa casa, devido à sua conformação labiríntica, que tudo permitia.

Droga? Não, estranhamente não rolava droga pesada, talvez porque o Brasil ainda não tivesse se tornado uma extensão de Cali. Ou porque o nosso pessoal fosse da maconha, sei lá, tendo uma certa queda pelo cheiro doce da marijuana. Sendo que a maioria de nossos amigos gostava mesmo era de sexo e de política. E de uma boa bebida gelada e uma consciência alerta, longe, no entanto, de serem caretas ou conservadores. A festa era a do corpo, acho que era isso. Uma festa de entrega, celebração. Gozo. E não de doideira, fronteira da morte. Muitos dos que nos cercavam já haviam ficado tão próximos da morte que o que queriam era celebrar a permanência na Terra. A sobrevivência.

Foram três anos, três anos de festa. Festas na entrada do verão, quando todos do grupo e também os agregados, que sempre surgiam, estavam suados, excitados. Saíamos da praia loucos para esticar o prazer do dia ensolarado, dançar, pular, deixar a conversa e o flerte rolar, sorver todas as gotas de nossa maturidade ainda juvenil, já que éramos totalmente livres ainda dos grilhões da formação de uma nova família. O verão tinha, por outro lado, um charme a mais: o colorido dos turistas que vinham de outros estados ou de outros países, em busca dos quarenta graus de abrasador sol ipanemense. Eles vinham, se queimavam além da conta, de rostos, narizes rubros, costas doloridas, onde o vermelhão ficava branco ao espetar de um dedo, entravam em nossa dança, nos acompanhavam a cinemas e bares, participavam das festas da associação de moradores do bairro, na praça da igreja — para a qual chegávamos até a preparar pizzas de vários sabores, pondo a mão na massa, nós, cozinheiras de mãos vazias — e depois se iam. A vida voltava a ficar mais rotineira e cinza. Mas o calor melado e entontecedor também se ia e não ficávamos com saudades, porque era muito bom a gente se reunir na varanda nos dias de inverno, quando a lua branqueava ainda mais as cadeiras brancas que eu jurara comprar, na primeira vez que vira todo aquele espaço disponível, e comprara, e podíamos nos embelezar com roupas que preservavam mais o mistério do corpo, tiradas do fundo do armário, jogar um xale colorido pelos ombros, usar uma blusa de mangas compridas, mas extremamente decotada, que ninguém é de ferro, e é gostoso ser desejada. O vinho avermelhava a transparência dos copos de cristal, dados por madrinhas ou por mães dispostas a se desfazerem de alguns pertences em relação aos quais haviam sido ciosas mas havia muito deixaram de sê-lo, já que não acreditavam mais no casamento dessas filhas solteiras loucas por independência, quem sabe até, diziam algumas línguas familiares mais ferinas, lésbicas. Já que só mulheres lésbicas — era o que corria à boca pequena ou grande — teriam tanto prazer em morar juntas (não importa que recebessem homens). Muitos desses copos de bodas doados sem bodas se quebraram, fossem da Boêmia ou de cristal paulista, com os cacos sendo juntados ao final das festas, quando nos municiávamos de vassouras, aos copos de papel amassados jogados pelo chão, aos pedaços de salgadinhos e de sanduíches de patê comidos pela metade, a algum brinco que caíra de uma orelha mais afoitamente lambida ou do lóbulo de uma dançarina entusiasmada, que ao som de um samba ou de um rock se esbaldara em nosso jardim de inverno, do qual costumávamos apagar as luzes em nossas noites festivas, para que os convivas ficassem mais à vontade. O que dava certo, ou seja, sem dúvida alguma ficavam mais do que à vontade.

Houve a festa à qual Luiz não veio. Houve milhares de festas, aliás, em que Luiz não veio. Meu coração parou de pulsar, magoado, a olhar o relógio lá pelas quatro horas da manhã e sentir as lágrimas do abandono a descerem por meus olhos, mesmo que eu não as quisesse permitir. O gosto de vinho na boca ficava amargo, como o travo de uva passada. Houve a festa a que Luiz veio e dançou a noite inteira comigo. Houve a que dançou com minhas amigas, flertou com elas, mas ao final ficou comigo, tendo adormecido em minha cama, bêbado, até o sol bater em minha janela e acordá-lo sobressaltado. E eu endoideci de alegria, irrealidade, tendo sido alimentada por aquela inusitada alegria durante muitos dias. Houve aquela outra noite na qual ele veio mas teve de partir tão de repente que nem o vi. E também não sofri, ou fingi que não sofri.

Houve a festa em que Adriano, o jornalista de Beth, nos deu a honra de sua primeira visita oficial. Aquela na qual passamos a conhecê-lo um pouquinho mais, fora da caverna onde soprava gelado o dispendioso ar refrigerado. Houve a festa em que Carla trouxe um amigo que tinha de ficar incógnito, ou seja, sua vinda não poderia ser comentada depois, já que a mulher, os filhos, e ele próprio moravam muito perto de nós, e o murmúrio poderia chegar até lá. Houve a festa na qual Maria da Graça arrumou um namorado, depois de ter finalmente abandonado o marido que batia nela, dando vontade a todas nós de contratar um assassino de aluguel para matá-lo. E houve aquela em que Maria da Graça arrumou outro namorado. E houve a do terceiro namorado. Anos mais tarde, ao me encontrar na rua, ela me disse rindo que em cada festa nossa arrumava um namorado novo, e que por isso nunca as perdia. E houve a festa em que ficaste com Ramiro. De todas elas, foi a nossa melhor festa, lembras, Maria?

É claro que sim, eu sei. Nunca te esquecerás daquela festa. Era Natal. De que ano? Talvez tenha sido o de 83. Ou foi 82? Natal não era uma hora de alegria para nós. Ao contrário, dava angústia, aflição, vontade de que o dia 25 passasse rápido, virasse logo a esquina. A infância estava longe e não tínhamos filhos. A visita à casa dos pais chegava a ser dolorosa. Primos e primas já casados, irmãos com filhos pequenos ou na adolescência, e nós meio que perdidas no meio daquelas luzes, carnes brancas umedecidas por caldas de abacaxi, farofa seca na boca, a ressecar mais ainda o peru, tortas de nozes, fios de ovos, papais-noéis em guardanapos, panos de prato, caixas de música, bolas e presépios, pensando em algum namoro recém-terminado e que ainda doía no peito, no amante que não viera na madrugada anterior, porque estava com a família, ou em natais que haviam sido passados no exílio, quando a neve embranquecia as ruas de Paris, os trilhos do metrô de superfície e congelava o Sena, e era tão bom e quente tomar vinho com os amigos que tinham tantas lembranças em comum das aventuras políticas vividas no Brasil e dos amigos que haviam sido tragados pela ignorante truculência dos militares. Natal, para nós, enfim, era um tempo de tristeza e de recordações de antigos e esfumaçados prazeres. Machucava. Então, resolvemos combater a tristeza, neutralizá-la, reduzi-la a pó. A saída seria dar uma grande festa no maldito dia 25, para esquecer a depressão, a agonia, o desconforto da melancólica e forçada reunião familiar. Apagar da mente os natais festivos de quando éramos crianças, já que não tínhamos ainda crianças para alegrar a festa de novo, com sua ingenuidade e expectativas ainda não conspurcadas pelo ceticismo adulto.

Fizemos, desalentadoramente, uma grande lista de convidados, achando que corríamos o risco de um grande fracasso, e para nossa surpresa, quando começamos a convidar as pessoas, mais e mais amigos entre os trinta e quarenta anos queriam exatamente o que nós queríamos, isto é, uma grande festa para ir na noite do dia 25, após o almoço na casa dos pais, a fim de evitar mais uma madrugada natalina infindável e insone, pontilhada de lembranças dolorosas, depressão e sonhos ruins. Quantos foram os barris de chope? Nem me lembro. Três? Quatro? Lembro-me, isto sim, Maria, como foi bom ir contigo à papelaria do Largo de São Francisco comprar a árvore de Natal. Uma árvore média, que correspondia perfeitamente à que havíamos imaginado, enfeitada só com bolas vermelhas, azuis, verdes e prateadas, com, obviamente — a escolha era minha —, a predominância do vermelho. Chegamos em casa extremamente satisfeitas e felizes com nossa audaciosa compra — naquela época a pobre árvore de Natal era o cúmulo da burguesice e da concessão a rituais menosprezados, sendo em nosso círculo de amigos militantes de todas as colorações e de empedernidos comunistas praticamente um proibido objeto de desejo — e nos pusemos imediatamente a montá-la e a ornamentá-la. Lembras da reação de Beth? Foi hilária. Quando chegou na sala e nos viu agachadas a pendurar bolas na árvore teve um ataque. Um verdadeiro ataque, daqueles que não dava fazia tempo. Aquilo era demais, disse ela, furiosa, árvore de Natal, ridículo, coisa de idiota mesmo... só faltava dizer o que não iam pensar de nós nossos companheiros do Partidão etc. e tal, diante de tal deferência ao consumista bestialógico natalino, mas se pensou nos amigos do Partido não teve a coragem de expressar o pensamento, já que naqueles tempos o que menos o Partido queria era mostrar sua face repressiva (mas não teve jeito, vocês hão de ver, acabou mostrando). Estávamos extrapolando completamente, continuou a vociferar Beth, havíamos perdido a cabeça com aquela história de festa no dia 25. Não era necessária árvore alguma, um símbolo desgastado. Só faltava termos comprado um papai-noel para pendurarmos na porta (e eu pensei, ah, por que não compramos um?). Enfim, chiou, chiou, chiou, com o rosto se avermelhando de indignação. Como não prestássemos nenhuma atenção ao ataque — o que, aliás, de certa forma já havíamos aprendido a fazer, fingir que não era com nenhuma de nós, quando Beth perdia a cabeça por razões que considerávamos descabidas ou descabeladas —, ela se sentou na escada que dava para o jardim-de-inverno, aquela que tinha um imenso vaso de samambaia na forma de um cisne bem no final do corrimão, e lá ainda ficou a resmungar por algum tempo entre dentes. Mas não tem jeito, no Ocidente a mágica de uma árvore de Natal é forte, mesmo para uma encouraçada ex-católica, que participara de movimentos políticos cristãos na juventude e que se transformara, quando adulta, numa comunista atéia muito da mal-humorada, que abjurava totalmente sua crença do passado. Seja pela magia da árvore, ou apenas porque são irresistíveis os rituais que vivemos na infância, quando ainda estávamos longe de ter consciência do que é politicamente correto ou não, aos poucos a raiva foi passando e, subitamente, quando Carla também já havia chegado do trabalho e, feliz, se unira a nós no chão, cortando fios de linha com os dentes para colocá-los nas presilhas das bolas e pendurá-las nos ramos de nosso falso mas alegre pinheiro, Beth se aproximou muito sem graça e nos perguntou se também podia pôr um enfeite qualquer num dos galhos. Não rimos. Se ríssemos, sabíamos, ela voltaria atrás, para o seu canto ao pé da escada, totalmente sem graça, com a cara mais amarrada ainda, por ter expressado tal desejo. Mas nos entreolhamos rindo com o fundo do olho. E complacentemente, como se nada de mais estivesse acontecendo, após toda aquela cena, entregamos uma das bolas vermelhas a ela, que a partir daí postou-se junto a nós e ficou conosco até o fim da montagem, acelerando o ritmo da tarefa infindável que é encher de bolas uma árvore natalina. Foi uma bela cena, a árvore exercera seu efeito de comunhão. Tanto que ao final sabíamos, mesmo sem nos falar, que compraríamos presentes para fazer a tradicional troca de lembranças na manhã do dia 25, antes de partirmos para os nossos tristonhos e malfadados almoços com nossas famílias. Os presentes foram comprados, e trocados, até mesmo por Beth. Eram módicos, meras lembrancinhas mesmo, uma travessa de cabelo, uma sandália havaiana colorida, um brinco comprado em um artesão hippie, na praia, uma camiseta bem baratinha, com estampa florida, uma caneta, uma agenda. Mas o que importava a riqueza do presente? Estávamos felizes, ali reunidas, em frente à árvore que havíamos decorado, nos presenteando mutuamente com muita emoção. A de nos permitirmos aquela cena.

E nossa noite de Natal, ah, foi uma noite gloriosa. Estávamos com tudo preparado, nozes, castanhas, passas, o peru, recheado de farofa e azeitonas, o presunto inteiro a ser fatiado, e, para garantir o sucesso de nossa ceia, os amigos sempre pródigos trouxeram mais comida. Chantal comprara trufas e fizera suas famosas e deliciosas quiches doiradas; Margarida, a jornalista que morava na Nascimento Silva, namorada de um dos homens do grupo, viera com uma torta de chocolate enfeitada por profiteroles que dava água na boca só de olhar; Fátima, a gorda e simpática Fátima, trouxera os sanduíches, e Fernanda, os sorvetes. Duda, meio que se desculpando pela falta de criatividade, trouxe pacotes e mais pacotes de salgadinhos já prontos, comprados em uma confeitaria, que foram, é óbvio, muito bem-vindos. Marcelo, o desenhista de capas de discos, castanhas de caju e batatas fritas. A casa ficou lotada. Não houve um convidado que não tivesse ficado maravilhado com nossa árvore, até porque ninguém contava com ela. E a mesa posta, em cima de uma festiva toalha enfeitada por florões vermelhos e verdes e ornamentos dourados, era de dar água na boca. Tanto que uma das convidadas — a nova garota do Felipe, lembras do Felipe, Maria, tão seguro de si e mulherengo, sempre com uma namorada recém-adquirida? — caiu de boca com tamanha vontade na torta trazida por Margarida, que tivemos que escondê-la na cozinha por algum tempo, para que durasse um pouco mais. Deixamos o salão do segundo andar praticamente às escuras, e a penumbra e o chope estimularam todos a se soltarem. Creio, se bem me recordo, que neste dia até mesmo Armando foi visto com uma mocinha que era sua fã ardorosa, havia muito tempo, e que esperava uma oportunidade para roubá-lo um pouco de Chantal, mas os beijos trocados no escuro não chegaram a balançar, no dia seguinte, a cumplicidade existente no casal franco-brasileiro. Até porque ninguém viu Chantal direito aquela noite, sumida que ficou com um marroquino num canto bem trevoso da varanda, a conversar, disse ela depois, quando reclamou, mas sem muita convicção, do comportamento de Armando, apenas a conversar sobre os velhos tempos em que ela passara férias com a mãe em Marrakesh ou Rabat. Quanto a ti, Maria, lembro como ficaste nervosa quando Ramiro chegou. Tu mesma o tinhas convidado, mas achavas que ele não viria. Só tinham se encontrado uma vez ou duas no arquivo onde trabalhavas. E fora através de um amigo em comum, um professor na universidade na qual Ramiro também ensinava, que enviaras o convite, sem muita esperança de que fosse aceito. Talvez ele nem se recordasse direito de ti, ficaras a falar a noite anterior, nervosamente, como se estivesses a nos dar uma explicação que não pedíramos, já te preparando para uma decepção. Mas como esquecer de ti era uma hipótese fora de questão, ele viera, é claro. E ficara contigo a noite toda, decidido a raptar-te no final da festa. Tanto que na manhã seguinte não estavas no teu quarto.

Sim, foi um verdadeiro seqüestro. Levaste mais de duas semanas para dar o ar de tua graça em nossa casa de novo. Duas semanas nas quais, entre outras coisas, além de ficares com os olhos mais brilhantes do que nunca, perderas o medo da maconha. Duas semanas de sexo e muita erva. Fumaste e gostaste pacas da experiência. Sobretudo ao perceber que não te fazia mal, muito pelo contrário. Como médico, Ramiro assegurara que o antigo ferimento em tua cabeça em nada te afetaria, não te deixando mais frágil ao consumo. E estava certo. Não deliraste, não sentiste nenhum tremor estranho, não ficaste louca. Apenas começaste a falar sem parar, sentindo-te completamente à vontade para falar de ti mesma, o que raramente acontecia, e riras muito, riras a valer de tuas próprias histórias confusas, sem princípio, meio e fim. E Ramiro ouvira tudo atentamente, com um jeito amigo e carinhoso que te deixara extremamente tocada. E apaixonada, perdidamente apaixonada. Naquela noite, mesmo, começaste a gostar intensamente dele (o que já intuíras que poderia acontecer quando o convidaste para a festa, iniciativa surpreendente desde que romperas com Murilo), e foste fundo, tanto que imediatamente te entregaste a ele de uma forma que chegava a ser inocente, tamanha a confiança que depositavas num homem que conhecias tão mal. Gostaste de tudo, aliás, da casa dele, da cama dele, das roupas dele, da loção de barba, da vista que se descortinava do apartamento, dos olhos cor de água, do corpo branco como leite, e até mesmo da empregada, Marlene, uma diarista que tinha uma amiga paraibana, a bendita Rosa, que um dia viria trabalhar para nós. E que ficaria para sempre em nossa casa, enfrentando Beth.

Foi mesmo uma grande festa, aquela. Até Luiz compareceu. Não ficou a noite toda, porque não podia, mas foi o suficiente para me deixar feliz, sua passagem de cometa Halley em nosso inesquecível dia 25 de dezembro. Ou será que Luiz nem passou por lá? Disse que ia e não foi? Com o meu Lula, tudo era possível, todos os desapontamentos imagináveis. Mas deve ter vindo, porque não me recordo de sofrimentos, angustiados espasmos no peito. Aquela sensação desagradável de ter perdido a ponta do nariz, tamanho o constrangimento por ficar a ver navios. Naquela noite, não. Tudo fora perfeito. Meu nariz estivera a noite toda no lugar, sem sofrer decepções. Noite que sempre ficará dentro de minha memória como um momento completamente perfeito construído por nós, as mulheres da fantástica casa das quatro mulheres. Ah, é claro, como fui me esquecer? Nem tudo foi perfeito. Teve a louca da mulher que vivia com meu irmão, que disse que eu não a convidara, e a partir daí nunca mais falou comigo, nem mesmo quando se casaram. Fui proibida de ir ao casamento dos dois, aliás. Morava em São Paulo, e se sentiu uma não-convidada da minha festa no Rio. Uma não-convidada que tentou deixar uma pequena nódoa, *a posteriori*, em minha noite preferida entre todas as nossas noites de festa no sobrado. Há mesmo maluco para tudo. Duvido que tivesse vindo, gastado dinheiro em ponte aérea só por causa de uma festa dada por mim, a irmã jornalista do namorado, da qual, na primeira e única vez que vira, ela não gostara nem um pouco — ficara enciumada da relação incestuosa que eu tinha com meu irmão (éramos unha e carne, naqueles tempos, eu e meu irmão) —, mas que a doida perdeu um festão, lá isso perdeu.

E, é claro, havia os carnavais. Havia as festas e os carnavais. As saídas na banda e nos blocos. E foi em um desses carnavais que um grande amigo teu morreu. E nosso relacionamento superficial começou a criar raízes, valas, buracos fundos, grutas misteriosas, e a virar uma sólida construção. Os carnavais e os dias de calmaria, dias de rede sem rede, em que ficávamos reunidas na sala a conversar fiado, eu, tu, Maria, Beth, Branca e até Carla. Sim, às vezes Carla, ensimesmadamente, arrufada com algum namorado, passava um sábado ou um domingo inteiro dentro de casa, e nos dava a honra de abrir a porta do quarto e vir conversar conosco nossas conversas de mulheres solteiras com tardes inúteis a preencher, aquelas tardes em que não queríamos ir ao cinema — uma de nós estava gripada ou menstruada — bordando conosco florões de lembranças em suaves colchas imaginárias de rendas e antigas mas ainda doídas feridas. Colchas que já nasciam roídas por traças, tão carcomidas eram as nossas lembranças. Lembranças de um mundo de mentiras que se desfizera sob o choque de nossos murros e pontapés, nós, donzelas que não queríamos ser cinderelas, mas que, quiséssemos ou não, ainda esperávamos por príncipes, fantasiosos príncipes inexistentes, em alazões brancos... Não escapávamos deste sonho bobo, até mesmo nós, que havia muito deixáramos de ser as virgens do lago.

Um dia ele começou a pintar a parede branca só com flores, flores imensas, folhas verde-água ou escuras como mar tempestuoso, galhos emaranhados, que se enrodilhavam em *outros galhos.* Um imenso campo ou clareira, uma planície de margaridas, rosas, anêmonas, rosmaninhos, rododendros, tulipas gigantes, campânulas. Uma colcha de flores, uma nuvem multicolorida e perfumada, um sonho móvel na parede. Elas sabiam que pintar a casa seria o presente da partida, e por isso às vezes apagavam de dia, rindo, o que ele havia feito à noite. Mas ele voltava a pintar. E quando as flores começaram a adquirir vida e surgiram os besouros, as joaninhas, as pequeninas aranhas tecedoras e as abelhas à procura do néctar dos gineceus, não adiantava mais tentar apagá-las. E quem ria das tentativas vãs delas de voltar a deixar as paredes alvas como o cal original era o ruivo pintor alquimista, que viera do nada com sua sacola de oceanos e para o nada voltaria. A casa de pedra virou frágil vitral, afresco sagrado, uma Sistina, pintura fosforescente, com vida e os mesmos dons de mágica de uma lâmpada de Aladim. Pietro, o gênio...*

Havia os dias de praia, os dias de muito sol e mormaço, a praia que tu me concederas, Maria, porque, apesar de eu ter te conhecido na praia, eu nunca fora de ir a praia, gostava mais da sombra do que do sol, e quando vieste morar conosco me puxavas, me acordavas cedo, ia até a minha cama me obrigar a me levantar. E também me obrigavas a me relacionar, a conversar com teus amigos, a conhecê-los. E a maioria era interessantíssima, com aquelas histórias de exílio, aquelas vivências tão tristes, aquele desejo louco naqueles tempos de se divertir a qualquer custo. Beber. Ficar na praia até o sol se pôr, o mar crespo se avermelhar. Havia poetas, cineastas, pesquisadores, carnavalescos, escritores em latência, milagrosos advogados políticos, os que ainda estavam envolvidos com utopias até a medula, os que não acreditavam mais em nada, só no prazer de viver, curtir a anistia, a volta. Todos tinham uma longa história, como tu, Maria, histórias que não mais se contavam, porque o que importava agora era seguir adiante, reconstruir a vida. Criar os filhos, no caso de quem os tinha tido no exílio, amar, casar de novo, desconstruir casamentos, ter casos efêmeros. Procurar um emprego. Achar um lugar para ficar. Sim, não se contavam as histórias. O passado parecia para sempre enterrado. Bebia-se na praia, muito, ria-se muito, e na saída da praia todos se reuniam novamente para beber de novo.

Só uma história me ficou na cabeça. A martelar. Que teve de ser contada. A de dois rapazes que haviam morado juntos em Paris. Quando chegavam na praia, tinham que ficar separados, bem separados, porque nunca se falavam. Eles dividiam o grupo. Quem falava com um não podia se dirigir ao outro. E, para meu maior espanto, um desses rapazes era Armando, meu doce, querido, admirado Armando. Tão calmo, tão lúcido. E outro era Miguel, um rapaz que eu conhecia de meu trabalho, um pesquisador que me ajudava em minhas análises econômicas e cálculos, um rapaz sincero, aberto, com um olhar cor de mel, como sói ocorrer com os miguéis. Eu gostava dos dois, daí minha incompreensão total. Como é que o que ocorrera entre eles pudera ser tão definitivo e letal? Moraram juntos um ano em Paris e um dia brigaram. E nunca mais se falaram. Nos oito anos de exílio, nunca mais se falaram. E quando voltaram para o Brasil continuaram a manter o ódio, o silêncio. Eu quebrava a cabeça a imaginar o que ocorrera. Miguel e Armando, tão bons, tão prestativos, tão amados por todos nós. O que ocorrera entre eles? Ninguém sabia explicar direito. Era para deixar pra lá. Bastava tomar cuidado. Ficar com um algum tempo, passar para o outro, sem nunca procurar aproximá-los, porque não daria certo, brigariam acidamente com quem tentasse a aproximação. Era preciso respeitar aquela dissidência, cuja origem só eles verdadeiramente conheciam. A razão da ruptura. Mas eu a achava inaceitável. Ainda não sabia que a inteligência, e mesmo a sensibilidade, não é suficiente para contornar situações criadas entre duas pessoas aparentemente sensatas. Há situações intransponíveis. E eu aprenderia em minha própria carne, não é, Maria? Aprenderia no dia em que Beth partiria para cima de mim com sua fúria e sua faca. E o enigma de Miguel e Armando seria assim decifrado, tristemente, deixando-me marcas de violência nos sonhos...

Sim, tu me deste a praia, o sol. E teus amigos. Aonde ias me levavas, eu seguia teu corpo moreno como se fosse tua sombra... ou tua luz. Muda, a beber tua vida. Ou municiada de livros, enquanto tu te queimavas ao sol. Os livros sempre me protegeram. Eram minha barreira, minha murada, meu posto de observação.

O vitral de Pietro se mexia na noite. Tinha a vida e o enigma de uma floresta fechada, de um jardim dos deuses. O vitral de Pietro era úmido como um rio, fundo como lagoa virgem. Era um sonho e realizava sonhos. Uma quimera, um oásis naquela casa branca, encravada no sopé da colina pedregosa. Era a flor no deserto. O desejo. Miasmas. O vitral de Pietro continha dentro de si a força e a violência dos primeiros dias da criação. Era a mulher do saco dos ventos. Do uivo dos ventos. A mulher das tempestades, da terra encharcada, semeada. A chuva. O pólen de ouro. Gaia.

Mas também havia os dias sem sol. Os dias em que éramos obrigadas a ficar dentro de casa. Os dias para dentro.

Um dia, uma tarde, um sábado ou um domingo preguiçoso, de chuva fina, um livro correu de mão em mão. Um livro sobre o corpo feminino, escrito por umas italianas. A idéia — feminista, naturalmente; a palavra ainda não era motivo de escárnio — era a de que nós mulheres não dominávamos nosso corpo, apesar de andarmos, comermos, amarmos, e que na realidade nossa vastidão corpórea, constituída de nervos, pele, ossos, veias e sangue latejante, era um mundo desconhecido, um jardim velado pelos pêlos encaracolados de nossos púbis. Totalmente desconhecido mesmo para nós, já adultas e relativamente vividas. Mulheres de trinta anos, que acreditavam saber das coisas. Este vergonhoso desconhecimento, segundo as autoras do livro, facilitaria a dominação masculina. E por isso era com fome que nos embrenhávamos naquelas páginas, cheias de trompas de Falópio, colos de útero, hormônios, ovulações, clitóris, escolares disciplinadas, cus-de-ferro, e cheias de curiosidade como meninas de meias soquetes e saias curtas a olhar proibidas páginas da *Playboy* ou de Carlos Zéfiro, que nunca nos permitíramos olhar. Todas nos muníamos de espelhinhos para olhar bem de perto os pequenos e grandes lábios. Oh, um misto de desgosto, surpresa e fascínio. Tão escuro, cor de sangue pisado Boca sem dentes, pólen, pistilos, sumos.

Acho que foi por causa deste livro que nos reunimos na sala dispostas a falar de nossos corpos, nossas sensações, e de homens. E de nossas ignorâncias. Tu te recordas, Maria? Se não fosse o livro, provavelmente seria mais uma daquelas tardes de domingo sem sol e sem fim, meio modorrentas, em que cada uma de nós ficava no quarto, lendo, esperando um telefonema masculino que não vinha — ou que inesperadamente vinha e nos deixava tontas, exangues —, ou então cosendo uma meia furada, encurtando uma barra de saia, ou apenas olhando para o teto do quarto, pensando no passado, tentando abrir brechas no futuro, lamentando o desencontro do dia anterior ou saboreando novamente todas as passagens e minutos de um encontro que acabara em suave carinho, um beijo na face, uma despedida (voltaria?, não voltaria?), ou em sexo explosivo. Tardes nas quais sempre acabávamos cochilando, até que saíssemos para um cinema à noite, com alguns de nossos amigos e confidentes fiéis, homens-escudeiros que não amávamos. Pois bem, aquela tarde fora uma tarde diferente em que quebramos o marasmo protetor dos biombos de nossos quartos e nos reunimos na sala, dispostas a falar sobre nós mesmas de uma forma diversa da habitual. Uma tarde em que nos dispomos a escavar lembranças. Da primeira menstruação, das primeiras informações sobre sexo, lembranças que nos faziam rir, porque víamos como éramos bobas no início da adolescência. O primeiro toque no seio. A primeira mão por debaixo da saia. Dedos ágeis subindo por nossas coxas trêmulas. O beijo no cinema, no escurinho de uma esquina, numa cadeira na varanda. A mão do namorado puxando a dela para o sexo dele, criando um misto de pavor, mistério e bambolear de pernas. Pernas. Quando fora?, o sangue jorrando pelas pernas e nos deixando atônitas? Entre nós cinco — Branca estava presente — havia a que recebera explicação, quase que médica, detalhada, apoiada em livros, e a que não recebera explicação nenhuma e se sentira imunda, conspurcada, diante da súbita hemorragia a descer pela vagina. Uma imensa doença, aquela quentura de coágulo, com a qual a mulher se acostuma sem se acostumar nunca. Porque o nosso tempo ainda não era o tempo do seja bem-vinda ao clube das mulheres. Vamos abrir um champanha. Era o tempo do cientificismo ou o da fuga, as palavras ditas rapidamente, a pularem constrangidas do interior da boca de alguém sem graça com o biológico ocorrido. E lá vinham as placas a descer pelo ralo, junto com a água avermelhada do banho, criando o primeiro espanto. O mal-estar, a cólica, os seios intumescidos, a dor que não se descreve.

Porque não é uma dor qualquer. São as entranhas em fogo, contorcidas em nó. A descamação do útero. A perda de si mesma, de sua condição de mulher, bicho fecundo. Sim, fora um choque a primeira vez. Houvesse explicações ou não. Uma hora de descoberta, pânico. Ou apenas a consciência de ser mulher, no meio ainda de uma terrível inconsciência, turvação. E nos recordávamos de livros que haviam virado lendas, como Cleo e Daniel, contávamos histórias de mães monstruosas, abjetas, que torturavam as filhas quando elas viravam mulher, dizendo coisas absurdas, sobre higiene e sujeira. As que entregavam as toalhinhas, os tradicionais paninhos, e bastava. Ou aquelas que ficavam totalmente sem jeito, ruborizadas, e que pediam, por favor, que a filha falasse com uma amiga ou uma irmã mais velha. Mulheres que tinham tido seis filhos e que mesmo assim ficavam sem palavras para falar de menstruação. O gato da censura lhes comia a língua. E nos lembrávamos de situações constrangedoras. Pedir a um irmão para ir comprar um modess na farmácia, o irmão perguntar o que era aquilo, a gente sentir o rosto enrubescer, e balbuciar qualquer coisa, pedir pressa, urgência, e deixar a pergunta incômoda sem resposta. Ou, quando crianças, ver um absorvente boiando na privada, e achar que alguém na casa estava com uma imensa ferida, bem no meio da barriga ou do peito. Uma gangrena. Sim, a gente contava, contava, e de certa forma sofria ainda, pensando nas inúmeras bobagens e nos preconceitos que havíamos suportado, no passado. Sofríamos mas nos libertávamos, com nossas narrativas e brincadeiras — porque havia situações que eram de rir para não chorar —, de lembranças há muito tempo guardadas, escondidas bem no fundo nas gavetas do armário de nossas memórias. Memórias de mulheres que haviam menstruado nos anos 60, enterradas no fundo de uma arca com puros, alvíssimos enxovais, cobertos de naftalina e de mofo. Juntamente com fotos, em porta-retratos ou em álbuns do cantinho da mente, de personagens que haviam se destacado naquelas passagens de nossa vida. Sim, ao falarmos víamos imagens, vultos, movimentos, gestos. Ouvíamos silêncios.

Algumas dessas imagens eram nítidas, outras bem foscas. Sofríamos e nos liberávamos. Arrancávamos tampões de ferro de nossas, emocionalmente, reprimidas bocetas. Provocada pelo livro, que ainda não lêramos todo ou que nunca leríamos por inteiro — tratava-se de um tratado intransponível —, a conversa era uma catarse. Porque nunca antes faláramos assim, livremente, de sentimentos que haviam ficado calados, sem tempo para acabar, numa tarde infinda. Umas baixinho, como lamúria, choro, outras mais estridentes, gargalhando nervosamente ao se lembrar do primeiro latejamento. A primeira vertigem. O corpo colado ao corpo do namorado. As pernas desfalecendo. A tontura e as estrelas. O espaço salpicado de estrelinhas de São João, fogos luzindo dentro da vagina. E a volta à superfície, lenta, abismada. E, é claro, também falamos da primeira relação. Éramos todas bastante cuidadosas. O que estava em questão era o amor e não a luxúria. Um amigo na faculdade, que de repente virava namorado, e que estranhamente acabava virando o primeiro homem, sem que houvesse paixão, mas apenas a decisão de perder a virgindade, porque era hora, uma paixão que não dera em nada, o rapaz fora-se embora depois deixando uma sensação desagradável de abandono, sedução, uma vozinha de mãe dentro da cabeça dizendo eu-não-disse-eu-não-disse... uma visão de aula de catecismo, barrete de freira, uma culpa incômoda, cilício. Ou uma decisão fria de perder o cabaço com o primeiro que quisesse, mas que à última hora não surtia efeito. Tanto que quando aconteceu não fora premeditado, fora o inesperado, com um professor que nunca havia demonstrado maior interesse em pular a cerca, mas que atraíra a donzela em questão desde o início do semestre, havendo também a história do primo, aquele primo que de repente aparecera na vida da prima, tão estranho e tão próximo, sedutor em sua familiaridade... ou a do paciente namorado que, temendo magoar a amada, esperara seis meses até que o hímen cedesse, e que, apesar de todo o cuidado, do imenso carinho, ia machucando-a devagarinho, devagarinho, extremamente excitado, prometendo prazeres que nunca vinham, e aquela que se casara para trepar, cansada de guardar o que não era para ser guardado, e que obviamente já estava separada. E também a de que era chamada de virgem na faculdade como se fosse um xingamento. E que mesmo assim se mantivera virgem até o casamento. E a história da que não se mantivera... Livrara-se da nódoa... e da cobrança. E vira Deus na cama.

Enquanto conversávamos, escavando a memória aconchegada e falante nos braços daquela tarde tão íntima, felizes por estarmos tão dispostas a nos despirmos umas frente às outras, Beth, Branca, Carla, eu e tu, Maria, lembramos daquela afirmação de que o primeiro homem era para sempre, nunca seria esquecido. E chegamos à conclusão de que não era bem assim, já que o primeiro sexo na realidade era malfeito e ruim. E o melhor viria depois. Na realidade, todas nós sabíamos ainda em detalhes o que acontecera naquele momento crucial, o momento em que o namoro mudara de forma, passando das carícias para a relação carnal, bem mais complexa, mas algumas de nós queriam esquecer o que acontecera. Tão insípido fora. Era com palavras assim, insípido ou gostoso, que descrevíamos o ato. Porque, estranhamente — ou logicamente, não sei —, não tínhamos prazer em falar de nossas peripécias sexuais. As posições, as descobertas, os avanços, os retrocessos, os orgasmos. Este foi um bastião que não derrubamos nem naquela tarde nem em outras. Diferentemente de alguns homens, estávamos longe de nos preocuparmos com o nosso desempenho ou o do parceiro. Gostávamos era de lembrar das situações, dos sentimentos, dos espasmos no cérebro e não no corpo. Éramos incapazes de descrever competências, detalhar o kamasutra de cada uma de nós. Tudo pairava por fora da cama. Ou acima dela. Por mais sexualizadas que fôssemos, por mais que estivéssemos em busca do prazer, querendo-se acreditar ou não, muito mais do que o número de orgasmos, ou a miragem de um orgasmo múltiplo, que poderia até ter ocorrido, dependendo do que se considerasse orgasmo e múltiplo, o telefone mudo ou tocando sem parar, até que o atendêssemos sentindo o coração se acelerar, ao ouvirmos do outro lado a voz tão ansiosamente esperada, o convite, a expectativa de um encontro, isso, sim, motivava longas conversas. Porque o que aconteceria depois que a campainha tocara, chamando por uma de nós, depois que ele surgira à porta (aquele ELE alegórico, que marcava a diferença), não importava. Nada perguntávamos. Apenas imaginávamos até onde fora aquele encontro, pela hora da chegada, pelo tempo em que a porta do quarto ficara fechada. Pela hora em que o homem em questão saíra de nossa casa. De madrugada ou de manhãzinha — o que já revelava o estado civil do sujeito. E isso, sim, importava, não por preconceito — nenhuma de nós tinha nada a ver com a escolha das outras —, mas devido ao potencial de sofrimento do encontro. De ruptura ou de continuidade. De espera pelos novos telefonemas, jantares, compromissos. Pois amava ou não, essa era a questão. E por isso, foi como um verdadeiro jato de água fria o que aconteceu ao final daquela prazerosa e tão íntima tarde.

Mas até hoje, Maria, não sei se o choque te afetou do mesmo modo que a mim, que nunca esqueci aquela cena. Não sei de quem foi a idéia, na realidade creio que nem houve uma idéia; estávamos tão irmanadas naquele jogo de descobertas e de verdades que foi quase que o prolongamento natural da conversa. A partir da descrição de nossas primeiras noites, aquelas em que perdêramos o cabaço, com sangue na cama ou não, amor ou aflição, nos perguntamos rindo, maliciosamente, quantas primeiras noites tínhamos tido, ou seja, quantos haviam sido os amantes de cada uma de nós. Não era uma competição. Era apenas uma curiosidade. Saber se seríamos capazes de confessar quantos. Se ousaríamos mais aquele desnudamento. E por que não? Prontamente, ficamos a fazer contas nos dedos. Ou apenas deixamos o olhar parado dentro da memória, lembrando aritmeticamente os homens e os leitos. Estávamos nos divertindo com nossa falta de pudor. Alguém (ah, estou querendo me poupar) mencionou o número oito, ou teria sido dez? Carla falou em seis, sete; Branca, que nós achávamos que só tinha tido o marido, para nosso espanto falou em três. Tu, Maria, mencionaste uns quatro — e nós ficamos brincando, observando que não acreditávamos em tamanha pureza em uma mulher que pegara em armas e que ficara confinada com companheiros em aparelhos, mas aí tu falaste em uma espécie de religiosidade, fé, ou admirações que atrapalhavam as aproximações, e também mencionaste, com o rosto um pouco enuviado, os homens que te haviam atraído mas que haviam morrido antes que o amor pudesse ser confessado ou realizado, o que fora um desperdício — e de repente Beth se levantou do círculo, com um ar meio estranho, dizendo que não se lembrava muito bem da quantidade. Não é que quisesse pular fora de nosso jogo de confissões. O problema é que chegara a um número redondo e resolvera parar, achando que não valia a pena continuar. Não se lembrava bem de todos os homens com quem estivera. "Mas a quantos você chegou?", uma de nós perguntou. "Uns 60, 65, 70, sei lá", respondeu secamente Beth, sem querer dar continuidade à conversa. Sinal vermelho. O número ficou solto, dançando no ar. O que era aquilo, meu Deus? Nossa tese de amor na cama acabara de ir por água abaixo. Tínhamos um homem em casa. A conversa passou para abortos.

O vitral de Pietro gemia na noite. As pedras se moviam solenes. A aurora o iluminava. Era uma boca, uma rosa. Pétalas desfolhadas. Casulos. Vida, morte, esquecimento. Vida. Germinação.

Em que carnaval ele morreu? Foi antes ou depois de nosso Natal de adultos cerebrais ansiosos perdidos em noites sem Jesus Cristo? Bem, a única coisa que nunca esquecerei é que era carnaval. Uma manhã de carnaval. Na véspera, tua amiga dos tempos de luta, uma professora de filosofia de tez delicada e olhos agudamente inteligentes, estivera lá em casa em busca de alguma coisa alegre para vestir e emprestei a ela uma das multicoloridas saias indianas que trouxera da Inglaterra. As tuas, de Paris, não davam nela. Fomos juntas para a cidade a fim de ver o bloco passar e lá estava o ex-marido de tua amiga, na calçada, a acenar para a filha, que descia a rua no meio da multidão ébria e suarenta, sambando timidamente sob a proteção de nossa companhia alerta. Uma menina-moça feliz por estar com os lábios pela primeira vez manchados de vermelho. À distância, envolta pelo ensurdecedor batuque dos tamborins, ela sorriu para o pai, orgulhosamente se sentindo mulher. Lembro-me que roubei a cartola de uma morena linda de morrer, com cara de Jaqueline Bisset, que estava se jogando, de smoking improvisado e tudo, para cima de Luiz (e ele, como sempre, retribuindo a investida, todo feliz com a corte da George Sand dos trópicos). Morri de raiva. Audaciosamente, roubei a cartola, que a essa altura já estava na cabeça de Luiz, ao lhe oferecer um beijo molhado — que me permitiu sentir o estado de embriaguez no qual ele se encontrava, tão alcoolizada estava sua boca — e depois, em casa, guardei o chapéu no armário até ele perder a forma e se embolorar, como se fosse um troféu de caça. Luiz era assim, tinha que ser reconquistado sempre, num exaustivo joguinho de cão e gato. E, lembro-me bem — quão nítido ainda é ainda hoje — que, à noite, nos dispersamos, cada uma com seu homem e seu programa. Foste com tua amiga e a filha dela ver as escolas de samba, e creio que também estava com vocês aquele teu amigo bem riponga, que usava um colar de contas azuis roliças e estudava dialetos hindus em Cambridge. Um homem sensível e raro, que também fora militante, e que mesmo assim não me inspirava muita confiança, mas deixei rolar, tentando ser simpática ao máximo, porque notei que gostavas dele. Ou pelo menos, pelo que tudo indicava, tu o conhecias bem e eu mal acabara de conhecê-lo, sendo cedo para avaliá-lo. Ou Ramiro é quem já estava na jogada? O especialista em cultura indiana, que dava uma sensação de que estava no mundo sem estar — tinha a arte da levitação —, foi antes ou depois de Ramiro?

Não me lembro mais e isso agora não importa. Importa que enquanto estávamos desmaiadas em nossas camas, lá pelas oito horas da manhã, a campainha de nossa casa tocou com tamanha força que fomos obrigadas a acordar. Eu pelo menos acordei, logo eu que tenho um sono próximo da morte, acordei e pulei da cama para abrir a porta, apesar de Luiz, desfalecido pelo baile e pelo álcool que sorvera, encontrar-se pesadamente com uma de suas pernas jogada sobre a minha perna esquerda. Desvencilhei-me da perna de meu esporádico homem, botei um roupão qualquer, lá de cima da escada puxei a cordinha da porta e dei de cara com tua amiga, ainda vestida com a minha saia indiana, já bem amarfanhada, sem viço, e com o olhar inteligente esgazeado pela dor e pelo espanto. Como se nele houvessem espetado agulhas. Pois aquela mulher tão suave, cuja alma delicada transparecia na face, portava o rosto macilento e o olhar enlouquecido de quem passara por um inferno e ficara a noite inteira sem dormir. Ela queria que eu te acordasse, foi o que eu consegui entender de seus balbucios. Eu sabia que na sala, à procura de mais espaço do que o de sua cama de viúva, estava Carla com Mário, o argentino (irmão de exílio de Luiz), dormindo no chão, sua roupa de cigana e guizos largada sobre o tapete, o rapaz nu como um adão, fora os confetes que ainda teimavam em se grudar em sua pele de portenho avermelhada pelo sol inclemente de nosso verão. Beth também tinha alguém no quarto, acho que era o cara safo que chamavam de Tigre ou Pantera, um negro que também militara e que na França colecionara mulheres como figurinhas, ou já era o Adriano? E tu, Maria, realmente não me lembro bem, estavas sozinha? Ou com o tal rapaz místico de contas azuis, que parecia viver a vislumbrar nirvanas mas me deixava intranqüila, sei lá por quê? Fui até lá, bati na tua janela, e ao saber que tua Evangelina, a quem chamavas carinhosamente de Lina, estava lá embaixo, na porta de casa a te esperar, e que eram apenas oito e meia da manhã, temeste pelo pior, sem saber exatamente o que poderia ser o pior. E lá de cima de tua mansarda estrelada corrreste em direção à porta da casa, balançando com os puxões rápidos tua perna machucada no ar e quase caindo daquela escada espiralada que não tinha corrimão para te oferecer firmeza e que deixava teu corpo perigosamente solto no meio do vazio.

Carvalho morreu, ela te disse, segurando com firmeza teu corpo, como se quisesse extrair de ti a força que não sentia no dela, as pernas bambas como estavam, deixando bem claro o fato de que ao usar a expressão meu ex-marido, como costumava usar, ao se referir ao pai de seus dois filhos, o emprego do ex não mudava em nada o amor que por ele ela sentia. Ainda era o homem dela. O homem com o qual lutara junto. O homem com quem vivera no exílio. Morto, inesperadamente morto. Fiquei impressionada por ela ter precisado de ti naquela hora da forma como precisou, pois tinha os pais na cidade. E foi a ti que ela fora procurar, foi junto a ti que buscava consolo, compreensão, as palavras exatas ou o silêncio da compaixão. Eu ainda não te conhecia muito bem. Sim, foi antes de Ramiro este carnaval. Antes do Natal. Porque eu ainda não te conhecia de verdade e fiquei impressionada com tua força naquele momento, e com o carinho que emanava de teu corpo enquanto passavas delicadamente tuas mãos pelos cabelos de Lina, deixando-a chorar em teu colo. Em nossa fria cozinha. Porque Lina, de luto, não podia passar pela sala e ver aqueles corpos salpicados de confete, saciados de carnaval e sensualidade, dormindo esparramadamente sobre as almofadas jogadas no auge da excitação em cima do corroído carpete. E também não poderia ser abrigada em teu quarto ou no meu. E foi na cozinha, no meio daqueles ladrilhos anódinos e desapaixonados, sem a quentura e a cumplicidade de um sofá ou de um leito aquecido por mornos lençóis, que tu a consolaste, a ouviste soluçar, mortalmente machucada.

Morto, bestamente morto no carnaval, no meio de tanta algazarra e alegria e no mesmo dia em que vira a filha de 12 anos ser tomada de uma felicidade tão límpida e nova ao sambar livremente nas ruas do centro da cidade, a primeira vez com os lábios vermelhos de garota púbere que inveja a mulher madura, rouge nas faces, *kohl* nos olhos, os cabelos presos por um imenso laço amarelo. Morto num acidente de carro após ter sobrevivido a todas as violências que se possa imaginar, nos cárceres da ditadura, na solidão apátrida do exílio. E mesmo assim tendo mantido no rosto a placidez do homem seguro de suas certezas, uma beleza só vista em quem traz na alma uma integridade intocada pelas adversidades, fossem quais fossem. Sim, aquele homem trazia na face a beleza da honestidade de propósitos, mesmo que tivesse cometido erros em sua trajetória de militante radical. Não vou esquecer nunca seus cabelos castanhos anelados, a expressão calorosa de quem sofreu mas continuava disposto a amar, acenando para a filha da calçada da Rio Branco. Ele amava e era um homem amado, por ti e por Lina, e por inúmeras outras pessoas. Um dos poucos que enfrentaram a borrasca sem entortar a alma. Acompanhei-te na quarta-feira de cinzas ao aeroporto, onde um grupo de pessoas veio de São Paulo buscar o corpo. Levar o caixão. Mesmo sem entender muito bem quem eram aquelas pessoas. Sem saber a história delas como tu sabias, porque não faziam parte de minha própria história, tão livre fora ela de violências e de momentos-limite. Momentos esses que haviam criado laços muito mais fortes do que os laços que eu criara em minha ingênua e leviana trajetória, de hippie de última hora.

Acompanhei-te, levando-te em meu carro até o aeroporto, porque sabia o quanto estavas quebrada por dentro. Estranhaste a minha presença, mas te deixaste ser levada por mim. A contenção quase que estava te impedindo de pensar. Porque também querias gritar, mas não gritaste, querias chorar mas não choraste, apenas ouviste o grito de Lina, o choro, o lamento, o estupor. A sequidão de teus olhos revelava-me tua dor e incompreensão diante daquele acidente idiota. Morto, bestamente morto, aquele homem belo, belo, que fora um quixote e derrubara moinhos. Em tuas horas de dor, teu verde se turvava, teus olhos viravam uma mata indócil e escura. Fúnebre. Voltamos para casa em silêncio, com o peso de tua angústia fazendo volume dentro de meu carro, como se houvesse um corpo morto no banco de trás. Sofrias por ele, por Lina e pela menina, que viras no aeroporto pálida, sem a luz no rosto, os lábios já descoloridos. Também se fora o laço dos cabelos. Acho que a menina era o que te doía mais. Depois de ter sido mulher na avenida, brutalmente se fazia menina de novo, indefesa diante da súbita e inexplicável morte do pai. E acho que foi ali que comecei a te amar. Ou pelo menos a te amar mais, Maria, Joana. Estela. Pela tua solidariedade. Pela tua compreensão muda de toda a tristeza daquela hora. O abismo da perda.

No entanto, as festas continuaram. A praia, os encontros, o sol. Esse carnaval terminado em luto, poucos meses após tua chegada, ficou rapidamente para trás. A inexorável passagem do tempo trouxe de volta as comemorações. A morte que cuidasse dos mortos. O tempo era de festa. Às vezes fico a pensar por que tanta busca de êxtase, gozo, embriaguez. Era como se tivéssemos entrado no meio de um rodamoinho de festas, que eu não ajudara a provocar, caíra nele sem ter vivido a tempestade que o precedera. Éramos livres para fazermos o que quiséssemos, é claro. E a própria liberdade nos embriagava. Mas havia outros motivos. Não estávamos sozinhas naquele desejo de festejar qualquer coisa, de considerar que tudo era motivo para nos encontrarmos, bebermos, brindarmos, cantarmos velhas cantigas italianas, pularmos carnaval, mesmo quando não era carnaval. Era um tempo de celebração da vida aquele tempo no qual o acaso nos reuniu no velho sobrado de vila. Os encontros na praia se esticavam noite adentro. Os retornos, as chegadas, os encontros, as novas partidas e os reencontros tinham que ser comemorados. Mesmo que uma morte ficasse no meio do caminho. Tanta era a euforia ao rever um amigo ou amiga que não se via pelo que pareciam séculos, todos renascidos das sombras, de volta ao solo natal, ao mesmo bairro ou morando pelas circunvizinhanças.

Enfim, o tempo sombrio de luta, coragens e perdas ficara para trás e a hora era de prazer e de desmedida. De fim do medo. Mudança, transformação, reconstrução de esperanças. Fim do desconforto de morar no estrangeiro, por mais solidário que fosse aos que haviam se exilado o país de acolhimento. Era o carnaval interminável da democracia, da reconquista plena dos direitos. E nós, mulheres adultas, com uma casa aberta, bem no centro do burburinho, a duas quadras da praia, estávamos no olho do furacão desses novos tempos. Até mesmo as passeatas, que foram muitas, tinham clima de festa. A alegria de um bloco, uma banda moleque de travestidos. Eu, tua sombra, ficava sem graça de me juntar à corrente dos retornados, já que passara a juventude entre livros e fantasias, praticamente não conhecia ninguém, e todos se conheciam ou haviam ouvido falar de, mas tu, Maria, e Chico, sim, Chico, teu amigo de militância Francisco Soares Falcão, me puxavam para o meio do ciclone das comemorações e dos atos políticos.

Diretas Já, Lulalá sem medo de ser feliz. A hora não era de culpa e de passados. Ou de reminiscências. Era de futuros, novas sendas e caminhos. Descobertas, trocas. Amor sem pudor. Tatear no escuro a luz cegante que se abria a todos nós, pedindo que nós a decifrássemos, sem que nos queimássemos. Como uma flor lasciva e onívora. Sensual, dissoluta. Mas eu, tua sombra, queria tuas sombras, queria a tua história, apesar de nos encontrarmos encarceradas naquele estático presente. Eu queria o teu passado. E tu me davas apenas gotas dele, reflexos, reverberações confusas, borbulhas, confetes de memória, fugindo da dor. O passado era para ficar para sempre enterrado, parecias me dizer. Mas como eu ia te entender, como ia te conhecer, sem saber nada de ti? Sem saber por que de vez em quando mergulhavas em teu quarto, em teu leito, e fechavas tua janela até mesmo para mim? Sem saber onde te metias, onde te perdias, do que te escondias?

Eu queria tua história e a teria. Porque fui paciente, além de te amar loucamente.

Desejos de mulheres. Androceus, gineceus, pistilos. Rosas, anêmonas, cravos. Gaia, deuses e titãs. As flores e seu viço eram o desejo, a força do desejo. Flores e brotos com a força telúrica da criação. Pietro deixara na parede uma água fértil, orvalhada, que consubstanciava desejos. Pietro, o que era Pietro? O sonho? A entrega? O amor? O tempo? O envelhecimento? Deixara para nós nas corolas, no pólen, nas folhagens, nos ramos e nas cores, as cores com as quais brincava como se fosse um mestre do arco-íris, o decifrador da palheta divina, um presente, um ovo, uma ova, sementes, um sêmen, mil, três milhões, e depois partiu. Ficou um rastro de peixes luminosos.

Sim, aquele foi um momento de encontro e reencontro. Um momento de chegadas, abraços, flores, corbeilles para os que voltavam. Pessoas que emergiam das sombras do exílio. Os que tudo sofreram e que queriam se divertir. Os que ainda tinham fé em metamorfoses, porque tudo era mudança, transformação, reviravolta, cambalhota. Havia ação no ar. Só que uma ação bem mais alegre, brincalhona. Todos queriam festejar os novos tempos. O prazer de poder se encontrar, falar sem medo, se tocar sem culpa. O prazer de se reunir. Sim, o simples prazer de se reunir. Lembro que fizemos uma grande reunião lá na varanda, para tentar conciliar partidos, o que nascia, vigoroso, esperançoso, e o que estava para sair da clandestinidade. Foi com orgulho que emprestamos a casa, querendo ser muito mais do que testemunhas, estar no meio da corrente, ser cúmplices daquele momento novo, de troca, negociação, abertura.

Momento no qual estávamos em lados separados, eu com o novo, tu voltando a crer no antigo no qual descreras, dilacerantemente, mas que a teu ver, o teu ver magoado, precisava ser fortalecido com sangue novo, recuperado em nome da memória do passado, dos heróis da legenda. E mesmo assim não brigamos, não nos apartamos. Não, a diferença só nos unia mais, porque eu ficava intrigada com tua posição, achando que tinha origem numa experiência que eu não tivera. E a respeitava. Não, nunca brigamos. Ouvimos os homens a falar, sentadas em lados opostos na grande sala, o mesmo jardim de inverno das festas, os dois líderes circundados por duas pequenas multidões de rostos ansiosos, expectantes diante do que cada um deles tinha a dizer. Queríamos o consenso, a união. E aquela reunião lá em casa era um passo para ela. Um primeiro passo de muitos que se seguiriam, acreditávamos. Foi com essa idéia de união na cabeça, fraternidade, aliança, que foram organizados bailes na praça, editados tablóides. Velhos e calejados companheiros, marcados a ferro e fogo, ao lado de novíssimos, recém-saídos dos cueiros. Mas não existe caminho fácil, nunca. O grupo que buscava a união e estava à frente dos eventos foi expulso do paraíso. Sim, porque, por causa das festas, das reuniões, das tentativas de entendimento entre os lados opostos, e daquele carnaval que não mais acabava, veio a expulsão. Acharam, me disseram, para a minha perplexidade, que estava havendo riso e diversão demais. Que tudo fora distorcido, ao se perder a seriedade. Um erro, talvez, já que era a diversão que atraía as pessoas para as reuniões que, se começavam em risos, flertes, acabavam por resultar em atividades sérias. Era a alegria que fazia pessoas de diversos credos políticas se juntarem para festejar no morro ou nas praças São João, São Pedro, ou qualquer outro santo comemorado com fogos e quadrilhas. Ser militante, naquele momento, não excluía a felicidade.

Mas o velho partido, remoçado vampiro à cata de sangue novo, não pensou assim. A felicidade, os namoros, a embriaguez, a luxúria democrática, não foram entendidos. Numa noite, nos pediram a casa emprestada, e desta vez foi para um funeral e não mais para uma festa. Dois homens pálidos, empertigados, subiram nossas escadas. E decretaram formalmente a expulsão daquela gente festiva do Partido, aquela gente que eu acabara de conhecer, através de Beth e de ti, Maria, e de quem já aprendera a gostar. Antes, houvera boatos, conversas, disse-que-disse. Falava-se a meio-tom que algo de ruim ia acontecer. Mas naquela noite, segundo aqueles dois capas-pretas, que vinham com uma pasta de documentos em que escreviam atas e desatas, a ruptura, a cisão, estava feita, oficializada. A célula praieira do organismo virara uma chaga, de vergonhosa, purulenta liberdade. Um organismo ao qual eu não pertencia, nunca pertencera, mas que observava com interesse e simpatia, sempre por tua causa e também por causa de Beth, batia à nossa porta com aquele retrocesso. Após a ducha fria, moralizante, castradora, o meu interesse que já era meio morno esfriou de vez. Ao novo o que era novo. E ao velho, o passado, apenas o passado, as primeiras greves, em 1906, a criação do Partido em 22, as lutas heróicas na Espanha, os cavaleiros da esperança. Coisas de livros de história, emboloradas. Mescladas de sangue e de honra, eu bem sabia. Mas passado, nada mais do que passado. Velhas amarras, velhas concepções. Nada de espocar de foguetes, balões, só grilhões, trabalhos forçados, submissões.

Acho que foi depois desta cerimônia plúmbea, que deu um toque de enterro aos sinos das festas, jogando a sombra do vazio e da decepção em nossa sala improvisada em sala de reuniões, que Chico chegou. Sim, Chico chegou depois das festas, e sua vinda foi uma festa. Porque não havia morte ou expulsão que as fizessem parar. E a vinda de Chico, é claro, tinha que ser festejada. Com vinho, champanha. Quando eu o vi a primeira vez sentado em nosso sofá verde, confortavelmente instalado debaixo daquele cartaz do PCI italiano sobre habitação popular que eu tanto amava — CASA, musgo e grafite — notei logo que ia gostar dele, Maria. Tinha algo que me lembrava Luiz, o Luiz do início, o cabelo farto, de mechas soltas, um jeito de homem-criança sem ser criança. Espalhava em torno de si generosidade e música. Sim, como você, Chico amava a música, transpirava sons, acordes, escalas. Quantas vezes subiu e desceu nossas escadas para pôr discos para nós, farfalhando pelos degraus com suas chinelas bem à vontade, seu corpo volumoso e seu riso franco? Seu rosto aberto, desnudado de farsas, armadilhas, me fazia rir só de olhar para ele.

Sua chegada ao país fora envolta em histórias, cenas de folhetim, longo abrigo numa embaixada em Brasília, uma greve de fome. Eu não entendia muito o que estava acontecendo, o que todos falavam. As notícias em jornal, a busca de proteção, o medo de ser preso, naquele momento em que ninguém mais era preso, porque deserdara do Exército quando caíra na clandestinidade. Os cochichos e sussurros tencionaram o povo da praia semanas a fio. Até que o mistério foi parcialmente desvendado. Ele chegou. Tu, Maria, era incrível como eras um cofre lacrado. Como se ainda fosses alvo de perseguição. Nunca entregavas os pontos. Do passado, nada falavas. E o pouco que me explicaras das aventuras de Chico não me permitia fazer um quadro completo, uma história. O que ficou em minha cabeça foram os dias em Paris e as namoradas. Uma verdadeira mixórdia amorosa. Francesas, brasileiras, japonesas, falaras. E quando eu o vi a confusão aumentou. Nos olhos dele havia a cintilação jovial de alguém que ainda se abrigava no colo da mãe. Um homem bom, indefeso, puro até. Difícil imaginar, naquela ocasião, que Chico fora comandante de sei lá o quê, empunhara armas, assaltara bancos, matara pessoas ou ordenara mortes. E que, como um herói de quadrinhos, escapara vivo daquelas peripécias arriscadas, algumas delas sinistras, com aquele olhar de criança. Ainda mais com o lá, o fá, o si e o sol, que orbitavam em torno dele. Com aquele jeito brincalhão que me fazia rir por nada. Era só olhar para ele que eu caía na risada e ele também. Se tivesses me contado tudo o que ele viria a narrar depois em seus próprios livros, transformando-se para mim, ao longo da leitura, num personagem de epopéia em vez do ser de carne e osso que eu vira em nossa casa, é claro que não teria importado em nada. Mas, estando mais consciente quanto a quem ele era ou fora, quando ele me fizesse rir, talvez eu não tivesse respondido tão à socapa, talvez eu ficasse esperando pelo outro homem, o homem que eu não via, mas que existira. Ou talvez tivesse rido até mais, nervosamente, sei lá, ao sentir a boca dele roçar o meu pescoço, cobrindo minha nuca de beijinhos adolescentes. É bem provável que a barafunda em minha cabeça, causada pela personalidade de Chico, fosse ainda maior, sabendo o que eu não sabia, o que tu não contavas, Maria.

Nem mesmo aquele estranho dia no bar mudou, passado o susto, a capacidade que Chico tinha de me fazer feliz (ou de fazer todas nós ficarmos felizes, girando em torno de sua faísca musical). Sim, nem mesmo naquele dia no bar em que foram ditas coisas tenebrosas — se não ditas, pelo menos sugeridas — muito mal explicadas, enquanto eu ia ingerindo vagarosamente um copo de chope que não acabava mais, tentando entender, em vão, a que tu e Chico estavam fazendo alusão. Nem mesmo naquele dia eu mudei em relação a Chico. Nem quando de repente, devido a uma pergunta minha mal colocada, uma insistência minha em querer compreender o que estava sendo catalogado de justiçamento, Chico deu um salto e se levantou da mesa, quase que a derrubando com a violência do corpanzil em movimento, e pôs-se a andar em direção à rua, com passos firmes, para um destino incógnito, já que estava a dormir aquela semana em nossa casa. Eu vi o vulto dele solitário ir sumindo lá no fundo do canal, e tu me disseste, ele é assim mesmo, não se assuste, tem esta mania de ficar andando pelas ruas da cidade. E quanto está com raiva, então, nem adianta, costuma andar como um louco, quilômetros e mais quilômetros, até se acalmar. E ao final, com o coração mais quieto no peito, costuma ficar sentado na areia vendo o sol chegar. Depois daquele dia, Chico demorou bastante a voltar ao sobrado, mas voltou. Voltou, um mês depois, e como se nada houvesse acontecido, continuou a ouvir música, lá em cima, na varanda, ficando horas a mexer em teus discos, Maria, selecionando os que gostava, pondo-os para tocar e enquanto tocavam, ficando a se embalar infantilmente naquela grande cadeira de corda pendurada no teto, e eu voltei a rir. Muitos, muitos anos depois, é que fui ler os livros por ele escritos e saber das mortes que carregava dentro de si, o que tornou ainda mais intrigante o jeito cândido de moça, o passar de mão nos cabelos para afastar da testa a franja que teimava em cair-lhe no rosto largo, e o riso sempre farto, gostoso. Um riso de menino que fazia cosquinha na gente.

Mas, muito antes dos livros, o que houve foi a passagem ruidosa de Chico por nossa casa. A total disponibilidade dele para nós — chegara sem ter o que fazer e sem ter para onde ir —, que encheu o sobrado de risos, música e alegria. Creio que todas nós, naquela ocasião, nos enamoramos de Chico. Quando caiu doente, uma gripe forte que o derrubou por muitos dias no sofá da varanda, fomos para a cozinha fazer chá quente, preparar bolo e torradas, e, prestativas, pedimos na farmácia vizinha aspirina, vitamina C, mel com agrião. Cuidamos dele juntas, todas nós. E em sua convalescença ele se tornou o nosso companheiro, sim, o companheiro de todas nós, indo a festas conosco, ao cinema, participando de nossas refeições, de novo nos fazendo rir, de novo pondo discos lá em cima, na varanda, para que os ouvíssemos enquanto comíamos nossas frugais refeições, um macarrão, uma sopa, um pão com queijo (pois não rolava muito dinheiro na casa para fartas refeições e éramos todas taradas por emagrecimento ou pelo menos por não engordar ainda mais). E como era bom aquele fundo musical. E como era bom o beijo na boca, o roçar de língua no pescoço. As histórias que me faziam rir, nós dois sentados no chão, com as costas recostadas num sofá num canto escurecido de uma festa qualquer. Era tudo uma brincadeira sem conseqüências, um divertimento sem fim, um pular de amarelinha, mas teve um momento em que ele começou a falar sobre minha relação com Luiz, o quanto ela era ruim, o quanto Luiz me fazia mal, e eu comecei a ficar assustada, ainda não era hora de me separar de Luiz, por mais que eu devesse fazê-lo, porque eu estava a esperar por uma decisão minha e não por uma decisão provocada por outrem, e passei a ficar com medo dele, daquela pegajosa doçura, que estava se revelando perigosa, e comecei a me afastar.

E aí uma noite cheguei em casa, fui até teu quarto e lá não estavas. Estavas com Chico na varanda, e eu entendi tudo profundamente ferida e sem nada entender, mesmo não tendo direito a nada, mesmo tu me dizendo, pela manhã, que não fora nada, fora um encontro de amigos, uma vontade danada de saber o que havia por trás da amizade de longos anos, e daquele pequeno fogo que sentiam juntos. E depois ele começou a rir muito também quando estava com Carla e com Beth, e eu entendi menos ainda. E o choque final veio com a festa no circo, aquela festa na qual eu estava com Luiz e Chico entrou no circo com a ex-mulher de Luiz, ela sorridente — ele sempre fazia as mulheres sorrirem — e ele com aquele olho alegre e infantil, rolando nas órbitas como bala de pirulito. Fiquei estatelada, muito mais estatelada do que quando encontrei vocês dois enlaçados no breu de nossa varanda, Maria, procurando decifrar o que era aquela pequena chama que de vez em quando os consumia e de vez em quando sumia. Tu e Chico juntos para mim era natural, afinal de contas fora por tua causa que ele passara a freqüentar a nossa casa. Pelo passado, pelo exílio, pelos amigos dos quais se lembravam juntos, pelos mortos e pelo vivos. Constatar que Chico namorava um pouco a todas nós também não me surpreendera. Não era o primeiro. Muito pelo contrário. E cada uma de nós, como sói acontecer entre mulheres, tinha um charme, um atrativo, um enigma a ser desvendado. Até mesmo Beth, eu bem o sabia, tinha fogo suficiente no colo do útero para atrair um batalhão de ex-militantes. Mas ver Chico a entrar circo adentro de braço dado com Vânia, Deus me livre e guarde, minhas pernas se dobraram, bambas. O chão se abriu. Segurei-me no braço de Luiz, para não cair. O que significaria aquilo?

Sob a lona daquele circo, há apenas duas semanas, eu o beijara, numa tarde de orquestra dançante — fôramos lá atrás exatamente da velha orquestra dançante, recordando nostalgicamente anos dourados, que não foram os nossos —, e depois fôramos beber, chegando a conversar hipoteticamente sobre ter um filho. Chico queria muito um filho. E sob a lona daquele circo ele me pedira sem pedir que deixasse Luiz, e me balançara ao falar do filho, e eu novamente achara que não era hora, ou talvez já fosse, e agora lá estava ele com a ex de Luiz, beijando aquela mulher que dividira comigo durante anos e anos um sofrimento atroz, a mulher que partilhara comigo a carne e o egoísmo de Luiz... e não pensei naquele momento o quanto o achara, a primeira vez que o vira, parecido com Luiz, o que poderia ter dado uma luz à situação. Não pensei em nada. Fiquei num silêncio tão grande, tão abismada que estava, que todos me perguntavam o que estava acontecendo, se o problema era com Luiz, já que sempre o meu problema era com Luiz, com suas dúvidas, suas reticências, suas idas e vindas, sua galinhagem. Mas nunca Luiz se comportara tão gentilmente, nunca fora tão publicamente amoroso, já que também estava, creio eu, aturdido ao ver Chico e Vânia juntos, sentindo-se traído ao se ver substituído tão cedo, não importando o sofrimento que impusera à mulher. Nunca meu amor fora para ele tão necessário, só que, de minha parte, sem que ele soubesse, o que fora uma fortaleza a todos os golpes, uma paixão desmedida, ilimitada enquanto durou, estava se extinguindo, se apagando, chegando finalmente aos estertores, porque do contrário eu não estaria de pernas trêmulas diante da visão daquele insuportável novo casal.

Chico, com aquela ação surpreendente que me pegara totalmente desprevenida, vibrara alguma corda dentro de mim que me levaria a partir os dolorosos liames com Luiz, já carcomidos, de uma forma tão brutal, que a ruptura do que já não mais existia, ou pelo menos parecia ter deixado de existir, balançaria os alicerces de nossa casa, abrindo espaço no chão, nas paredes e nos afetos para que deles saíssem gárgulas, grifos e fantasmas... os sentimentos recolhidos, os ressentimentos há tempos contidos saltaram à nossa frente como palhaços tétricos que pulam do interior de caixas-surpresas. Surgiram ratos nos buracos dos queijos. Tarântulas desceram do alçapão. Cartas e cobras. Ao romper com Luiz — como eu poderia imaginar? — eu estava rompendo com os laços que me ligavam àquela casa. Ela fora a nossa alcova, estivesse ele presente ou não. Na ausência, Luiz se fazia mais presente, pois eu estava sempre a aguardá-lo, a sofrer por ele. Quando não me ligava, quando desaparecia, os dias de sol ficavam cinzentos. Os pingos de chuva caíam em minha alma e chegavam a me queimar. E a dor era tanta, que eu sentia o coração se esgarçar, virar uma polpa de sangue em meu peito. Com ele, minha vida era um tormento, um tormento que só tu, Maria, curaste, ao criar em mim uma outra preocupação, a de te ajudar a sair de tua própria dor. Estranhamente, porém, sem Luiz para me atormentar, todo o meu antigo tormento transbordou, o tormento de sete anos de desrespeito e desamor, e a tudo inundou. Talvez porque, sem ele, meu amor por ti virou paixão. E eu não entendi nada.

É, agora me lembro bem, os festejos no país estavam ainda lá pelo meio quando Chico chegou para recuperar-se de sua greve de fome e de carinho de mulher. E hoje sou grata a ele por ter chegado, por ter semeado carícias em minha nuca, desfazendo um amor que nunca existira, um longo mal-entendido, e por ter me dado o braço, me pondo a seu lado, nas passeatas, quando o que ainda estava fechado se abria mais ainda, com a multidão ruidosa pedindo o fim das ilegitimidades, exigindo o golpe final no que ainda restava de estado de força, opressão, arbítrio. Porque eu sempre ficava meio intimidada, sem jeito de se achegar, com o corpo duro, sem coragem de pular no meio daquela festa que não era minha. Procurava, então, os teus olhos e os de Chico e vocês dois me devolviam o olhar cheios de fraternidade e de esperança de que eu entrasse na dança. Vocês, que tinham muito mais razão para estar descrentes quanto a novas utopias, se abraçavam, abraçavam amigos na multidão, e me puxavam para o meio do tumulto, confiantes na minha capacidade de ser solidária ao que se passava.

Vocês dois faziam meu corpo e minha alma se mexerem, minha fé se movimentar. Teu passado havia te mutilado, Maria, mas não havia te ressecado. E tu e Chico não me cobravam torturas, perdas, fugas, corpos violentados, exílio, suicídios (muito ao contrário de Luiz, que muitas vezes, arrogantemente, me jogara na cara que eu não participara, o que fazia de mim um nada, enquanto ele se gabava na cama dos anos de militância e de risco...). Vocês me punham no meio do tumulto, me tiravam de minha inércia, fazendo-me entrar no seio da multidão, cujas manifestações acabaram por mudar o país, se não para melhor, o melhor com o qual ainda sonhamos, com certeza não para pior. Naquele momento, para todos nós, os que haviam voltado, os que aqui haviam ficado, encurralados pelos temores, pela censura, pelo medo da tortura, e também para os que ainda eram praticamente virgens em política e em abusos, o importante era tirar as pedras do caminho. Não importava qual viesse a ser o caminho aberto. Viramos pedreiros, todos.

Depois que Pietro se foi, Alma dançou, dançou embalada pela tristeza, pela dor, até os pés se ferirem. Caiu no chão e dormiu. Chorou no sonho. Catarina tocou o violino de forma tão enlouquecida que as cordas se romperam, todas elas se romperam com um estalido, um lamento, um gemido. Ao fim da sonata quebrada, como se estivesse com a cabeça distante do mundo, o das pedras e o das flores, ela ficou a acariciar o violino perdido, úmido de lágrimas, horas sem fim. Ana sentou na máquina e escreveu, escreveu, escreveu, até que as palavras, animadas, voaram sozinhas, contando a história de um pintor que um dia viera e se fora, deixando no coração da casa um vazio, um grito, uma agonia. O tempo novamente se estagnaria, mas ia voltar a rodar, ela o sabia. A dor se estancaria um dia e o movimento da vida moveria a manivela do tempo. Depois que tudo se rompesse na dilacerada casa de pedras. Bela tirou todas as balas restantes do armário e as comeu, uma por uma, solitariamente, gozando no gosto do açúcar o mel do esquecimento. Abriu as garrafas de vinho há muito guardadas e as bebeu. Todas elas, até vomitar. E dormiu um sono agitado, no qual falava e chorava. Sobre o seu rosto intranqüilo desceu um véu de gelo, espesso e frio, uma camada de endurecimento. O desejo por Pietro não fora realizado, e ela não o perdoava. Ela, que tanto o esperara, não perdoava a partida. Tomou-se de ódio pelo desejo inclemente, agudo, que não abandonava o corpo dolente, embriagado. À noite, as flores de Pietro sussurraram acalantos, consolando-as, ninando-as, e foi como se uma brisa quente as acariciasse, soprasse as feridas, levasse a dor bem para longe, para o outro lado da colina, para além, bem além, do pico nevado do macio e escarpado. Escalavrado. A casa ficou cheia de pólen, morna como o acasalamento. E a dor ficou leve, como um corte que rapidamente se fecha, cicatriza. Dentro do sonho, ouviram as portas batendo, os batentes das janelas cantarem, como se o vento houvesse trazido de volta Pietro, com sua bata colorida, seu pincel, suas tintas, seu sol. Mas o sol veio sem ele. Ele partira, sim, para todo o sempre partira. E a vida continuava a ter que ser vivida, na casa da colina, numa desalentadora rotina cinzenta. Sem seu rosto, sem suas mãos. Seria o precipício do desespero. Voltaria o outrora, voltaria a espera? O que aguardaria por elas ao final do poente? Ah, os pequeninos... o que seria aquilo, arrulhar de pombos? Cisnes, cegonhas, rolinhas? Ou colibris, pássaros do amor? Onde estavam os alfinetes de segurança, as fraldas, os cueiros? Na manhã seguinte, a casa se cercou de copos-de-leite, tendo ficado protegida por uma guirlanda branca e dourada.

Numa casa de quatro mulheres, há um barulhinho de crianças invisíveis, que querem nascer mas não nascem. Há uma maternidade pronta a explodir, que quando não explode pode se transformar num tumor maligno, mioma, cisto. Mesmo que as quatro mulheres estejam longe, muito longe, da maternidade. Apenas se entorpecendo de prazer com parceiros efêmeros, deixando a queimação do vinho descer por seus ventres. Numa casa de quatro mulheres as calcinhas que se penduram na corda um dia querem se transformar em fraldas. Nós não o sabíamos. Mas os corpos o sabiam. E mesmo policísticos, correndo o risco de infertilidade, teimavam em ficar grávidos. Menos o teu, Maria, que perdera esta eletricidade anímica em tuas lides, em teus combates, nos choques que levaste. Menos o teu, Maria, com tua alma torturada.

No dia que Carla me pediu para acompanhá-la, é claro que a acompanharia, mas o meu primeiro movimento, minha primeira reação instantânea, foi de dizer não. Não. Por favor. Fica com ela, a criança que trazes no ventre. Mas eu sabia que o certo era não ficar. Ela amava o pai, um homem casado, ia querer tê-lo ao lado, e não poderia tê-lo. E não estava preparada para ter um filho sozinha. Por isso, a escolha era só uma, não poderia haver outra. Não havia escapatória, aquela mesma agonia, aquele mesmo lugar. Aquela mesma porta suja, a secretária dublê de enfermeira com cara de estátua de sal, a anotar dados em um imenso livro preto, prenhe de registros de abortos. Seu corpo que sumia numa porta descascada cheia de nódoas (ou que assim me parecia, por mais limpa que estivesse, por mais panos e detergentes que mãos diligentes houvessem nela esfregado), uma voz que tentava mostrar íntima solidariedade do outro lado, fazendo as perguntas de praxe, a rotina do fazedor de anjos — pode tomar anestesia?, tem alguma reação alérgica? —, voz que era puro aço, a voz do dinheiro a tilintar na gorda conta bancária. E depois a longa e silenciosa espera, lendo revistas sobre artistas de TV ou de moda feminina, com instruções sobre a liberação feminina. A liberação de duas faces, prazer e dor. Uma festa, uma farsa. A nos ferir com sua exigência de frieza e de maturidade e sua inconseqüência, a falta de elos, cordas em que sustentar o medo, o profundo mergulho no efêmero. O golpe era surdo e forte. Chegava a sentir o ventre a virar-se pelo avesso. A cabeça se esforçando para ficar vazia de pensamentos. Mas o esforço era em vão. Quisesse ou não, ficava a relembrar as agressões que já fizera ao próprio corpo. A violência. E a pensar no tempo que passara a contar nos dedos a idade que ele ou ela já poderia ter. Que vontade de chorar, arranhar o rosto com as unhas que não tinha, unhas de bicho ferido, loba traída.

Tomada de pânico ou de culpa, deixara de ouvir os ruídos que vinham lá de dentro, e de repente se sentiu cercada de branco, um branco esmagador. Como se houvesse caído dentro de um buraco branco, para deixar de pensar, racionalizar o sofrimento selvagem, irracional, de intensa ancestralidade. Até que a porta finalmente voltou a se abrir e Carla saiu de lá de dentro, com o ar de quem levara um murro na boca. Que a deixara sem dentes, sem fala. Mas não havia nenhum murro na boca. Apenas a mudez, o silêncio, a troca de olhares. E a mais completa certeza de que as nódoas daquela porta iriam aumentar, deixando manchas ainda mais desesperadoras, mesmo que não fossem visíveis. E lá estava a dor fininha no ventre, o receio de que houvesse complicações. A dúvida atroz, que imediatamente toma o lugar da certeza. Atordoada, a mulher agredida em sua condição de gêmea da criação tira o dinheiro da bolsa para pagar, mas é claro que já estava pago, que cabeça a minha. O jeito é entrar no carro, esquecer a cara da secretária falsamente loura, o rosto cor de lodo, que não sorria, fingia cumplicidade, e definitivamente enterrar para sempre o semblante do médico, que ainda chegou a fazer uma piadinha sobre a marca do sol na barriga, para tentar ser leve, ligeiro, onde o ar pesa mais do que chumbo. Um verdadeiro bufão da desgraça alheia. E ao chegar em casa e deitar na cama, encolhida sobre o ventre, o jeito é procurar a morte no sono para esquecer todas aquelas últimas horas. Enterrar o ritual funesto. Para sempre. Morrer para voltar ao estado anterior, anterior a tudo aquilo. Só que se está viva, mortalmente viva, com a memória latejando, e vai se continuar a viver, com um oco no ventre. Os peitos querendo fazer leite. E é por isso que quando Beth, que queria tanto ter uma criança, ficou grávida de Adriano, meses após tê-lo conhecido, a vontade era berrar a Beth que tivesse o bebê, não importando o tempo que estava com Adriano e não importando o tempo que ficaria com ele, não importando a noiva abandonada em Campo Grande, que ainda o chantageava, de anel na mão, cobrando a promessa quebrada, não importando o medo. Qualquer relação era cheia de incertezas. E a agonia foi ainda maior porque as dúvidas de Beth, tirava ou não tirava?, a fizeram ficar grávida longamente, abusiva e absurdamente, com o ventre se arredondando à nossa frente, empinando, enquanto ela pensava, fico, não fico.

Tempo suficiente para nos iludirmos com a idéia de comprar um enxoval, todo rosa ou todo azul. Tempo suficiente para discutirmos o problema noite adentro, cada uma desenvolvendo seus argumentos a favor e contra. Tempo suficiente para Beth nos mandar todas à merda e pedir que a deixássemos pensar em paz. Escolher sozinha, sem nossa solidariedade, sem nossa compaixão, palpites não solicitados. Até que veio a ação irreversível, a imensa barriga sumiu de um dia para o outro, e todas nós prometemos nunca mais tocar no assunto. E não tocamos. E a relação de Beth com Adriano, que durou ainda muitos anos, com a noiva abandonada tendo ficado para as calendas gregas, adquiriu uma mácula inicial de desconfiança, descrédito ou insegurança, sei lá, que nunca pôde ser desfeita. Uma mágoa, uma desesperança para a qual não havia cura. E sobre a qual ninguém falava, quando continuamos juntas a dar festas e a tomar vinho nos copos dados por nossas céticas madrinhas e a receber nossos homens na madrugada. Os cínicos, os carentes os compreensivos.

E houve um dia em que me torci de dor na cama, cheia de medo de ter que viver uma nova gravidez indesejada, de ter que enfrentar a porta enodoada, o livro imundo, a secretária oxigenada, a imensa dor fininha, as piadinhas, e veio o médico, trazido às pressas por minha mãe e minha irmã, assustadíssimas com a possibilidade de eu vir a ser uma mãe solteira, e diagnosticou que eu, Marta, na realidade, estava cheia de gases, cistos e miomas. E me perguntou, com tato de elefante, cheio de pseudopsicologias, quem era o rapaz que estava inchando meu ventre de tumores — já que ao perguntar por algum namorado obviamente só podia estar a perguntar pelo pai da criança gasosa —, e eu disse que não havia ninguém, porque realmente não havia ninguém. Meu amor era o nada. Eu era toda esterilidade. Miasmas, gases. Minha barriga parecia de nove meses. Até que a bolha fétida estourou. E foi-se, com suas fezes e sua urina. E eu voltei a ser o que não era, carregando a frustração tumorosa no ventre.

Uma casa de quatro mulheres tem bebês dentro de repolhos. Mas tu, Maria, que eras a alegria das crianças de tuas amigas, não ficavas grávida. Nem de ar. E havia Branca, a iluminada Branca, mas não vou falar de Branca, que um dia ficou na cama a se balançar com o dedo na boca como quem se balançasse numa cadeira de balanço de avó ou de mãe, soluçando sem parar. Como se quisesse colo. Ou como se ela própria fosse um colo desfeito, um colo subitamente desarmado. A acalentar um ser invisível, que não se concretizara. Mas absolutamente presente, vivo, a respirar, na penumbra do quarto.

Eu não me lembro muito bem quando é que começaste a falar. Foi antes da chegada de Chico, foi depois? Foi com a chegada de Chico que a tua memória ficou mais clara, mais percuciente? Só me lembro que quando começavas a falar ficavas triste, triste, triste, dobrada no caracol de ti mesma, uterina, e eu puxava as palavras de dentro de ti como se arrancasse de ti os signos a fórceps, morrendo de compaixão, a cada morte de tua resistência, a cada entrega de uma frase truncada, ouvindo os soluços presos em tua garganta, a cascata de lágrimas que queria se soltar, pular para fora das órbitas de tuas pupilas, mas que lá ficava, presa, seca, até que desmaiavas entorpecida pela dor, e eu aliviada deixava teu quarto, que adornaras de estrelas, e descia as escadas espiraladas em direção ao corredor sempre às escuras da casa, querendo esquecer o que eu ouvira, o que arrancara de ti, sem poder esquecer. Dormia então de olhos abertos, olhos cravados no meu teto sem estrelas, impiedoso, cor de nata suja. Sentindo-me uma torturadora, por querer tanto a tua história. Por te amar, te amar, te amar.

Quantas vezes começaste a narrativa? Quantas vezes a paraste no meio? Quanta vezes vi tua cabeça pender, se dobrar no peito? Teus cabelos cobrirem o lençol com seu manto negro. Quantas vezes teus olhos se cerraram, mergulhados na profundeza de teu lago de prata velha, patinada de verde? E eu pé ante pé deixava o quarto, procurando não fazer barulho, não te acordar. Um dia, quando já tinhas me entregue muitos trechos de tua violenta história, ao sair de teu quarto, sem poder respirar, de tanto que meu coração estava acelerado, pasmado por teu sofrimento, olhei a lua lá fora, e vi teu corpo a vagar no dorso branco cheio de cicatrizes. Teu pé morto cintilava sobre minha cabeça, como se fosse uma constelação recém-parida. Teu pé ferido. Como quis beijar teu pé. Fazer com que renascesse. Porque o haviam matado, não é, Maria? Cortaram a seiva de teu pé.

Tua história vinha desde o início da militância, desde teu casamento, o trabalho na farmácia de teus sogros. E me contavas até o momento que entraras na luta, aprenderas a empunhar uma arma, a mexer no canhão, e chegavas também a falar dos assaltos, de como ficavas nervosa, preocupada com os clientes do banco, temendo o pior, uma bala, uma morte, e ao mesmo tempo como havia companheirismo, entre tu, teu marido, e teus amigos... todos eles metidos na mesma contradança, coreografia, no mesmo inocente sonho adolescente, ainda longe de saber o que os esperava, já que nenhuma imaginação humana poderia inventar toda a horrível realidade que viria, muito além de qualquer ficção. Não haveria labirinto mais fechado, mais terrível, do que o labirinto no qual tu cairias, sem ninguém para te dar fio ou asas. Lá, deixarias tua alma, até que um dia... da gosma de teu próprio sofrimento, teu próprio sangue, tu a reconstruirias. Tão mais forte eras do que tu mesma imaginavas. Minha brava Maria.

Eu sou Gabriel. Não sei quando nasci. Minha mãe nunca soube precisar datas. Parece que vim do nada. Sinto que estou entre os vinte e trinta anos, porque é isso que o meu corpo me

diz. A história que minha mãe me contou, quando eu era pequeno, era tão fantástica, tão fantástica, que eu sempre achei que meu nascimento era mais uma das histórias que ela tinha inventado. Minha casa era cheia de papéis esparramados pela mesa, pelas cadeiras, seus contos, seus poemas, suas peças inacabadas, seus choros em forma de versos. A lembrança que eu tenho de minha mãe quando eu era pequeno é a de que ela escrevia, escrevia, escrevia, ficava tão entretida consigo mesma, que eu sempre acabava dormindo a seu lado, extenuado de ficar tão esquecido entre os papéis cobertos do que para mim eram hieróglifos negros. A colcha sob uma nuvem de poemas. Papéis que se amontoavam nas estantes e nos armários, quando ainda tínhamos uma casa de verdade. Ela não fazia muita questão de ser lida, gostava era de escrever, e escrevia como quem tecesse uma miragem infinda à espera de alguém. Minha mãe rainha de Ítaca. A quem esperava? Um pintor, dizia, tinha vindo um dia e deixado um mural de flores umedecido em feitiços.
O tempo que estava parado tinha começado a rodar. E tempos depois ela se descobrira grávida. Ela e Bela. Ela, por amor, pela doida esperança de que ele voltasse, só para ela, e Bela por ódio, frustração, desejo insatisfeito. Alma a ajudara a cuidar de mim. Embalara-me no berço, cantara cantigas para que eu dormisse. Alma me quis tanto, tanto, contava minha mãe, que um dia partira do mundo dos homens, de tanto me querer e por saber que eu não poderia ser totalmente dela, já que não viera de sua carne. Doída por aquele amor louco, eu era a criança que ela não pudera ter, acabou virando sombra de si mesma. E, um dia, até a sombra se foi. Alma se tornara invisível em

sua dor. Só minha mãe a via, porque já estava acostumada antes com as invisibilidades de Alma, que até a minha chegada eram intermitentes. Só depois se fez eterna e indissolúvel. Quando cresci, passei a vê-la também, mas somente em sonhos. Via e não via, porque quando acordava às vezes esquecia o que vira. Bela também partira levando seu filho, Pedro Paulo, debaixo do braço. Pedro Paulo, meu meio-irmão, que nasceu no mesmo dia em que eu nasci. Eu me chamo Gabriel e nunca acreditei em minha mãe, na história que inventara daquela parede mágica, a parede que tivera a força de um ventre semeado. A parede prenhe, terra fertilizada. Nunca acreditei na história do pólen noturno, que à noite descera na casa, como neve ou chuva, e que as deixara grávidas, ela e Bela. Nunca acreditei naquela história de fonte de desejos, e na guirlanda de copos-de-leite, que cercou a casa, deixando-a enfeitiçada. Não acreditei no amor e no ódio. E na vidente que vira nas mãos delas a tragédia que viria. O cisma. Acredito, sim, no pintor, e acho que aprontou boas naquela moradia que hoje é uma ruína, entre todas as outras ruínas, em nossa colina pedregosa, onde até os seixos choram, é só encostar o ouvido neles para ouvir o lamento, as lágrimas a escorrerem sobre o leito de rochas, assim como fazemos com as conchas do mar. Acredito também que Alma tenha existido e cuidado de mim, porque sinto, ao andar pelos escombros, um ente, uma aura, um ser que é só sentidos, um espectro que me cerca, envolve, me abraça, me afaga. Um halo ou alma mesmo. Sinto o perfume e sinto que o fantasma do que foi um dia uma bela mulher dança em torno de mim. Sinto-a tão próxima que às vezes sonho com ela. Sim, é esta sensação de proximidade enquanto estou acordado que depois me faz sonhar com o que sinto mas não vejo. Quero beijá-la, tocá-la em seus seios, que imagino pequeninos e arrebitados como os das ninfas das florestas e das nascentes d'água. Sonho com uma mulher de imensos olhos de fundo de mar ou de rio, verde, verde, verde-água, verde-alga. Uma mulher branca e pálida, de cabelos copiosamente negros e com o corpo moldado por curvas lânguidas como as de sua dança. Mas deve ter sido minha mãe que me contou, quando criança, que Alma era assim, branca e pálida, de cabelos azuis de tão negros, e que tinha a magia das ciganas e das ninfas do bosque e do mar. Nereidas. Tétis. Que era capaz de encantar como Calipso ou Circe. Ou de enlouquecer, como as sereias malévolas que enlouqueceram toda a tripulação de marujos do arguto navegante. Só que no meu caso eu sentia que ao cantar doces cantigas na concha de meu ouvido, ao rodar em torno de mim, farfalhando sua saia invisível de tule florida, ou toda nua, ela apenas me protegia do mundo agressivo, sombrio e triste no qual se transformara o nosso mundo, criando entre mim e os outros seres remanescentes uma barreira inexpugnável de música e de luz... Minha mãe diz que o tempo tinha voltado a andar velozmente quando eu chegara, que entre a partida de Pietro e a minha vinda e a de Pedro Paulo o tempo estivera estagnado de novo na casa de pedras. Água parada de clepsidra, lagoa pantanosa coberta de nenúfares. Porque fora Pietro, o pintor, quem trouxera o tempo e o movimento consigo, dentro de seu alforje, como se sua presença na casa tivesse o efeito de uma pedra jogada no espelho-d'água. Com ele viera a reverberação dos círculos concêntricos. Os círculos das horas. Ela conta também que até ele vir elas se sentiam eternamente jovens, como se houvessem bebido algum mágico elixir, e quando ele se foi e os bebês vieram, movimentando novamente a areia na ampulheta, já que não deixavam de ser filhos do homem que se fora, elas entraram na maturidade, ficando maduras como fruta suculenta, e começaram a envelhecer, a pele a fanar... Perderam aquele dom de jardim de rosas intocado pelo vento. A corrida do tempo e nossa criação desenharam rugas nas pétalas aveludadas de suas cútis... abaularam os seios e os ventres, tiraram o frescor ainda adolescente do pescoço e das mãos antes tão lisas, tão alvas e perfeitas, mas quentes, cheias de febre para o amor...

Quando foi que comecei a romper com Luiz? A desistir de Luiz? Acho que foi quando decidi deixar de ser boba e procurar um analista, lembras, Maria? Tu te recordas daquele dia? Não viste nada, é claro, ninguém vê ou escuta o ruído interiorizado da tomada de decisão do outro, mas eu te contei tudo, te contei o lento estilhaçamento do afeto, o cansaço das decepções, o desejo de liberação e o estouro. Foi quando fui colocar uma de minhas calcinhas na corda da pequena área, aquela que ficava entre o corredor e a tua escada, a que dava vertiginosamente para a casa da proprietária, lá embaixo, e a porta bateu atrás de mim. A porta sempre arrombada, sem tranca. E fiquei presa, idiotamente presa. Sem saber o que fazer. E lá do segundo andar gritei para Cremilda, a prima-empregada de nossa proprietária, o número do jornal, pedindo que ela ligasse, chamasse Luiz ou Carla. Que explicasse a eles que eu estava presa e me pedisse ajuda. Ela ligou, retornou ao pátio e gritou, de volta, o que Luiz dissera: não viria, tinha mais o que fazer, e ainda mandava um recado, o de que não viria porque não estava disposto a ajudar uma mulher tão incapaz e pateta, que se prendia em sua própria área, não tomava cuidado com seus procedimentos os mais rotineiros, se comportando como uma parva, uma pata desengonçada, não, ele não viria mesmo. Achava o ocorrido ridículo. Mas Carla mandou avisar que viria, que já estava vindo. Carla era sempre assim, sempre me surpreendia, sendo mais minha amiga do que eu imaginava (felizmente, o ser humano não é só maldade, há sempre boas surpresas também). Só que, quando ela chegou, eu já tinha me livrado de meu cárcere. Tinha subido até o teu quarto, Maria, lá na lavanderia, e pelo telhado de eternit pulara para o telhado da casa vizinha, aquela do cineasta, que vivia em obras, com ele fazendo quartos a mais, jiraus, para receber a mulher ginasta que depois enfim viria e tão rapidamente o abandonaria. Andei pelo telhado dele, à procura de uma saída, um meio de descida, e achei um buraco e uma escada, uma escada longa, que atravessava o jirau em construção e os quartos ainda apenas imaginados — as paredes só haviam começado a ser levantadas — e desci até a sala da casa, cheia de tijolos, entulho, poeira de sacos de cimento, pedaços de concreto da casa original que havia sido derrubada, e finalmente cheguei liberta à porta de nossa casa, no início da vila. Sem chaves, foi com o auxílio de um chaveiro, aquele que sempre se postava na esquina da rua, do lado do bar, em sua precária casinhola, que consegui abri-la e entrar ainda arfando, enlouquecida de decepção e raiva, e absolutamente determinada...

Fui para o quarto e procurei na bolsa o telefone do analista que minha irmã me dera havia séculos e que eu nunca usara, sempre adiando o inevitável, sempre achando que um dia eu mesma conseguiria sair daquela teia humilhante, aquele alçapão escuro no qual vivia, sem ajuda externa. Mas naquele momento uma convicção se formara dentro de meu íntimo, ou fora se formando, como uma bola de neve. Não, eu não era tão poderosa assim, precisava de ajuda. Liguei e marquei uma hora. O que eu mais queria saber era por que eu estava há tantos anos com um homem que me considerava uma idiota e que com isso fazia com que eu me comportasse realmente como uma idiota, andasse como uma idiota, trabalhasse como uma idiota, sem dar tudo o que poderia dar, me relacionasse com os outros como idiota, com medo de novos envolvimentos, entregas, descobertas, desse festas como uma idiota, divertindo-me como uma sonâmbula sombria e melancólica, à espera de um homem que não viria, ou que, se viesse, me faria sofrer. Ou pelo menos me faria dar de cara novamente com meu sofrimento, aquele sofrimento que nunca me largara naqueles sete anos de relação desfibrada, sem amor, cumplicidade. O sexo era puro choque de corpos, sem troca. Amálgama. Paixão sem fruto, semente, que aumentava minhas carências. Voluptuosidades vãs. Ah, como eu queria voltar a ser o que era antes de Luiz, sem dor, sem sobressaltos, sem angústias nas madrugadas, aguardando o ruído da chave a se mover na fechadura, tendo que receber em minha carne um homem que não era meu, nunca fora, e depois ter que vê-lo sair da cama ainda quente de nossos orgasmos para a cama da mulher legítima ou de uma outra qualquer. Como eu queria voltar a ser dona de minha pele. Acabar com aquele estado de suspensão e de desrespeito, em nome de um sentimento que não era sentimento, era um vício que estava a me roubar de mim mesma, com minha própria autorização. Eu era a minha algoz, e não ele. E se não conseguia acabar com aquela tortura sozinha, com aquela prática perversa de sofrimento entremeado pelo prazer, precisava, sim, de ajuda médica. Foi isso o que concluí naquele dia em que a porta se fechara atrás de mim. Não consciente, mas inconscientemente.

Conclusão que me fez cair num abismo vertiginoso de lembranças, todas elas dolorosas. Como a do dia em que fomos a Petrópolis visitar um amigo editor de Luiz, ele com a filha no carro, a cuidar dela o tempo todo, a me expulsar, rindo, do relacionamento estreito que existia entre os dois, acimentado pela culpa, e eu buscando uma fuga do desconforto e da falta de jeito na conversa com o amigo dele sobre literatura, uma conversa que entrara pela madrugada adentro, fazendo com que ele considerasse que eu o estivesse traindo, mesmo que fosse verbalmente, já que literatura não era o assunto dele, e me dissesse pela manhã, como se fosse um inspetor de colégio a lançar notas vermelhas em meu boletim, que eu me comportara mal, muito mal. Era assim que costumava fazer, aliás, como se estivesse sempre de posse daquele boletim imaginário. No desjejum, não falou comigo, só se dirigia ao amigo e à filha, depois pegou as malas e saiu no seu Fusca sem se despedir de mim. Desabalei com o meu carro logo em seguida, com o coração na mão, atrás dele, sentindo-me marcada por uma falta injusta, e, ao acelerar como uma louca para não perdê-lo na estrada, não reparei que a rua na qual estava era de duas mãos e dei de cara com um ônibus, batendo de frente, estrondosamente. E isso fora apenas um dia como outro qualquer de uma sucessão de dias de tortura. Como aquele em que ele fora com amigos a um ensaio de bloco, no qual também deveria estar a mulher, já naquelas horas ex-mulher, e me trancara em casa. Sim, me deixara trancada. Já que eu não precisaria de chave até que ele voltasse. Não, eu não agüentava mais. Queria parar com aquilo, a gangrena no coração. Doença. Queria parar de escrever cartas que ele não lia. Parar de esperá-lo em garagens de madrugada, vindo bêbado e feliz de farras com pessoas bem mais leves do que eu, já que eu realmente estava a me tornar pesada, desagradável até, tão perdida estava em meus labirintos de desatenção e dor. Tinha que amputar o mal. Um homem que debochava de tudo o que eu falava ou escrevia, e que quando me via lendo Faulkner, sobre o qual nunca ouvira falar, dizia que eu estava entregue ao imperialismo americano. Ou que quando eu lhe entregava um poema, procurando atingir o que poderia existir de macio dentro daquele peito tão autocentrado, observava que era o máximo da vaidade e inconsciência de meus limites eu achar que podia escrever algo que prestasse. "Acha mesmo que você tem alguma condição de vir a se tornar uma escritora?", dizia, deixando-me mais insegura ainda, já que escrever era só o que me restava dentro daquela minha autodestruição consentida. Sim, ele parecia um homem disposto a trabalhar em mim uma insegurança vital que minava todo o meu ser, me deixando sem contornos, dentro e fora.

Minha imagem nunca fora um problema para mim, pelo contrário. Sabia que quem me olhava via algo agradável de ser visto. Mas nem bela eu me achava mais. Nem feia. Eu havia me tornado o nada; era preciso ser vista por Luiz para ser alguém, para que aquele nada no qual eu me tornara fizesse sentido. Somente refletida nos olhos dele, meus pedaços se colavam. Não importando que a imagem estivesse toda embaçada, que eu fosse uma boneca remendada com esparadrapos. Somente com suas mãos em meu corpo eu me sentia viva. Uma morta que ressuscitava. Ele era a centelha divina. Ele, que não tinha imaginação nenhuma. Mas quando aquela porta bateu atrás de mim, ah, aquela porta, e ele disse que não viria, que eu era mesmo uma idiota, a idiota mais completa que ele sempre imaginara que eu fosse, ah, a porta se abriu... O equívoco se desfez, magicamente.

E foi assim que surgiu em minha vida Altamir Lopes da Silva, o analista, que um dia Beth diria que estava me deixando muito mais louca do que eu já era. Altamir, com seu silêncio, o cachimbo que eu via na sua boca mas que não existia, seu olhar opaco, que ficava ainda mais fosco pela fumaça do charuto ou do cachimbo inexistente. Altamir, que nunca sorria, mas que me sorria através de seu armário de Ouro Preto, todo florido de rosas e jacintos, verde como musgo, trepadeira viva, dando vida ao consultório sombrio. Altamir, meu silencioso Altamir, de olhos cerrados como noite sem lua, me fez romper com Luiz na marra, me fazendo verter em sua sala escura uma fala cheia de lamúrias, choros, lágrimas agridoces a escorrer por meu atônito rosto, seu silêncio sendo quebrado apenas por uma ou duas perguntas, que me deixavam ainda mais perplexa e me faziam, então, chorar mais estrepitosamente ainda, soltar as rédeas da angústia e do medo até então domados, sob controle, pois uma mulher forte não chora.

Por que não dissera não? Por que não se fora embora, por que não se levantara imediatamente, por que não saíra do bar, por que não lhe dera o tapa na cara que pensara em dar, por que não abandonara a festa na qual ele dançara com todas as mulheres, menos com a amante retardada, que há muito perdera a luz, a alegria, por que aceitava tão docilmente ser maltratada, aviltada, e nada fazia? Por que não reagira, não gritara? Seria aquela velha história da carochinha às avessas, de que na realidade eu não queria um homem inteiro só para mim, queria a metade, para que eu mesma me sentisse uma metade, um nada, uma sombra, e o culpasse por me sentir assim, mesmo com o nada já estando a morar dentro de mim desde muito tempo, bem antes do toque dele? Talvez desde a adolescência, quando minha mãe só tinha olhos para meus irmãos e considerava que nós, suas filhas mulheres, eram o vazio no espaço do olhar assim como ela também o era? Quando meu pai... Bem, só sei que realmente eu tinha um medo que me pelava do compromisso. Por causa de minha mãe, tinha medo de virar sombra de homem. Só que depois de tanto desrespeito e esmagamento de minha personalidade, a falta de compromisso estava a me asfixiar. A fazer de mim menos que uma sombra, já que uma sombra ainda é algo que se pode enxergar, quando há sol no horizonte. O fogo de Luiz me transformara em cinza, pó de meu eu. Mas agora eu estava a me querer de volta, inteira. Corpo, luz e sombra, libertos das paixões. As paixões são uma fraude. Tu, Maria, foste tu que me ensinaste a amar, desapaixonadamente. Com calma, sem entrega. De mulher inteira para mulher inteira. Ou frangalhos para frangalhos. Um amor suave. Uma fraternidade. Irmandade.

E assim foi que ocorreu. Diante da mudez de Altamir, seu cenho franzido, comecei a gritar um grito rouco, surdo, suspenso no ar. Um grito que doía no peito. Porque foi assim, primeiro veio o choro, a água branda a descer pelo rosto, a molhar as almofadas floridas do divã, e depois veio o grito. E depois as palavras, palavras que saltavam de meu peito dilacerado, de meu coração magoado, tonto pela incompreensão do que eu mesma sentia, pedaços de mim que jorravam por folhas e folhas de papel, em guardanapos de bar, em laudas colhidas no jornal, em tiras de papel higiênico, palavras escritas em cima de qualquer suporte, onde viessem, onde transbordassem, mesas, capôs de carros, muros, a cabeceira da cama.

Porque o sono se tornou insônia, e as palavras me pegavam à noite pelo pescoço, o colo, a cintura, o dorso, as ancas, as nádegas, o corpo inteiro, onde antes os braços de Luiz haviam me pegado, enlaçado, aprisionado em longas e úmidas carícias, que acabavam com perguntas tipo "você não acha agora que me possui, não é, que agora me domina?" (só por causa deste espasmo, este gozo, esta intimidade), e eu ficava espantada, pasma, sem entender nada, depois do amor, aquela desconfiança, quebra de harmonia... Mas agora lá estavam as palavras, minhas aceleradas amigas, palavras nas quais eu podia confiar, e que martelavam a minha cabeça até que eu as tivesse deitado em algum papel e pudesse voltar a dormir... Sim, comecei a acordar de madrugada com aquela enxurrada de poemas na cabeça, aquela correnteza indomada de baladas, cânticos. Eu, que lera tão pouco poesia, sentia o ritmo dionisíaco de Pã a soar na minha cabeça. Os signos jorrados como sangue, signos cuspidos por meu coração arrebentado, partiram como dardos, estiletes afiados e libertadores, os vidros embaçados pela paixão, me fazendo ver o que eu não queria ver, fazendo-me lembrar do que eu não queria lembrar...

E no meio disto, no meio desta ruptura, deste dilaceramento, desta tentativa de recuperação do meu ser, viciado em amor, um dia uma mão quente e solidária tocou-me enquanto eu assistia ao patético "O despertar de Rita", e tudo começou a ruir, vir por água abaixo, minha mania por Luiz desmoronou totalmente, porque eu voltara a sentir a quentura de uma mão ao tocar-me e esta mão não era a dele, e estranhamente nossa casa ruiu junto, soterrada por meus escritos, meus gritos, por meu amor por ti, Maria. Com o seu silêncio e suas poucas perguntas, Altamir, asfixiado por meus poemas — quero sonhos, quero sonhos, reivindicava ele, não poemas —, me separaria de Luiz, concretizando o meu desejo, sim, apenas concretizando o meu desejo, e, posteriormente, ainda viria a me ajudar a decifrar os ruídos estarrecedores de nossa casa, sua destruição, as acusações de Beth com a faca na mão.

"Teu analista é um louco e está te deixando louca também..., será que não percebes o perigo que estás correndo, esse caminho que pode não ter volta, para a loucura, para a insanidade?" Acho que ela disse isso quando eu voltei de uma viagem ao Uruguai, a trabalho, a faca veio depois, é claro... até aí, quanta coisa já havia ocorrido, nosso rio subterrâneo já estava ficando bem furioso, sem amarras, torrencial, a rugir desvarios por debaixo do assoalho... Tu, Maria, estavas só enquanto eu sangrava poemas, já havias te separado de Ramiro. Estavas só, e te sentiste extremamente mexida pelo meu jorro hemorrágico de versos brancos, muitos deles escritos para ti. Aliciada pela fúria de Beth, louca para cair fora daquele turbilhão de emoções, resolveste me deixar... Foi quando a porta bateu atrás de mim na área, lembras, Maria?, que tudo começou a mudar. Quando foste abandonada por Ramiro. Quando eu decidi, por minha vez, deixar Luiz de vez, após sete anos de idiotia e de maus-tratos, do jogo de morde e sopra, lambe e tira um naco de carne, e procurar um analista. E sangrei, sangrei palavras. E cantei a esfinge de teus olhos, louvei o teu enigma, tornei-me o coro de tua dor. Até aí vivíamos a grande festa... não pressentimos o pesadelo.

Bem, voltando na roda do tempo, foi em nossa festa, aquela festa na qual compramos a nossa árvore de Natal, lá na cidade, e a trouxemos dentro do carro, sentindo suas pontas esverdeadas espetarem nossos rostos afogueados pela alegria, que te enamoraste de Ramiro e sumiste da superfície de nossa terra por vários dias, semanas, talvez um mês inteiro. E quando voltaste estavas totalmente diferente, mulher da ponta dos dedos de teu pé ao teus negros cabelos, que luziam mais do que nunca, assim como o rosto, todo o teu rosto, estava iluminado pelo prazer. Os olhos mortiços transudavam a descoberta do orgasmo. Satisfeitos olhos de cama. Tudo em teu corpo dizia a nós que havias finalmente encontrado um homem que te enlouquecia no barco fosfóreo do leito. Aquele no qual naufragamos após o desmaio causado por carícias desconhecidas. Enfim, estavas vivendo algo completamente diverso do que viveras com teu marido, chegara a hora da tua paixão sem bordas. E eu, ao contrário do que depois viria a dizer Beth, maledicentemente, ficara feliz ao te ver feliz. Nos tempos de Ramiro, lembro-me bem, paramos de conversar sobre o teu passado. Encerraste-o de novo no cofre de tua memória. Estavas tão entregue ao teu presente, tão viva, tão embriagada por tua felicidade, por que falar de mortos e dores? Por que falar de quedas, prisões, homens vis, desalmados, quando vivias os cumes de orgasmo? A entrega, o delírio, o vôo da carne. Mas depois veio o ciúme. O louco ciúme de Ramiro, e a luz mortiça de olhos se turvou. Mas não fui eu a culpada, ah, não fui eu que apaguei a luz, o gozo, teu corpo iluminado pela paixão... como Beth foi má, Deus!, com aquelas cartas sujas, pegajosas, rasteiras e rastejantes, com as quais pretendia, dizia, me alertar para a verdade.

— Por que você não a coloca para fora? Por que não troca a chave da casa? Está em seu nome, a casa, lembra? O contrato, recorda-se do contrato. Você me contou isso. Logo, é ela quem tem que ir embora. O que você está esperando?

— Não posso, não posso mandá-la embora. Não posso simplesmente trocar a fechadura. Jogar as coisas dela no meio da vila, as roupas, os livros, as pilhas de jornais que ela guarda no armário, as agulhas de tricô, os bordados, os casacos que um dia me emprestou para viajar. E mudar a chave. Deixá-la na rua com sua maledicência, sua faca serrilhada, sua gosma. Não posso. Você não entende. Não tenho esta força.

— Pois tenha, faça. Verá que é fácil. Muito fácil. Ela merece isso.

— Não posso, não insista. Não vou agüentar. Houve um dia...

E vinha o silêncio de novo. A fumaça do charuto ou do cachimbo que nunca existiram. O olhar dele ficava mais negro e intrigado. E quem fumava sem parar era eu. Enquanto a névoa de meu cigarro sofregamente fumado inundava o consultório, a mudez volumosa de Altamir pesava na pequena sala ornamentada pelas rosas e os jacintos do armário de Ouro Preto, obrigando-me a ver em toda a sua espessura, em toda a sua assustadora e corpulenta dimensão, a minha covardia, o espelho de mim mesma. Em cima do divã, amassadas pelo corpo, as folhas dos poemas que ele dissera que não queria mais ler ou ouvir, mas que mesmo assim eu insistira em trazer. As palavras me protegiam da violência de Beth, da brutalidade inconsciente de Luiz, como Alma protegia Gabriel com seu perfume, sua aura, sua dança, seu movimento invisível.

Sim, fora o que ela dissera, que o homem que tinha nome de pedra, ao partir, movera novamente a mó do tempo. O moinho das estações. Como pedra n'água. E que eu surgira do desejo, assim como Pedro Paulo. Ela me contava que havia cidades naqueles tempos, cidades iluminadas, que, vistas dos pássaros de ferro, eram como um céu na terra. E que naquele tempo o azul era pontilhado desses pássaros de ferro construídos pelos homens, como a velha nave. E que elas moravam afastadas do burburinho, lá em cima no morro de pedras, de onde avistavam as luzes do pequeno povoado para o qual haviam se mudado, porque assim haviam decidido. Nas grandes cidades, todo mundo vivia comprando coisas e atulhando as casas de coisas, coisas que tinham que ser trocadas por outras coisas, mais novas, mais reluzentes, e elas só queriam poesia, música e dança. E a nudez das coisas mais simples. E que um dia, sem que sentissem, numa noite límpida de verão, cravejada de diamantes, quando uma estrela cadente riscou o infinito, o tempo parou na casa nas pedras. E também ficou paralisado no corpo delas, que voltaram a se comportar como meninas-

moças, tendo prazeres ingênuos como sair de casa em dia de tempestade só para se molhar, deixarem a água da chuva escorrer pelos vestidos, descer pelos pés, formar um rio no jardim. Ou fazerem guirlandas de flores, narcisos, marias-sem-vergonha. E costurarem paninhos para casa, que enfeitavam com bordados de bichinhos ou de camponesas segurando ramos. Ali viveram muitas luas e muitos sóis, sem que as horas maculassem as suas peles, cada vez mais reluzentes, lisas. Aveludadas. Só faltava elas mesmas se contarem histórias na hora de dormir, para que ao deitarem fossem acalentadas por fantasias, e na realidade se contavam, porque ficavam juntas até de madrugada a trocar confidências de um tempo que já perdera o sentido, um tempo jogado para trás como fardo da memória. E subitamente as linhas que tinham na superfície das mãos entraram para dentro da carne, e as palmas das mãos ficaram tenras como mãos de recém-nascidos. Elas riam. Riam daquelas mãos brancas, sem lascas. Mãos da mais fina porcelana. Mas não eram bonecas ou estátuas, eram mulheres. Muito longe de serem meninas de novo, já tinham vivido muita coisa. E poderiam, bem o sabiam, sair daquele estado permanente de adolescência e voltar a ser mulheres a qualquer momento. Bastava chegar alguém. Mas não havia ninguém a ser esperado. O tempo estava parado e não havia ninguém a ser aguardado. Porque elas estavam à espera, mas sem o saberem. Escrevendo, dançando, sonhando, cozinhando juntas bolos e pães, preparando licores, compotas, que estocavam e pediam a cigana Carmen para vender no povoado. Ou cuidando das abelhas, colhendo o mel, enchendo potes da cor do caramelo. Enquanto nas casas das cidades que elas haviam abandonado havia grandes telas, imensas telas para distrair as pessoas, quando chegavam à noite em suas casas cansadas de seus afazeres diários, a única tela que as distraía de suas ocupações rotineiras era o sol se levantando, dourando a colina ao nascer, o prado, ou se pondo vermelho, deixando o povoado com um manto púrpura, e depois a lua chegando com seus passos de prata, fazendo o telhado da casa e as pedras de suas paredes e das aléias do jardim empalidecerem nas trevas. Até que as pedras viraram flores e seiva e das flores nasceram dois bebês. Mas eu não acredito em nada disso. É mais inverossímil do que a história da cegonha ou da Virgem Maria. Acho que a minha mãe há muito está um pouco louca, se não totalmente. Acho que há muito tempo ela vive alimentada por sua própria imaginação, desde o Grande Estrondo, talvez. Eu conto para ela que o mundo está virado pelo avesso, mas ela não me ouve. Acho que ficou também um pouco surda depois da grande explosão. Os cabelos embranqueceram totalmente. A neve cai em sua testa, enquanto ela rumina palavras, me fala do passado. Está perdida nele. E não vê o presente. Fala de quando havia plantas e da doce chuva prateada que caía sobre elas. Bálsamo, sereno, luar. E eu falo então dos dois sóis, tento descrever o calor branco e abrasador durante o dia e o frio enregelante da curta noite sem lua, o frio que às vezes paralisa meu coração. Tento descrever o grito dos coiotes para dentro da noite negra. Pontinhos de luz, fala ela, perdida em seu mundo de outrora, refratária ao frio e ao calor, perdida na neve de seus cabelos e na trilha de sua memória. Como são lindos os pontinhos de luz. Digo, então, que não há quaisquer pontinhos de luz. Que na noite curta, sem sóis, sem lua, é tudo um breu só. Uma luz árida e cega pela manhã infinda, a tarde incomensurável, com a visão inclemente daqueles dois astros de fogo, e a noite negra, totalmente negra, abissal, que não nos deixa descansar. Não acalma a alma. Quase nos mata quando nos deixamos dormir por alguns segundos ou minutos. Mas ela não acredita. Diz que eu também invento histórias. Que ninguém agüenta viver sem noite. Que o corpo tem que dormir muitas horas para viver a manhã. E ri, ri, ri do que considera um conto fantástico meu. E comenta que, se houver um pingo de verdade no que eu conto para ela, não há mais por que escrever histórias, já que o mundo estaria muito além do que poderia ser concebido por qualquer imaginação humana. Mas não deve ser verdade o que eu conto, insiste, não deve ter um pingo de verdade em toda esta história de dois sóis, noite de breu, fria como a do deserto, eu sou como ela, diz rindo, eu gosto de delirar, criar histórias. E ela balança a cabeça, totalmente incrédula, continuando a rir e querendo me ensinar: Dois sóis, dois sóis? Não basta delirar, tens que buscar a verossimilhança, Gabriel. Ler os livros, se informar, o problema é esse, nunca gostaste de ler, desde criança, sempre te recusaste, nunca leste nem o que eu escrevia, quiseste só brincar, só brincar... e para este caso então, esta ficção científica que tu queres criar, tens que ler muito, estudar. Tens que procurar ao máximo a verossimilhança, ou teu leitor não chegará à linha final. Mas eu insisto, digo que não é ficção nenhuma, que eu não seria capaz disso. Ao contrário dela, que inventou a *história do pintor e da parede viva, não tenho imaginação, sou pobre em fantasias. Repito que foi isso mesmo, que o sol se partiu em dois, no dia do Grande Estrondo. Não acabou, não, como diziam que um dia acabaria, apenas se partiu em dois, transformando o ano em uma curva dupla de mais de 600 voltas, 600 longas voltas, uma sucessão de dias leitosos e encalorados. E a lua se foi, cansada dos homens. Cansada até mesmo dos poetas, raça em extinção. Desde muito, muito tempo, não havia mais poetas no mundo. E aí minha mãe arregalou o olho, esbugalhou-o mesmo. Criança, enquanto houver mundo, enquanto houver um só homem na terra, haverá poetas. Mas não há mais, mãe, eu lhe digo. E ela sorri, meigamente, complacente, afinal de contas sou seu filho, me achando um tolo. Um inocente das coisas do mundo. Balança a cabeça, recusando-se a aceitar o triste destino do mundo no qual vivera. E eu desisto. Desisto de convencê-la. Resolvo deixá-la em sua vertigem de noites infindas iluminadas por luas pálidas, cantadas pelos poetas enamorados. Luas onde moraram deuses. E nas quais um dia os homens descobriram urtigas, a asa quebrada de um cisne e água.*

Não, eu não fui culpada do ciúme de Ramiro, apesar de entendê-lo muito bem. Porque se eu fosse homem também morreria de ciúme. Principalmente se fosse um daqueles homens raros e doentios, dotados de sensibilidade feminina, que acho que infelizmente foi o teu caso, Maria; sem que o quisesses, esbarraste num deles. Daí a grande chama de vulcão que os comeu nos momentos iniciais da relação, te deixando langorosa como gata saciada. E depois a água na fervura, o ciúme cozinhando teus medos, tuas premonições. Fazendo com que intuísses que ias perder Ramiro apenas porque ele te amava tão loucamente, que o amor transbordava como um vírus dentro dele, um câncer no peito, fazendo com que ele não agüentasse mais ficar a teu lado e quisesse, por antítese, se libertar daquele encantamento que de tão forte chegava a intumescer o coração de ânsias, desejos e angústias, transformando o amor em tumor. Não, eu não fui culpada. Enquanto estavas com Ramiro eu lutava contra os meus próprios fantasmas. Só que Beth não percebeu, nada entendeu. E veio com aquele veneno todo para cima de mim. Aquelas interpretações distorcidas. Logo ela, que temia o despudor dos sentimentos revelados. A alma desnudada. Os vícios, as chagas. Foi aí que descobri o quão pervertida era a mente dela, e pensei que talvez fosse por isso que tivesse tanta ojeriza a perversões. Não gostamos de nos ver no espelho de nossa alma, principalmente quando a alma é torpemente maculada por sentimentos vis.

Se não fosse Alma em meus sonhos, acho que também enlouqueceria. Mas Alma me nina até hoje. E me dá força; Preciso de sua força. Mesmo com tudo tendo virado ruína, pedra, ainda tenho esperanças. Estamos consertando a velha nave, lá em cima da colina pedregosa. Vi um dia na grande tela azul, que guarda a memória dos homens, que se falou antes do Grande Estrondo em vida em outras galáxias, planetas iguais ao nosso. Se conseguir resistir aos homens de Pedro Magno (*pois foi assim que Pedro Paulo fez questão de passar a ser chamado por seus prosélitos depois que leu na grande tela uma história sobre um rei da Idade Média e até uma coroa de lata forjou para si*) e de seu amigo, Malzo, o Mongol — amigo é maneira de dizer, porque a última coisa que aqueles caras sabem ser é amigos uns dos outros —, se tivermos tempo para refazer a nave, levarei meu povo a navegar pelo cosmo até achar um dos planetas gêmeos. Minha mãe não crê nos dois sóis — se recusa a olhar para o céu — mas pelo menos acredita nesta história que estou a tecer para mim, acha que nasci para isso, ir para uma terra de sonhos, uma terra prometida. Que faz sentido. Foi por isso que Pietro veio. Pietro sabia que um dia o mundo ia acabar. Ou quase. Na parede, ele deixou a semente do futuro e o gérmen da destruição, da guerra e do pânico. Como se a casa delas fosse uma caixa de Pandora. E em vez de Pandora e Epimeteu, a doença, os males e a esperança, da caixa-parede saíram Pedro Paulo e eu. Ela não fala coisa com coisa. Diz que Catarina foi tragada pelos infernos, engolida pela grande chama. Eu não acredito nisso. Tragada pela grande chama deveria ter sido Bela, isso sim, que também amou esse tal de Pietro e deu à luz um homem tão ruim. A menos que Catarina e Bela fossem a mesma mulher ou houvessem se fundido numa só. Tudo é possível na história de minha mãe. Mas aí ela fala no ódio, que o ódio também tinha a força do desejo, e eu não sei do que ela está falando. Em pensar que brinquei com Pedro quando ele era pequeno, que dividimos o mesmo berço. Ele matava andorinhas, só me lembro disso, e gostava de estripar os gatos. Mas nunca pensei nem podia *pensar que ia se transformar no monstro que se transformou. Eu o amava, era meu irmão. Para tentar entender o que ocorreu, tentar tirar de seu desvario fagulhas da verdade, peço que ela me fale mais de Catarina e Bela, mas ela põe as mãos no rosto e chora. O violino, o violino, diz, tocando-o com os dedos no ar. Uma vez ela me contou uma estranha história sobre Catarina ter saído na chuva com o violino quebrado, as cordas rangiam sons que feriam os tímpanos. E que Bela fora embora com Pedro porque tinha sido expulsa da casa pelos espíritos benfazejos que lá moravam. Pela vassoura invisível de Alma. E que tinha ido morar com Carmen, a vidente, que há muito a esperava, e com ela se aperfeiçoara na arte da bruxaria. Que uma vez chegara a ameaçar minha mãe com seus feitiços e nos olhos dela minha mãe viu os olhos de Catarina, sim, como se Catarina tivesse passado a morar dentro de Bela. Tornando-a mais má do que era. Mas que Alma desta vez voltara, aparecera em carne e osso, com sua saia larga e florida, que espalhava sortilégios pelo ar quando dançava, e expulsara Bela de vez de nossa casa, jogando em torno da casa uma poeira dourada, feita de suspiros e arfares de anjos. E desde então Bela nunca mais se aproximara da casa. Mas ainda devia estar viva em algum buraco. Sim, minha mãe me contou tudo isso, mas desta vez quem não acreditou fui eu. Suspiros e arfares de anjo eram demais para mim. Acho apenas que as duas brigaram, cada uma tomando o partido de seu filho, e que Bela, sem enxergar maldade em seu filho com rosto de Adônis, foi-se embora porque quis, indo morar no povoado. Não acredito também que Catarina tenha entrado na alma de*

Bela, tornando-a mais negra ainda. Ou acredito, sei lá. Na verdade, acho que minha mãe inventou tudo isso por ter brigado com as duas depois da partida de Pietro. Minha mãe quis defender Pietro, mas Catarina e Bela não perdoavam, não perdoavam ele ter vindo e tê-las posto de novo dentro da mola do tempo, já que um dia partiria. Não perdoavam ele tê-las feito envelhecer, quebrando o encanto da juventude eterna. Minha mãe não gostava de relembrar os detalhes do grande cisma, como chamava, e eu não insistia, até porque fora um grande cisma apenas para ela, do ponto de vista dela. Às vezes eu achava que Pedro Paulo, que me chamava de irmão quando queria ser sarcástico, e que quase me matara inúmeras vezes, com seu raio ácido, não era o meu irmão de criação, o da minha infância. Que o outro tinha ido embora, ou fora soterrado pelas pedras do grande cometa ou quem sabe se matara, e este que eu via era tão-somente mais um humanax, uma réplica de meu meio-irmão, um dos muitos replicantes que andavam pelas pedras e pelas ruínas. Replicantes criados pelos amorais cientistas antes da vinda do cometa vermelho e que haviam sobrevivido ao fogo. Porque Pedro Magno traz toda a maldade do mundo em seu peito sem coração, e Pedro Paulo não era tamanha encarnação de perversidade e desejo de poder. Mas minha mãe jura que só me conta a verdade e chora. Quando ela chora eu sinto o perfume de Alma, suave e forte e ao mesmo tempo. Sândalo? Sinto o corpo de Alma posicionado por trás de minha mãe, pressinto que carinhosamente ela fica a passar os dedos pelos cabelos brancos de minha mãe, a consolá-la, cantando baixinho canções antigas que só elas conhecem —

ouço a música —, até que ela se acalma e volta a sorrir, um sorriso enigmático, para dentro do passado. Alma me faz pensar. Sempre que sinto a presença dela, me clareia o pensamento. Temos que ir embora, rápido. A cada dia Pedro Magno e Mongol inventam novas armas para nos atacar, auxiliados pelos humanax, de corpo de aço e coração de laser. As pedras com as quais fazemos trincheiras estão virando pó. Vamos virar pó também. Estamos ficando sem água. Água que agora é tão rara como pérola, neste nosso novo velho mundo seco, gretado, sem ostras ou mariscos. Eu me chamo Gabriel. Sou filho de Ana, a contadora de histórias, e do vento. Nasci no assobio do vento. Mas não tenho asas e preciso voar.

O ciúme de Ramiro ainda deve doer dentro de ti, Maria. Quando pensas nele. Mas sei que tu te esforças para não pensar nunca, nunca mesmo, nunca dar espaço a um pensamento que relembre a quentura daquele amor que um dia foi concha, vale de reis, gruta sagrada, onde vocês dois se protegiam do mundo, fundidos numa carne só. Não, não queres pensar, não queres recordar, não queres sentir de novo aquela avalancha de dor causada pelo ciúme infundado dele. O ciúme que proliferou como vermes ao redor de teu amor tão forte, saudável e puro, transformando-o num pútrido cadáver, quando dentro de ti ainda estava tão cheio de vida, era seiva, flores, raízes, tronco. O ciúme que afastou Ramiro irracionalmente de teu ventre, magoando-te pela frieza, pela incompreensão do único parceiro a quem tão profundamente te entregaste. Sim, logo ele, que te propiciara madrugadas loucas, exaustas do delírio comungado em conjunto. Logo ele, que te fizera perder tantos medos, que desenlaçara tantas amarras, nós górdios, ficar preso nas garras do desvario. Há feridas, cicatrizes, que fecham. Mas há as que ficam lá dentro, para sempre, cortando-nos pelo meio, serrilhando-nos, como se o corpo guardasse a memória da dor e ficasse ruminando-a camelamente, num deserto seco da apaziguadora água do esquecimento.

Ramiro não acreditava na sinceridade de teus olhos vazados. Aqueles olhos de abismo que atraíam os homens como lagos protegidos por acolhedoras, frondosas árvores, que atraem os caminhantes visionários e os que querem se banhar em pântanos sem fundo. Eu mesma me perdia no precipício que morava nas órbitas de teus olhos, quando ouvíamos tua música deitadas no chão, vagando na cadência dos discos que tu cuidadosamente selecionavas, iniciando-me em teus templos de som. Sempre fui dada a vertigens, febres altas, alucinações. Via peixes translúcidos em teu olhar. Faíscas. Iluminações. Já olhaste para um peixe-elétrico, Maria, cortado ao meio por veios de luz?, ou para um daqueles com cauda vermelha? A gente fica hipnotizada, seguindo o movimento da cauda e das guelras, entre as algas e as anêmonas, mesmo que estas sejam de plástico. Mas Ramiro tinha medo. Pavor de que o que sentia tão agudamente também fosse sentido por outros homens. Quase como se fosse uma conseqüência lógica do amor dele por ti seres amada por outros homens. Por isso, passada a euforia do encontro, cada saída de vocês à rua se tornou para ele uma ação policialesca. E para ti, uma tortura, mais uma tortura em tua vida tão marcada por choques, ferros e balas. Ele não tinha medo de ti enquanto estava colado a teu corpo, preso às bordas de teu hipnótico olhar. Mas quando ficavam separados, a deambular pelo mundo, a realidade externa ao quarto, e a imaginação dele se soltava, ele via nos outros homens outros possíveis encontros, outras inevitáveis entregas tuas. E imaginava uma infinidade de seres enamorados a se perder em teus olhos vítreos, na noite silenciosa de sombras e de cores.

E não era só aqueles que pertenciam ao presente que o enlouqueciam. Ficava doido de ciúmes também com os que tinham participado de teu passado, não importando se o conhecimento fora consistente ou passageiro, fugaz. Cada homem que um dia freqüentara o teu passado, ou por ele apenas roçara, para Ramiro certamente tivera um caso contigo. Não adiantava falares que se tratava apenas de um conhecido ou de um grande amigo, cujo afeto provinha, por exemplo, da circunstância de ter sido o marido de uma amiga sua, morta pela guerra suja travada com os militares. Porque é fato. Tinhas inúmeros grandes amigos, em todos os estados do Brasil, para exaspero de Ramiro. Quando os recebia em nossa casa, lá em cima, na varanda, ele ficava mudo e surdo, alheado, sem participar da conversa. Era como um corpo morto que se postava a seu lado, a remoer suas fantasias malévolas, olhando fixamente o céu, perdido nas fímbrias e labirintos de sua criativa imaginação doentia. Se vocês — tu, Maria, e teu amigo recém-chegado ao Rio, vindo da Europa ou do interior de Goiás — riam das histórias passadas, o rosto de

Ramiro chegava a se crispar de desconforto. Fora traído ou estava sendo traído, concluía, e o riso frouxo, alegre, ruidoso, aparentemente ingênuo — tu, feliz com o reencontro, falando de tuas aventuras, relembrando detalhes de ações, escapadas, ou alguma palhaçada feita nas ruas de Paris ou da Alemanha para esquecer o exílio, como pular um carnaval sem quê nem por quê —, era uma zombaria.

Ah, a delirante imaginação de Ramiro. Ela foi explodindo, crescendo como um câncer, e ele foi cada vez mais se emaranhando nos galhos asfixiantes do ciúme, em seus espinhos. Sinais desviados, tortos. Se um homem, um vizinho, um colega da associação de bairro, amigo da praia te cumprimentavam na rua, dando um olá ou oi lá do outro lado da calçada, era briga certa, uma discussão sem fim. De sua parte, por que aquele cumprimento tão íntimo, aquele sorriso tão escancaradamente aberto, aquela desfaçatez, mesmo com o sujeito estando no outro lado da rua? E por que aquele esforço do sujeito em questão em ser amável, saudar-te, exibir-se para ti, sob aquele sol quente, mesmo tu estando acompanhada de outro homem? Será que aquele teu amigo não tinha vergonha na cara, estar assim publicamente a debochar dele, Ramiro? Aquele homem que te acenara da calçada oposta fatalmente tinha sido teu amante, ou queria ser, ou viria a ser um dia. E o pior é que tu sorriras para ele, mandaras o cumprimento de volta, sorridente, te dando toda, lubricamente, naquele gesto aparentemente comum, rotineiro, que não o enganava. Falavas em educação, bons modos, formalidades, mera gentileza, e ele retrucava que educação que nada, que gentileza... Ele não estava aí para ser objeto de ridículo, dizia, tão descaradamente, tão sem rodeios, te deixando atônita, perdida diante da reação dele, cada vez mais agressiva, mais inesperada, mais insensata e raivosa. Não podias sorrir, não podias acenar para ninguém. Tinhas que fingir que não vias o incauto, inconseqüente amigo, a te enviar lá do outro lado um bom-dia, uma boa-tarde. E tua vida foi ficando insuportável, irrespirável. Como conseqüência, eu, que havia te perdido completamente para ele, enquanto durara a fusão de corpos, a comunhão, o encanto, passei a te ter de novo, ao ouvir tuas reclamações, lamúrias, os teus causos de Desdêmona, os teus lenços de Iago.

O ciúme sem peias, extremo, atingia a todos, até a mãe dele, o irmão dele, a cunhada dele. Enfim, atingia qualquer pessoa a quem desses um pouco de tua atenção, a quem dirigisses tua fala, o teu calor. Uma atenção que se restringia a dialogar banalmente, sorrir clara e abertamente, ser como tu eras com relação a qualquer um de quem gostasses, ou seja, franca, generosa, inteira, sem truques, rodeios, véus. Porque eras assim no mundo, despojada, naturalmente sincera. E aos poucos o teu prazer desmedido, aquela chama que quase queimara teu corpo no início de teu namoro, deixando-te extenuada quando enfim voltavas para tua casa, teu quarto estrelado, para te refazeres das noites de gozo, dos orgasmos sem fim, da intensidade das trocas nas madrugadas, se transformou em uma desilusão também sem metro, humana medida. Sentias que Ramiro estava indo embora, escorrendo por teus dedos com aquele rancor doente voltado para todos os que te cercavam. Sentias, tristemente, que era a tua própria existência, o ato de pisares o mundo, que o deixava inseguro. Não poderias mais ser com ele, para ele. Terias que te apagar completamente. E mesmo assim, por mais que te esforçasses para te moldares ao nada que ele estava esculpindo para ti, estava ficando claro que não adiantavam tuas vãs tentativas de extinguir tua força vital, eclipsar tua beleza. Pois ele não iria suportar aquele clímax de paixão ciumenta por muito tempo mais.

Chegou o momento que uma multidão de homens estava a dividir o leito com vocês dois. Uma multidão de amantes idos ou potenciais. Teu ex-marido, teu amigo de Santa Catarina, o amigo de Brasília, aquele que viera da Índia, todo o grupo de ex-exilados recém-chegados ao Brasil que havia sido teu círculo em Paris, os amigos conquistados no bairro na volta ao país. Teu corpo, que ele amava, teu corpo moreno, elástico, de seios pequeninos que se aninhavam nas mãos, roliças rolas, havia sido de outros. E ele não podia suportar isso. E fantasiava outros orgasmos teus. Outros gemidos. Outros arfares, gritos mudos em madrugadas suadas. Outras entregas tão ardorosas quanto a tua entrega a ele, que fora única, eu bem o sabia. Mas não adiantava explicar, se defender, falar. Ele se perdera nos desvãos do delírio, nos sofrimentos por ele mesmo criados, e começara a partir, fazer as malas, desvencilhar-se de ti, recolher-se em si mesmo. Estranha ou talvez já esperadamente, começou a não suportar ver-te. Tu e teus lúbricos olhos verdes. E como sofreste, Maria. Ficavas em teu quarto horas e horas, a olhar para o teto polvilhado de estrelas laminadas, sem emitir um som, um gemido. Mas eu ouvia teu choro. E foi somente depois, muito tempo depois dele ter partido por completo de tua vida, à cata de um colo abundante que considerava que nunca o traíra ou trairia, de uma mulher de seios e ancas telúricos, mulher mãe de sete filhos, gorda, enorme de gorda...

Foi somente depois de Ramiro ter deixado de ser teu amante e voltado a ser filho, que recomeçaste a me contar o teu passado. Parecia que aquela chaga nova abrira em ti a vontade de se livrar das velhas chagas. Foi somente depois, muito tempo depois, quando já tinhas deixado de estremecer a cada tilintar do telefone, esperando que o toque da campainha fosse um sinal de reconciliação, redenção, um trimmmm de retorno. Ou não foi nada disso, foi muito antes do ciúme e das brigas, por motivos loucos, criados pela mente fantasista dele, que vieste a mim para falar de teu passado? Ou foi exatamente enquanto esperavas o telefone abandonar seu sepulcral silêncio, dar o ruído tremente de vida diante de teus olhos angustiados pela ânsia de amá-lo e não poder mais amá-lo, pelo desejo de revê-lo, voltar a tocá-lo, fazê-lo entender o quão fiel eras, tinhas sido e serias sempre, que vieste a mim novamente? Voltaste, sim, voltaste... para minha ternura, meu abraço sem corpo, sem braços... o território que sabias ser todo teu.

Ou terá sido quando Chico chegou, trazendo para o interior de nossa casa teus velhos trapos e fantasmas, que conseguiste começar enfim a falar da violência que sofreras, com as lembranças tendo batido à porta de tua memória, arrombando-a, juntamente com a alegria e a música bulhenta de Chico? Aquela alegria que tornava o passado apenas passado, obrigando-o a voltar para ti para que finalmente fosse expulso do teu presente, libertando-te de tuas antigas cadeias?

Quando eu durmo e não sonho com Alma, sonho com a morte, a ruína, os destroços de nosso mundo, e acordo sobressaltado, com o coração a dar saltos no peito, a boca amarga. Ouço tiros, fico encegueirado de medo e de desesperança. E logo eu, que pareço ter uma esperança dentro do peito inexpugnável como um cofre-forte, um presente sei lá de quem, uma fé férrea em um Deus generoso, se houvesse um, titubeio, acovardo-me e não vejo saída para nós. Mas quando Alma vem, mesmo que eu não a veja, só sinta o perfume, o adorável cheiro de manhã, orvalho, ela me leva até a nave. Me puxa pela mão, me faz passear dentro dela. Me mostra suas entranhas. Conheço ela, a minha nave, como conheço a palma de minha mão, as rugas de minha mãe, cada fio branco de sua cabeleira, os movimentos cadenciados de Alma em torno de mim, os lamentos de meu povo, a roda espiralada dos dois sóis. Já conheço de cor toda a engrenagem da velha máquina platinada, os relógios, os sinais, os ponteiros, as manivelas, os teclados, os visores, as telas. O motor. Quando durmo embalado por Alma e seus cânticos, aquecido por sua fagulha de bailarina que faz música com a ponta dos pés, eu, como se fosse seu soldado de chumbo, procuro uma saída para o quebra-cabeça de nossas vidas. Há mais de uma era, centenas de rodadas da Terra no zênite, estamos a ziguezaguear em torno da velha carcaça, sem saber o que falta nela para que possa subir pelos ares. Pelos conhecimentos que adquiri em meus sonhos, ministrados por minha fada madrinha, ela está perfeita. Apesar de velha, nada falta nela. Por que não voa? Sonho, e em meus sonhos peço ajuda a Alma. E Alma me faz pensar em campos de nuvens, veredas de estrelas. Quem sabe falta o cristal? Nos tempos que aquela nave foi feita, sei que havia um cristal energético em algum ponto da máquina, um cristal de luz. E que o cristal era o segredo, o estopim, a explosão. O cristal que ninguém sabe onde era conseguido e do que era feito. Tinha a forma de um cristal sem sê-lo. Dizem que era a chave dos humanax. Cegava quem o olhasse fixamente. Sonho então que um dia Alma aparecerá com o cristal na mão, sua jóia, seu segredo. E me dará a venda necessária. Fecho os olhos e vejo a luz, a luz forte. Mas acordo e tenho uma imensa decepção. Alma é um fantasma, como posso me iludir? Um fantasma criado pela imaginação de minha mãe. Um fantasma que tem vida para minha mãe e para mim, eu sei, mas que nunca se tornará novamente, como um dia já se tornou, corpóreo, físico. Tomou corpo para expulsar Bela da casa da colina, mas isso é o que minha mãe me diz. Eu nunca a vi em carne e osso. Eu só a sinto, a ela e a seu doce cheiro, quase tátil. Só a ouço cantar, dançar, minha pele se eriça quando ela brinca com meus cabelos, como se andasse por eles, me fizesse uma massagem com seus dedos de maga que tudo sabe, tudo viu, a mesma massagem que é capaz de adormecer minha mãe, fazê-la esquecer suas aflições, seus pesadelos. Mas sei que ela é um sonho. Um sonho que mora no meu sonho. Nunca sairá de dentro dele para me presentear com o cristal, que no fundo eu acho que também inventei. Nunca existiu. Já não sei mais o que invento e não invento. Já não sei mais o que é real ou o que é conto, narrativa de minha mãe. Mas o tempo está ficando curto. E a velha máquina não levanta vôo, fica pousada no chão, entre as pedras, como um pássaro de asas chamuscadas. Vou agarrar Alma. Vou agarrá-la pelos cabelos, quando se aproximar de mim, em sonhos ou não, e só a soltarei quando me der o cristal. Vou inventar que a agarrei, que eu a tenho comigo. Ou vou ter que correr todos os riscos e procurar a pitonisa, lá em cima, na caverna das pedras. Ela vai me dar a resposta. É perigoso procurá-la, eu sei. Ninguém pode olhar dentro dos olhos dela, e é difícil escapar de seu olhar, que nos queima por dentro, derrete o sangue nas veias. Transforma-o em lama tóxica. Sei disso porque contam, porque quem foi lá ou enlouqueceu ou nunca mais voltou. Mas o tempo está ficando curto, sinto que não poderemos resistir mais. Muitos de meus homens já se foram, pulverizados pelos raios de Magno e Mongol. Ou destruídos pelos indestrutíveis humanax, que têm um calcanhar-de-aquiles que infelizmente não sabemos qual é. Poderia até ser água, como no mundo de Oz, que nada adiantaria. Não temos água para enferrujá-los. E o pior: estamos ficando fracos. Quase fantasmas, irmãos de Alma. Nós, os resistentes, somos uns gatos-pingados. Vou ter que subir o Escalavrado. E se a Pitonisa for Bela? Bela possuída por

Catarina? Ou Catarina possuída por Bela, sei lá? Minha mãe já disse isso em um dos seus delírios, e eu não entendi nada. Algumas das duas, creio eu, era a bruxa da história de minha mãe. Ou não era nada disso. Eram apenas duas mulheres comuns cuja maldade as levou para o outro lado do Estige e as deixou sem estofo? As duas num corpo só de harpia. Uma harpia bicéfala, de quatro olhos a enregelar o coração humano. Aí é que estarei perdido mesmo. Como arma, eu precisaria de um violino, pois talvez o violino retirasse Catarina do corpo de Bela, obrigando-o a vir à tona, disse minha mãe um dia rindo, e fazendo fififififiu, querendo imitar o som que nunca ouvi, mas não há mais violinos. Nem sei bem o que era um. Só vi um na grande tela, acho, há muitos anos. E vai que era uma viola.

Primeiro tu me falaste de teu casamento, da farmácia, da militância heróica, do treino de tiro ao alvo na praia erma, dos assaltos a bancos, que chegaram a ser divertidos, apesar de sentires as pernas tremerem, com medo de que tivesses de matar alguém, dentro daquelas salas frias, onde o dinheiro é o senhor das almas. Primeiro me contaste o início inúmeras vezes, até que tua cabeça pendesse, e tu dormisses, dormisses, profundamente, no meio do teu relato, teus cabelos negros encaracolando a colcha de teu leito. Ondas tempestuosas. Mar bravio. Até que um dia, enquanto eu ia montando tua história como quem cata seixos em margem de rio, tu chegaste à tua queda. Tua hora. O amigo que havia caído. O desespero. A certeza de que o aparelho em que estavas havia ficado inseguro, e irias cair também nas mãos dos homens. As horas passaram lentas, arrastando-se, enquanto tu esperavas o nada que viria, o terror que preencheria o ventre vazio, pleno apenas de expectativa latejante, sem saber o que fazer, que rumo tomar. Tu te encontravas perdida, sabias que estavas perdida, enquanto os minutos batiam dentro de teu peito como um cuco, sacolejando a caixa do coração com os espamos soluçantes da tensão. Uma bomba-relógio. E de repente ficaste alerta. Teus nervos se esticaram, elétricos. O coração pronto a estourar.

Até que o ruído de um carro se aproximando de tua casa cresceu, cresceu, e emudeceu o teu coração solto no peito. Mas totalmente calado, como criança aterrorizada no escuro, com medo das sombras a voarem no quarto, o chapéu da feiticeira, e ele ficou suspenso no tempo, e o ruído do carro que se movimentava lá fora se avolumando, transformando-se numa flor maligna, que se alimentava de teu pavor, devorando-te por dentro. Mas não te paralisou, pelo contrário. Estavas viva, intensamente viva, lúcida em que cada um dos poros, cada elétron, nêutron de teu cérebro, e tinhas de agir. Jogaste todos os papéis que encontraste em cima das camas, mesas, na privada. Rasgaste as folhas em pedacinhos, nervosamente. Depois que tudo estava bem picadinho, também jogaste no buraco do vaso, transformando-o antes em tiras finíssimas, todo o material supostamente inflamável que encontraste nas prateleiras — uns cinco livros grossos, Marx, Engels, Feuerbach, Hegel, Gramsci —, em segundos, átimos de segundos, e deste a descarga. Aquilo que não desceu cano abaixo, com a rapidez necessária, engoliste. Os nomes e pontos também fizeste questão de engolir, jogando mãozadas de água na boca para ajudar a saliva, que de repente se ressecara, sumira, te deixando com uma imensa sede. Uma imensa e inesgotável sede de sobrevivência. Lá de cima da casa, por um basculante fosco e visguento, viste o contorno do carro parado diante da casa e sentiste o estômago se contrair, a secura na boca aumentar. O motor da mente teve que trabalhar ainda mais rápido. Tua consciência ficou aguda e fina como estilete. Pulaste lá de cima, do segundo andar, para o primeiro andar da casa. Deste um pulo de dois metros ou mais e teu corpo se curvou, sentiste dor nas pernas dobradas, mas imediatamente te aprumaste, com a agilidade de gazela, pantera ou qualquer outro felino ágil atacado na selva, sim, adquiriste uma agilidade que até tu desconhecias e correste para a cozinha. Tinhas na cabeça, como seqüência programada de fotogramas do filme que estavas vivenciando com todos os fôlegos que Deus te dera, os teus próximos passos. Nos olhos do cérebro veio a imagem límpida e esbranquiçada da área após a cozinha, cheia de engradados de refrigerantes e de cervejas, e a do muro terroso que levava ao terreno baldio do lado de tua casa-aparelho. Terreno que dava para uma rua erma, que poderia levá-la para a esquina de outra rua mais central, movimentada, na qual poderias te perder, sumir no horizonte dos carros. Atravessaste num segundo a cozinha branca, e te lançaste desesperada, novamente animal acuado em fuga, sobre o muro que dava para o terreno baldio. E não sabes como o teu corpo o escalou, não sabes como te agarraste àquele cimento crestado como se agarrasses um cipó, uma hera, uma corda com nós, ganchos. E chegaste ao topo. E quando estavas pronta para dar o salto que te encaminharia para a liberdade, quando teu corpo fazia a curva que te levaria para o terreno coberto de lixo, latas amassadas, papéis embrulhando imundícies geradas pelo cotidiano humano, sentiste que tudo se apagava ao teu redor. Teu corpo caiu.

Homens à paisana o colocaram no oco de um cobertor e o jogaram dentro de um camburão. Tua cabeça sangrava. Ainda que praticamente desfalecida, sentias que bebias teu próprio sangue, o sangue que jorrava até a tua boca emudecida. Semi-inconsciente, sentiste em pânico o transporte de teu corpo dolorido, perfurado a bala. Tua cabeça inclinada estava quase que em cima de uma das minhas coxas, e dormias teu sono profundo, com teus olhos cerrados para o mundo, os cabelos esparramados sobre o lençol, ondas de mar noturno, soturnas trevas. Desci as escadas e vi a lua cheia lá em cima, solidária. A beijar teu terror com seu ósculo pálido, com asco de mim. Eu te obrigara a viver tuas lembranças. Tinhas caído de novo, a bala novamente se alojara em tua cabeça. E a lua sabia, sabia que eu te machucara, forçara a barra, quando buscara em ti palavras, obrigando-te a me contar o que não querias nunca mais recordar. A lua sabia, pois é sábia em sua solidão, que minha vontade de te libertar do passado era conspurcada pela minha curiosidade. Não, não era nada disso. Estou sendo má comigo mesma. Nunca fui motivada por mera curiosidade, Maria. Juro. Eu realmente queria que tu falasses, botasses para fora as farpas de teu passado para te aliviares da dor, enterrada em teu peito sonolento. Eu acredito no poder das palavras. Mas talvez eu não fosse a pessoa certa. Meu amor seria suficiente para acarinhar-te em tua mágoa? Segurar teus pedaços, costurá-los? Quem era eu, era por acaso Deus, Alá, Ísis ou Shiva para achar-me assim tão capaz de livrar-te da tortura que morava dentro de ti, aquela raiz daninha, que se apossara do muro vivo de teu corpo? Era Deus para ser assim tão insaciável? Mas continuei, ah, continuei, fui até onde podia e até onde não podia. Talvez por uma história. A tua. Queria o cristal de teu enigma, teu segredo. Eu me chamo Marta... Minha mãe uma vez me disse que nasci dentro de um círculo de fogo. Labaredas. Brincadeira, Maria, brincadeira de mau gosto, bem o sei, mas é verdade, minha mãe me contava histórias, e eu acordava... Nasci entre copos-de-leite, pedras, lírios... seixos que rolavam do Escalavrado.

Conseguira a tua queda, o que mais teria? Por muito tempo, não teria nada de novo. Teria apenas, novamente, por incontáveis vezes, reiteradamente, o mesmo relato. Por inúmeras vezes, jogaste os papéis na privada e engoliste os nomes e os pontos. Por inúmeras vezes, rapidamente ou em câmara lenta, até que dormisses subitamente, como se entrasses num estado de transe ou amnésia, no qual me recusavas as palavras, pulaste da escada, correste pela cozinha, subiste o muro como um animal tocaiado e teu corpo tombou lá de cima e foi levado, num fétido cobertor, para dentro da negra bocarra de um camburão, por homens à paisana, a serviço da ditadura. Porque antes que chegasses ao fim da narrativa que resistias tanto em me narrar por inteira, antes que me desses o presente da tua totalidade, nossa casa ia começar a desmoronar, a golpes de ódio, ciúme ou quem sabe de uma louca em estado de surto. Muito antes veio o arrombar de portas, tramelas.

Quando foi que explodiu o livro, como dinamite, bem na minha cara? Jogando visgos e maldade em cima de meu corpo? Tu te lembras, Maria? Às vezes eu fico perdida em nossa história, buscando os traços, as trilhas, as maçanetas, tentando dar um sentido ao que não teve sentido. Acho que a explosão causada pelo livro veio depois de Beth ter começado a pirar com a nossa doentia relação, como ela dizia, e a me deixar aquelas cartas maledicentes, ofídias, por debaixo da porta, na barriga da madrugada desventrada. Acho que no dia em que cheguei em casa, à noite, cansada do trabalho, embrutecida por meus textos econômicos — que me impediam de sonhar, grudavam-me ao chão da Terra —, com o coração ainda acelerado pelo jornal e seu ritmo, e as encontrei reunidas na cozinha, sentadas naquela nossa pequenina mesa de bar, com caras de pasmo por causa de um livro que ainda estava sendo escrito, a duras penas, por mim, já muita água tinha corrido debaixo de nossa ponte.

Já fazia algum tempo que os nervos da casa estavam esticados, não é, Maria? Prontos a se romper, estilhaçar... E eu, realmente, confesso, deveria estar ajudando a esticá-los. Andava meio que às cegas na ressaca de minhas emoções, desde que iniciara o rompimento com Lula, fazendo coisas que poderiam ter conseqüências sérias para todas nós, sem medir as conseqüências enquanto as fazia, tão aturdida estava eu com a escuridão sem bafio da luminosidade de astros na qual me encontrava. Afinal de contas, eu vivia o fim de uma paixão, uma paixão que durara sete anos, vomitando palavras onde eu estivesse, quando aquele homem que eu não conhecia muito bem tocou para mim, no piano, *Play it again, Sam*, e a suavidade das notas ajudou a distender o que estava havia anos rijo como lagarto em pedra dentro de mim, devido aos silêncios e à ausência de Luiz. Transbordei dores, carências, perdas. Transbordei lamentos, queixumes.

O homem do piano tinha muitos revólveres em casa, pendurados na parede do segundo quarto, o de visitas, e eu os estranhei, logicamente, ao dar de cara com eles, mas a música por ele criada era bela o suficiente para que eu esquecesse as manias de solitário e as bolinhas que tomava antes de dormir. Porque no começo — como sempre ocorre nos começos, sejam os meus, sejam os teus, sejam os de quem for — tudo foi sonho, devaneio, alegria, êxtase, eu deliciada ao me sentir distanciar-me de Luiz à medida que ouvia os dedos de Marco correrem pelo teclado, sentada na desnudada sala *clean*, ornamentada apenas pela simplicidade do piano negro e seu banco giratório, e pelo sofá branco como leite. Marco Antônio lidava com dinheiro, com somas imensas de dinheiro, e o meu sonho abruptamente virou pesadelo quando ele me ameaçou de morte por causa de uma matéria que eu escrevera sobre a quebra da empresa dele, matéria esta que ele achou ter atingido o sócio, e até mesmo causado sua prisão. Sua ameaça me levou a buscar a proteção do jornal, numa angustiante tarde de sábado. Mas até chegarmos a este ponto eu já havia me encharcado da música lânguida que ele produzia com os dedos nervosos e finos, seja em casa ou em bares semivazios onde se sentava para tocar, entre uns poucos remanescentes embriagados, nas madrugadas que saíamos para beber, buscando esquecimentos etílicos e musicais.

Fiquei tão impressionada com o som de Marco que cheguei a levar vocês todas à casa dele, um dia, recordas, Maria? querendo dividir com vocês o meu prazer... a minha mais recente descoberta. Acho que só Beth não foi, ou talvez tenha ido — tu é que não foste?, estavas com Ramiro? —, e ele deixou todas nós flutuando com as improvisações que fazia, enquanto, engolfadas pelo branco do sofá e das paredes sem vivalma de quadro pendurado, sorvíamos fervorosamente enleadas pela magia solene do piano copos de vodca com gelo. Era só o que ele tinha na geladeira, vodca, gelo e alguns iogurtes. Assim que eu chegava em casa, após esses encontros, com a sensibilidade totalmente liberada pelo álcool destilado e pelas notas com as quais Marco me presenteava, a música que sempre tinha que me ser outorgada por outrem, era eu quem improvisava versos no teclado, versos que depois mostrava a ele e a vocês, gestados pelo turbilhão de emoções no qual eu me encontrava devido à minha recente separação. Ferviam, borbulhavam. Liberta de minha estéril paixão, eu abortava aquela profusão de signos que começara a deixar todas vocês incomodadas.

Até mesmo Marco ficou assustado, tamanha era a inesgotável produção. Foi através das palavras que eu vomitava que Marco percebeu a violência de minha ruptura com Luiz. A não-cicatrização da ferida, a profundidade do que se passara, as raízes. E mesmo antes da história da matéria e da ameaça, ele começara a recuar, voltar para a última namorada. Eu devia estar agindo como uma louca mesmo, uma surtada que procurava naquele oceano de palavras um meio para naufragar de todo na demência. Mas não creio, mesmo assim, que voluntariamente eu tenha mostrado a vocês o livro, o de nossa história. A ninguém o mostrei. Nem a Marco Antônio, nem a vocês. Porque era um texto que começara apenas se formar, um texto que, assim como os poemas, estava saindo aos borbotões de dentro de mim, sem começo, meio ou fim. Eu apenas tateava naquela ocasião no que viria ser, de certa forma, o embrião deste livro, disposta a contar nossa história de forma simbólica, deixar um registro de nosso tempo juntas, e sei lá por que razão pensei numa casa nas pedras, na qual haveria uma parede cheia de flores, um mural, que eu via como o deixado por Gauguin em seu casebre do Taiti antes de morrer. Gauguin, o impiedoso, o sifilítico, e esta parede consubstanciaria desejos, teria poderes incaicos. Se as mulheres, também em número de quatro, tinham nascido de nossa história, nossas vivências, o desejo como fonte de realização era uma idéia antiga minha. Assim como os bebês. Já a casa e o pintor surgiram da crise, antes eu não pensara em dar tal poder a um homem, mesmo que fosse um artista. Antes não havia homem algum. Eu sempre sonhara em ser mãe solteira. Mas gostei de Pietro de cara quando ele surgiu na história, o enviado, o homem que faria o tempo parar e voltar na casa das pedras. Que naquele segundo sem dias, sem horas, imitaria a criação. O homem que dominava as cores da natureza. A luz. E haveria uma pedra, uma só, com a luminosidade que cegava. O cristal de Gabriel.

Criar, é bem verdade, dá uma sensação de onipotência. O escritor, enquanto cria seu texto, seja ele bom ou ruim, é Deus. Ninguém pensa em Satanás. Pensa em Deus, pensa no Verbo. Mas não pensei que ia dar no que deu. Não pensei em nenhum momento que algum dos meus atos, sobretudo os que se referiam à minha atividade literária, estimulada por minha ruptura interna, pela música de Marco, pelo unicórnio e a carta de Luiz, teria tal potencial destrutivo. Era apenas uma fantasia substituindo outra fantasia, porque eu fantasiara sempre, é claro, que um dia tudo daria certo com Luiz — aquela velha história do investimento emocional, que tem que ter um retorno, quando não há retorno algum, o amor em si é o retorno, enquanto dura, já o disseram tão velhacamente —, mas era duro aceitar que agora toda aquela espera, cujo nexo teria sido o final feliz, se tornara distância, separação, morte. O unicórnio foi uma coincidência que me estarreceu, apesar de eu já saber, naquela ocasião, que em momentos de rompimento com o velho e de criação as coincidências pululam como sapos no brejo. Enquanto Luiz estivera fora, em sua querida Argentina, bom ex-exilado que era de Allende e Perón, sempre a balbuciar vaidosamente seu portunhol — um ex-exilado é quase que uma condição permanente, uma tatuagem na pele —, eu escrevera para ele o conto do Unicórnio Azul. Quando ele voltou de sua Buenos Aires querida e marcou um encontro comigo no bar, já sabendo, tanto ele como eu, que era para nos despedirmos, levei meu conto debaixo do braço, ou seja, dentro da bolsa. E o entreguei, como se entregasse um retrato de nosso amor, para ser guardado no baú de lembranças junto com as sagradas relíquias da militância, que ele tanto preservava na memória. Em troca ele me deu a fita da canção do Unicórnio, cantada pelo cubano Silvio Rodriguez, e eu quase caí da cadeira. Luiz não acreditava em unicórnios, hades, edens, olimpos ou valhalas. Sem cultuar mitos, fora os da esquerda, vivia sempre o presente, a luta por um país melhor, e nunca lia um livro, não tinha tempo. Se acaso encontrasse algum tempo nunca seria para um livro de ficção, realismo mágico, e ali estava aquela música sobre o animal mitológico e seu dono, que estranhamente lembrava o enredo de meu conto.

E não sei se foi aí que comecei a me sentir partida por dentro, desgraçada mesmo, esmagada pela dor, pois na primeira vez que conseguíramos enfim nos aproximar, nos encontrarmos no meio da ponte de nossos inconscientes, estávamos nos despedindo, e relembrei com ele pequenas felicidades passadas, momentos e viagens que realmente haviam valido a pena, e ele me entregou a carta que nunca me entregara, onde me declarou o que nunca me declarara. Uma carta na qual me chamava de Nossa Senhora da Paixão. Mas depois houve a ameaça de morte, por parte de Marco, em nome de seus amigos corrompidos, o rompimento com o piano que tirara meus pés da terra, e quem viajou fui eu. E quando voltei encontrei você e Beth irmanadas, cúmplices, saindo juntas para uma festa, e levei um imenso choque. Mais um. A última coisa que eu poderia pensar, Maria, é que tu te aproximarias de Beth, principalmente após aquelas afirmações insanas sobre eu ter te separado de Ramiro, eu ser o teu pau. E foi nessa festa que Beth disse que quem estava ficando louca era eu, por causa de Altamir e de sua análise descuidada e desagregadora. Você está mesmo ficando louca de pedra cal, insistia ela, quando eu tentava resumir para vocês duas, falando pelos cotovelos, o que acontecera em minha viagem. Viagem na qual, sei lá por que, eu fora parar em Buenos Aires, voltando para os braços de Lula por estar em sua cidade do coração. Cheguei até a visitar o argentino, aquele que se enrolara nos gomos da saia de cigana de Carla. Quando falei a vocês duas, numa hora em que a música da festa momentaneamente parara, do homem que estava a procurar pelos traços de sua bisavó Willermina mundo afora, já tendo estado na Inglaterra, na Holanda, e numa cidadezinha do interior da Alemanha, próxima de Baden-Baden, porque assim o mandara fazer seu analista estruturalista, Beth estourou. Não queria, me disse, ouvir mais loucuras. E também foi nesta festa que ouvi de um conhecido que eu respeitava que meu amigo pianista libertador e ameaçador, meu médico e monstro, era um imenso filho da puta, e que deixara traços sangrentos em seu passado, o que me assustou e não me assustou, já que aqueles revólveres na parede obviamente falavam por si. Assim como as bolinhas e a impotência.

Mas o susto foi ainda bem maior quando cheguei em casa, naquela noite qualquer, acontecida alguns dias após a festa, e encontrei vocês sentadas na cozinha, novamente irmanadas, novamente cúmplices, a falar desairosamente sobre o livro, o livro que ainda era apenas um esboço, que eu ainda não sabia se um dia acabaria de escrever, cujas folhas deveriam estar jogadas em cima de minha mesa, fora de ordem, e que eu não pensara em nenhum momento que sofreria uma revista ou indecorosa e indesejada vista de olhos. Não poderia imaginar que o meu ainda desalinhado texto, com vários começos e fins, giraria na órbita das pupilas de minhas queridas companheiras de casa, fazendo com que ficassem em estado de estupor. E muito menos preveria que aquela trama ingênua — mas talismânica para mim, já que nela eu colocara tantos de meus mais recônditos segredos — viesse a causar tamanha revolta em Carla e Beth, e acho que até mesmo na botticelliana Branca (creio que ela também estava na cozinha naquela noite, ou pelo menos seria consultada depois e com tudo concordaria), pondo nossa casa em pé de guerra.

Guerra. É estranho que, enquanto estávamos em guerra, já semeando o que viria a se transformar em trincheiras, guetos, casamatas, pátria esfacelada — com o surgimento do meu exército, de um lado, e o de Beth, do outro —, tu me falavas de tua guerra, Maria. Mesmo te sentindo quase que soterrada por meus poemas, que choravam teu pé de dama de sapatinhos vermelhos com a mágica perdida. Até porque nesta festa, numa casa de muitas escadas, que ficava na encosta de um morro, na qual Beth me chamara de louca e também a meu analista — e ao meu amigo que buscava sua avó Willermina pelo mundo afora, achando que ao refazer sua história familiar estaria colando os pedaços de sua alma culpada por uma esposa que ensandecera e que ele tivera que internar —, para meu espanto, eu te vi dançar sem parar, parecendo levitar no ar com teu pé quebrado. Foi a primeira vez que tive plena consciência de que tinhas um defeito no pé e que, mesmo assim, com teu corpo fortemente enlaçado por um companheiro dançarino, um dos muitos que te procuraram naquela noite, eras capaz de voar pelo salão, erguerte do chão, inundando o espaço com tua beleza de mulher fruta-madura do Nordeste brasileiro, com olhos estigmatizados por alguma herança européia, holandesa, quem sabe. Sim, foi doloroso ver tua saia francesa rodar pelo salão, naquela noite em que parecias perdida para mim e tão próxima de Beth, recuperada de tuas perdas, tuas batalhas. Mas foi uma sensação equivocada, porque ainda eras minha, minha Maria, e o provarias. Ao contrário do que eu temera, não cederias à sedução de Beth. E apesar de me abandonares, por não agüentares mais o clima dividido da casa, em realidade não me abandonarias. Tanto que até me darias um pouco mais de ti e de teu sofrido relato antes de partires para Santa Teresa. Um pouco mais de tua torturada memória.

Ah, a tua guerra. Ela estava lá o tempo todo, entre nós duas, entre eu e Beth. Nós te idealizávamos como uma vestal de Marte. Meus poemas em tua mão eram pólvora, soltavam a tua voz, quebrando as trancas que aferroalhavam as portas de tua memória. No meio de toda aquela crise, aos poucos foste me contando mais alguns pedaços, concedendo-me a dádiva de flashes fugazes, tão preciosos. Um dia, falaste-me da prisão, da tortura, e teus olhos voltaram a se cerrar para dentro de ti. Em um outro dia falaste-me da paralisia de teu corpo. De uma operação e de um médico. E da retirada da bala de tua cabeça lá na Alemanha, entre médicos estrangeiros de falar gutural e rascante, tão longe de nosso doce e palatável português, o que aumentava a estranheza de toda a situação, tua sensação de abandono. E me falaste também da moça que se jogara do trem, não por tua causa, tu o sabias, mas que mesmo assim deixara uma mancha em tua alma, uma dúvida. Por teres, na chegada a Berlim, reencontrado teu ex-marido, na época marido da atormentada companheira que viria a se matar. E de novo dormiste profundamente, com os cachos negros de teus cabelos cobrindo minhas coxas, que farfalhavam sobre o papel amassado dos poemas que eu escrevera louvando tua dança. E eu quis remendar tua alma, cerzi-la, pacientemente, bordar flores-do-campo nela, eu, que nunca tive prenda de agulha e linha. Quis tocar a tua cabeça, procurar a cicatriz da bala que fora retirada numa *Krankenhaus* qualquer de um subúrbio de Berlim, mas não toquei.

Nunca te toquei, Maria. Nem no dia em que tomei um porre porque o pianista, que voltara a me procurar depois de algum tempo como se nunca tivesse me ameaçado de morte, também disse que eu estava louca, e me berrou num bar, até então aconchegante, com vista para a Lagoa e suas luzes, que eu estava totalmente sem limites, era uma desmedida só, comendo demais, falando em demasia, bebendo em copázios sem fundo o que parecia ser o líquido destilado de meu desespero. Levantei-me aos gritos, fundamente ferida — talvez porque fosse verdade, eu andava pantagruélica mesmo —, derrubei a mesa em cima dele e fui para casa, onde te encontrei a chorar ainda a separação de Ramiro, sob uma lua esverdeada por teu olhar carregado das infrutíferas esperanças de revê-lo um dia. E bebi mais ainda, bebi um garrafão inteiro de vinho, um Mosteiro duro de roer que estourava fígados mas que para mim era néctar dos deuses, enquanto me contavas ter ido procurá-lo, como eu havia sugerido a ti, numa última tentativa na qual jogarias todos os teus dados, e que ele não abrira a porta, apenas a entreabrira, deixando a corrente de segurança presa, e te dissera para ir embora para sempre, que nunca mais queria te ver, a ti e teus olhos devassos que atraíam os homens. Fora isso, ele te enxotara sem misericórdia. E nunca te sentiste tão pequena. Embriagada, pensei em te acariciar, lamber tuas dores, devorar o teu pé, que eu ainda não sabia exatamente, em todo o choque da consciência, por que havia ficado morto, mas não tive coragem.

Sim, eu queria pensar tuas feridas com a minha saliva. Mas não tive coragem, e fiquei a olhar-te naquela noite enluarada, pensando como seria bom vê-la a dançar no topo de um arco-íris, na abóbada do mundo, livre de tuas chagas. Com a memória cicatrizada. Como eu a vira na festa e me roera de ciúmes, como Ramiro se roera inúmeras vezes. Bêbada, eu entendi que te queria inteira novamente para mim, para minhas fantasias, e tive medo de meus sentimentos, temendo que Beth tivesse razão. E que as cartas torpes não fossem assim tão torpes. Eu é que estava me escamoteando o tempo todo, brincando de esconde-esconde comigo mesma, sem querer perceber que eu era a responsável pelo surto de Beth. Foi um choque perceber que nunca estivera tão confusa, caindo numa exótica sensualidade, alheia a toda a minha acidentada história heterossexual, mas eu iria me controlar. O pior é que tu parecias querer me provocar, e começaste a bailar na varanda. Lentamente, só para mim, sob a língua do luar. Estremeci.

E cada vez mais Beth entendia menos o que se passava entre nós duas, ou entendia mais, com a maldade que eu não tivera em relação a mim mesma. Cada vez mais, ficava cheia de ódio, chamuscada por nosso amor, e fechava a porta e a janela do quarto, aquela janela interna que dava para a sala, em nossa cara, principalmente quando nos ouvia rir juntas. Até que veio o teu anúncio definitivo, o que de realmente estavas indo embora, porque não suportavas mais morar conosco. A Páscoa já estava longe, aquela Páscoa em que tu voltaste infrutiferamente à casa de Ramiro, para tentar quebrar a resistência dele, a Páscoa em que levaste a ele a doçura e o sal do chocolate e de tuas lágrimas, e ele nem abrira a porta. Deixaste o enlaçado ovo na soleira da porta e vieste para casa, sonâmbula de desespero, e foste tu que bateste em meu quarto para me contar, afogada em teu pranto, o sucedido. Desta vez ele nem quisera ver o teu rosto. Ficaste com a certeza de que havia uma outra mulher na história, e eu disse que não, assegurei que não, morrendo de medo que houvesse realmente alguém. E pensando: calhorda, mais um calhorda. Temia que a reação não estivesse sendo motivada apenas pelo horror que Ramiro tomara por ti, por não poder controlar o próprio ciúme, a aversão, quase náusea, que adquirira do desejo que sentia por ti, já que vinha misturado com uma vontade surda de matar-te, destruir-te. Ele nunca fora grosseiro, e nos últimos dias de teu relacionamento com ele passara até a ser brutal, e a ignota brutalidade deve tê-lo assustado a ponto de não mais querer te ver. Antes, ao se sentir fora de si, chegara a pedir perdão, mas agora não havia mais escusas. Havia uma porta trancada. Teus olhos retornaram de lá secos e vermelhos, como se ele tivesse agredido teu rosto, e como eu quis te consolar, te dizer que Ramiro estava perdendo a mulher mais bela do mundo, mas sei o quanto te sentias sem vida, nessas ocasiões, pisoteada. E eu não ousava quebrar teu sofrimento, porque sabia que ele tinha que ser vivido até a sua última gota para que tu te libertasses em algum dia redentor daquele homem fraco e da capacidade que ele tinha de te fazer sofrer. Eu conhecia bem fundo o poço cego da paixão. Soletraria de cor seu alfabeto.

Rodamoinho, rodamoinho. Furâmbulas, nos equilibrávamos na dor. Mas não foi ainda nesta noite em que bateste em minha porta para falar do malfadado ovo de Páscoa que me contaste um pouco mais a tua história. Foi em outras noites. Noites em que eu, por minha vez, já ouvira a canção do Unicórnio e tentara entender os versos em castelhano que falavam do animal mágico que um dia quisera deixar o dono para se reunir a seus semelhantes que corriam livres no topo de uma verdejante colina. Noites em que eu mesma já chorara minha separação desejada, ansiosamente buscada, mas mesmo assim tão dolorosa — há realmente abismos entre razão e coração —, e depois me reunia a ti e a tua dor lá em cima, em teu quarto iluminado pelos astros, para te ouvir recontar em balbucios, coágulos de palavras, a tua queda, a tortura, a aparição do jovem médico, o que ele sussurrara em teu ouvido antes de tua operação. Noites em que te deixava a dormir, envolta por teu véu de lágrimas, e que descia as escadas a sentir o coração a estourar no peito, como se quisesse romper o tecido de minha carne, concebendo um fruto de sangue, amor e ódio. Uma criatura. Nosso filho.

Rodamoinho, rododendro, rosmaninho. Calidoscópio, cata-vento. Folhas amarelecidas de lembranças a galgarem o céu. E o ódio de Beth só fazia aumentar, enquanto meus dedos corriam pelo teclado da máquina escrevendo o que poderia vir a ser, um dia, nossa história, metamorfoseada por encantos e sortilégios, e uma peça de teatro, sobre duas amigas, que, segundo a minha imaginação movida a emoção e vinho, seria montada em três andares. No último, haveria um pianista, de mãos cobertas por imaculadas luvas brancas, o rosto branco de pó, uma máscara de palhaço, a tocar em surdina nosso dilaceramento. Era a história de uma princesa e de uma bruxa. A princesa, é claro, era eu, Marta, e a bruxa era a minha amiga Madá, que me libertaria de Beth, à custa de muitos sustos e percalços, entre eles uma febre de 40 graus. A peça não tinha nenhum sentido. O clima era expressionista, gabinete do Dr. Caligari. As duas donzelas eram fixadas no pai. Vampiros.

Subi o Escalavrado, à procura da pitonisa. Eu não sabia onde ela morava, guiei-me pelo brilho das chamas. Ela vivia protegida por uma muralha de línguas de fogo que formavam uma espécie de cerca viva a ocultar a fenda da rocha em que se escondia. Ela e seus poderes malignos. Ninguém conseguia passar pela porta de labaredas, e quem passava não voltava lá de dentro. Ou voltava para sempre enlouquecido, dizendo coisas sem nexo, que só muito tempo depois viriam a fazer sentido. Ela era muito mais má do que a esfinge de Tebas, diziam, e comia gente. Fui andando devagar para a porta em chamas pensando em Alma, pensando sempre em Alma. Até que senti o perfume, jasmim, sândalo, rosas? E soube que ela estava ao meu lado. Quando errei o passo e quase caí no imenso abismo que havia no centro daquelas rochas, podendo deslizar pelo estômago do Escalavrado, senti que Alma segurava o meu corpo. Levantei e a vi do meu lado. Sim, estava do meu lado. Que visão! Quase caí de novo, mas novamente ela me segurou, com a força de mil homens. Força de fantasma benigno, criado por mim mesmo. Ou força dela mesma, conquistada em seus mundos, que não eram os meus. Com ela ao meu lado, tudo seria possível. Eu voltaria. Seria um dos poucos a voltar, pressentia. Poderia voltar ensandecido, a ver sóis a girarem vermelhos na órbita de meus olhos ou a lua de minha mãe, mas sei que a loucura sobreviveria só por alguns dias, porque Alma estaria do meu lado até que o meu senso retornasse. Não me abandonaria enquanto eu estivesse fora de mim. Ela não me deixaria nunca, evitando que eu rolasse pelas pedras, ao sair da caverna, ou que fosse torrado pelo fogo de Bela que como lava entrava nas veias, nas artérias, no cérebro. Sim, porque eu agora sabia, era Bela quem estava lá dentro. A visionária Bela com a maldade de Catarina dentro do corpo. Bela com os olhos vítreos de Catarina, enlouquecida na chuva por sua própria música ou por suas vozes interiores. O violino, onde estaria o violino? Seria a minha flauta de Hammerlin, para afastar os ratos de minha mente, se eu o tivesse nas mãos, mas não o tinha. Ah, se eu fosse capaz de transformar minha garganta em um órgão, os anjos a paralisariam. Mas há muito tempo os anjos estavam mortos, tinham abandonado a Terra. Com raríssimas exceções, só ficaram diabos, súcubos, anjos caídos.

A primeira vez que te vi, Maria, tu bailavas entre os carros, iluminada pelos reflexos do sol espelhados no aço dos capôs. O chão estava quente e mormacento, envolvendo-te em fumaça e calor. A primeira vez que te vi, Maria, estavas na praia e brincavas com as crianças, filhas e filhos de teus amigos, e foi com um imenso pasmo que ouvi depois alguém dizer que tu mancavas. Para mim, andavas sobre as nuvens, como uma ninfa a cavalgar Pégaso. Eras alada. E foi por isso que no fundo, no fundo, eu nunca quis que tu me contasses tua história por inteiro. Depois que a ouvi, trago urtigas dentro de mim. Urtigas que me queimam. Urtigas com as quais eu gostaria de te fazer um manto, irmã de tua dor, e cobrir teu pé, vê-lo se transformar em cisne, pata de gazela. Um pé são, que te levaria para outras terras, sem homens que cortam, esmagam, dão choques, tripudiam, estupram, matam. Uma galáxia toda tua que enfeitarias com tua morenice salgada, teu desejo de um mundo melhor. Um éden humano. Cálido como a concha de tua generosidade, haste que não se vergou sob o gume da maldade dos homens.

Generosidade com a qual tu me compensaste naquele dia do pintor de rua, meu corpo novamente ébrio, um amigo me avisando para tomar cuidado, eu maravilhada, quase eufórica com meu retrato em vermelho, todos os traços rubros como uma boca cheia de amoras, uvas. Sim, o desenho em vermelho-sangue, e o pintor, após me acompanhar em mais duas ou três — ou quatro? — garrafas de um vinho chileno barato, me pediu uma carona para minha casa, pois ia na minha direção, exatamente para o meu bairro, dissera. Na madrugada, andava de bar em bar com seus pincéis, seus lápis. Cheguei em casa, parei o carro na porta e ainda não saciada, com gosto de unicórnios mortos na boca, ovos de Páscoa mofados, guardados em armários da mente junto com as lágrimas, camas de viúvas que rodavam, livros abortados, tua visão dançarina sob o luar, tua decisão de partires, fui com ele para outro bar, tomar uma saideira. Ele voltou comigo, e entrou por nossas escadas. Eu com os reflexos turvados pelo álcool.

Entrou, brincou, riu, e quis meu corpo sem que eu o quisesse dar. Quis me tocar. Possuir. No começo foi uma brincadeira, uma luta de brincadeira. Tentativas, negaças, eu escorrendo como se eu mesma fosse vinho, tentando fugir ao laço. Mas virou luta encarniçada, que entrou madrugada adentro, eu cada vez mais lúcida, livre da embriaguez. Não acreditando que não o dominaria, eu que tudo dominava. Mas ele era mais forte, e me venceu. Conseguiu seu objetivo de macho. Dobrar a fêmea. E foi horrível. A entrega sem entrega. O corpo brutalizado. Depois dormiu. E eu desci da cama enojada. Subi tuas escadas com o útero violentado na boca, louca para vomitar sem ter o que vomitar. Estava com uma náusea profunda, que não se localizava no estômago. Encontrava-me totalmente enfraquecida. Tonta de horror. Nunca entregara meu corpo a um homem que não amava. Acordaste e dividiste comigo a noite indesejada e violenta a que eu mesma me submetera. Quem pôs o inominado para fora de nossa casa foste tu, Maria. E quem escondeu o retrato vermelho também foste, tu, Maria. Até hoje não sei onde foi parar. Talvez o tenhas cortado em pedaços e engolido o papel com os meus traços, o vinho, a minha sórdida embriaguez, como engoliste teus papéis marxistas na queda de teu aparelho.

No dia seguinte, o animal me ligou pedindo desculpas, jurando que nunca fizera aquilo com ninguém, eu podia perguntar a todos os amigos dele, podia me dar telefones de amigas, ex-companheiras, fora a noite, a boca da noite, o vinho, a espontaneidade de meu rosto... e o gosto das maltratadas uvas chilenas, do vômito que não escorrera, voltou a encher de náusea as bordas de minha boca. Vontade de perder o corpo, para sempre. Aceitei o pedido de perdão sem aceitar, em silêncio, louca para me livrar do telefonema, da voz que me acordava novamente para o pesadelo dizendo que fora real. Sim, tu me ajudaste, mas já estavas com a data de tua partida marcada. A ruptura por causa do livro já tinha ocorrido. Havia muito não dávamos festas. Havia muito as cartas de Beth tinham me virado pelo avesso, me angustiado com a descoberta da torpeza dela e de minhas próprias inconscientes maldades. Eu, tão boa, filha de uma filha de Maria. Fazia uma eternidade que meus poemas haviam queimado tuas mãos. E tu os deixara cair no chão, num apartamento que fôramos ver para ti, e lá tínhamos voltado para catá-los, às escuras. Estavas cansadas de minha histeria, minha poesia, minha sede de gárgula, meus desvarios. Querias paz. E estavas cansada também de resistir ao envenenamento de Beth, que sempre se aproveitava de minhas ausências, provocadas pelo meu trabalho, para encher os teus ouvidos contra mim, contra o meu desejo contido por ti, meu desejo covarde. Ela o sentia no ar, como as hienas sentem na floresta a chuva que está por vir, matando a sede da terra.

— Como ousas? Quem és tu para nos dar filhos, como ousas escrever estes poemas, nos quais nos despe, a nós e nossa intimidade? E este livro, que coisa ridícula. Esta história maluca de parede que engravida, este ventre de flores e de desejos? Perdeste o juízo, Marta, completamente. Nunca pensei que estivesses tão ligada a Luiz, é como se ele fosse o tronco, o peso de chumbo que a segurava na terra, impedindo-a de enlouquecer, delirar... Será que você não vê o mal que está a nos fazer com este seu autoritarismo escamoteado de bondade, sua mania de nos tratar como se fosse a dona desta casa, e nós suas servas, escravas de suas emoções, de nós você pode sugar tudo o quer, é isso?, até material para sua ficção, esta sua ficção onipotente, pretensamente anódina e mágica? Sua magia é um escárnio, um deboche. Você não enfeita a nossa realidade, não a metamorfoseia com seu mural de flores vivas, é uma obra impura, suja, gerada por seu delírio, sua loucura, sua mania de grandeza. Gostaria que rasgasse este livro e estes poemas. É o mínimo que você nos deve.

O rosto de Beth ficara com manchas escarlates de ódio enquanto me jogava na cara a ojeriza por meu texto, o texto que eu achara tão inócuo, um mero jogo de metáforas com o qual eu me distraía enquanto estávamos tão perdidas em nossas festas sem fim que há muito haviam se extinguido ou dado o sinal de que estavam por acabar.

— Como ousa — continuava ela —, você não tem consciência? Vergonha? Será que realmente é assim tão mimada, que só pensa em você mesma e nesta sua criação reles? Uma casa fertilizada pela parede, um quadro em movimento que dá filhos? Pensa que me engana? De onde tirou esta idéia? Você pode nos emprenhar, a todas nós, é isso, com o pau imaginário que queres enfiar em Maria? Como você é sem limites, Marta, boba até em sua onipotência criativa, e como está equivocada, está longe de ser literatura o que escreve... Leva isso para o seu analista. Ele vai gozar ao ler mais esta sua sandice. E depois queima, queima este livro, por favor, se nutre algum sentimento por nós ainda. Se é que você não enlouqueceu de vez, sei lá...

Acho que ela ainda segurava algumas de minhas folhas na mão enquanto me dizia tudo isso, me afrontando, me fazendo um mal tremendo. Mas eu apenas catei as que caíram no chão, e disse que ela havia compreendido tudo mal, feito uma confusão medonha. Que eu nunca havia querido dar filhos a ninguém, que era tudo uma invenção antiga, muito antiga, que aquela história, de uma forma ou de outra, estava na minha cabeça há anos, fora gerada na adolescência, muito antes de ir morar com ela, muito antes de nossa casa conjunta, nossa harmonia, as festas, nossas desavenças. E que agora voltara, nítida, intacta, agora que eu estava tão em pedaços por estar me separando de Luiz, após sete anos de crença numa futura relação (sim, muitas vezes persistimos no erro, achando que magicamente tudo há de se resolver um dia, acreditando que o homem que nos faz sofrer um dia mudará. E com isso se perde um tempo danado, um tempo que só deixa mágoas, ressentimentos. Quando um relacionamento se desenvolve errado, é preciso cair fora. Imediatamente, antes que crie raízes e se alimente de esperanças. Mas infelizmente só se descobre isso depois, muito tempo depois...). Talvez eu mesma me quisesse dar um filho, o filho que não tivera, apenas isso. Fui boba assim, dei explicações a Beth. Como se estivesse num tribunal. Mas, sem querer me escutar — não mais queria conversa comigo, dizia —, ela continuava a vituperar.

— Separar-se de Luiz. Outra afirmação tola sua, tão tola quanto esse seu livro. Na realidade, Luiz nunca existiu. É quase que outro produto de sua imaginação, porque ele praticamente não existe em sua vida, nunca dela participou. Você o inventou e ele a freava, esta é realidade, ele a freava impedindo que você soltasse essa sua porca imaginação, só que ele não existia. É impressionante como você vive num mundo de fantasia, Marta. E seu analista parece que a está estimulando a delirar ainda mais, sem medir as conseqüências do descontrole provocado. Ele deveria ser processado pela sociedade psicanalítica à qual pertence. Pois até onde irá isso? Não vê o mal que está fazendo a Maria? Não vê o quanto ela está ficando envolvida com essa sua mania de ser escritora e de transformar tudo o que toca em história? Ela fica lhe contando a sua história, todas as noites, e você não vê o sofrimento que lhe está impingindo? O que está guardado na memória é para ficar guardado. Não mexa nisso. Poderá se arrepender. Mas o pior, o pior de tudo são esses filhos, esse Gabriel, esse Pedro Magno... Quem é você para nos dar filhos, insisto, mesmo que seja numa historinha maniqueísta de bondade contra maldade, no fim do mundo? Quem é você para nos falar em fertilidade? E exigir de nós que engravidemos? Isso é uma decisão exclusivamente nossa... E não vou nem falar no mal que você anda fazendo a si mesma. Nos marginais que tem trazido a esta casa, fazendo com que todas nós corramos riscos, enquanto dormimos. Você está totalmente sem controle, Marta, agindo a seu bel-prazer. E está querendo fazer Maria afundar junto com você, naufragando em suas fantasias. Ainda bem que ela está percebendo tudo isso e está de partida. Maria não é boba.

Bela também estava na cozinha. Ora, que Bela que nada. Carla, é claro. E estava muda. Mas Branca não, Branca me repetia, mansamente, com seu jeito de donzela renascentista, o que a irmã falava, ferindo-me ainda mais. Branca, que eu tanto amara, me negava sua solidariedade, achando também que os filhos, a criação de Gabriel e Pedro Magno, haviam sido demais. Que eu não tinha o direito de escrever tal livro. Ah, meu Deus, e o livro nem estava acabado, eu nem sabia para onde ele iria, se seria capaz de terminá-lo um dia, o meu primeiro filho. Elas o estavam destruindo, e me destruindo... Já tu, acho que tu te retiraras para o teu quarto, Maria. Não quis ouvir até o fim o que Beth tinha a me dizer. Até porque fora tu que me incentivaras tanto a escrever, naquela mesma mesa de cozinha, na qual fazíamos nossos lanches e desjejuns.

Sim, foste tu que me disseste um dia que eu deveria deixar de mitificar a literatura e pôr mãos à obra. Palavras, palavras, palavras. Ser capaz de sujar as mãos na massa de nossa convivência. Nossos atos precisavam virar verbo, permanência. Mas depois, no dia seguinte, quando a casa parecia estar mais calma sem estar — nunca mais voltaria à normalidade —, tu me falaras que realmente aquele livro fora o extremo, que eu tinha ido longe demais... e que os poemas sobre Beth e Carla também as haviam ferido, e muito. Que era duro me dizer isso, mas que realmente eu fora inconseqüente. Que eu deveria pelo menos ter escondido os papéis em meu quarto, debaixo da cama, dentro do armário, em vez de deixá-los em cima da máquina, dando sopa, chamando pela curiosidade alheia. No fundo eu queria que fossem lidos, tu comentaste, queria a glória de ser lida, como uma criança que quer aplausos ao fazer um bolo de areia, ah, como estavas dura e distante me criticando sem criticar, apenas tentando me explicar o que acontecera. Eu criara a situação. Não as protegera e também não me protegera. Eu, Deusa ex machina, maldita máquina de escrever...

— Mas Maria, não escrevi para ferir ninguém, tu sabes disso, tu me conheces bem.

— Sim, eu sei. Mas elas não te compreendem como eu te compreendo. E não entenderam. Olha, se um dia você escrever sobre mim, seja cuidadosa, por favor. Sabe, os poemas são lindos, mas eu não os agüento mais. Me perdoe, mas não os agüento mais. Cada vez que recebo um deles me ponho a tremer. É muita emoção. Um transbordamento. É melhor você parar com isso, Marta. E sinto que realmente tenho que ir embora daqui o quanto antes. Algo de muito ruim pode vir a acontecer aqui, se eu continuar morando com vocês. Você pode vir a me perder ou eu a você.

Uma ou duas semanas depois, tu me levaste a teu apartamento — encontraras um que te agradara — para eu conhecê-lo, tendo me explicado que de forma alguma querias me tirar de tua vida. Lembras, Maria, desta primeira visita, e das visitas que se seguiram a esta? Lembras que a lua, a lua que sempre te acompanhava, que até mesmo na prisão deve ter descido líquida por tua janela, escorria por teu quarto e banhava tua cama de prata, a cama onde estávamos deitadas? Lembras do riso na noite do Ano-Novo, riso solto, cascateante, sem a vigilância de Beth, suas interpretações maldosas? Gargalhadas, até, nós duas segurando a escada para pôr uma lâmpada em tua sala às escuras, eu a acender fósforos que me queimavam a mão? Lembras de tua partida, um dia após a partida da kombi, eu te ajudando a levar a mala para fora de casa, sentindo-me também partir dentro de tua mala, a valise que carregava pedaços de mim, mas ao mesmo tempo sabendo que ficaria só na casa, totalmente só, já que tu me abandonavas, e eu que teria que enfrentar Beth e seu ódio purulento? Mas mesmo assim eu não pressentira o que viria, nunca pressentira a casa partida. O armário violado. Os ventres metálicos a chiarem imprecações. O dedo em minha direção, a faca empunhada.

    Antes de partires, tu me deste um presente. Uma prenda, uma lembrança, um espelhinho. O meu espelhinho. Como Pietro dera uma prenda às suas mulheres, antes de voltar para o seu vazio, o lugar nenhum de onde viera. Me deixaste tuas lembranças quase virgens, vindas do útero de tua memória que teimava em não ser deflorada. Para que eu as pusesse no livro, se eu as quisesse narrar um dia. Apesar de seres contra o livro, apesar de o temeres, fizeste isso por mim, Maria, me deste um pouco mais de tua história, a história sobre a qual um dia rindo, num dos bares que freqüentávamos para jogar conversa e tempo fora, tu me alertaste:

— Olha, se você quer a minha história, a tire logo de dentro de mim, antes que venha algum homem. Quando me dou a um homem, Marta, me dou por inteira, acredite, e aí sei que não vou lhe contar mais nada. Vou abandonar totalmente esse nosso projeto de livro. Quando eu amo, eu me entrego. Por um homem, esqueço o mundo à minha volta.

Eu não acreditei, achei que era lorota, imagine, logo tu, Maria, que história era aquela, tu, que andavas nos ônibus franceses sem calcinhas, numa espécie de bravata feminina, para ver a reação dos passageiros quando cruzavas as pernas, tuas amigas a rirem a bandeiras despregadas... Tu, tão independente, tão solitária, ensimesmada, orgulhosa de tuas escolhas... Mas isso realmente aconteceu quando Ramiro chegou naquela noite de Natal. Emudeceste para mim por meses, um ano inteiro, até te transformares na morena Desdêmona dele. E eu já te dava por perdida para mim, e muito mais a tua história, meu seixo precioso, com ramas de teu passado. Mas quando ele se foi, voltaste a me falar do acontecido, do que se fora, mas ainda morava dentro de ti, em teu quarto iluminado pelas estrelas de papel, porque já não querias preservar mais nada, e muito menos esconder alguma coisa de mim. Ou de qualquer pessoa. Não tinhas culpa de nada. Estavas tão forte. E ao mesmo tempo, sem Ramiro, como ficaste vulnerável. Mas foi somente quando decidiste partir, quando a decisão ficou redondinha dentro de ti, trabalhada em teu mármore, é que me falaste um pouco mais de teus dias na prisão... e acordada, sem deixar o sono te pegar, o sono narcoléptico do esquecimento, que até então cobrira tua história como folhas que encobrem um cadáver numa floresta úmida e negra. Ias me deixar aquele legado. E eu te ouviria extasiada pela tua doação, reprimindo o meu desejo de tocá-la, tocar tua pele macia, teu corpo de estátua morena, que anda com a elasticidade das gatas siamesas. E tudo eu faria para te ouvir sem volúpia. Esquecer a languidez de tuas curvas. O calor irradiado por teus cabelos luzidios.

Ah, se Beth soubesse o quanto errara sem errar. Equivocara-se não em detectar o desejo, mas ao não perceber que eu nunca quebraria com o sexo o que havia entre nós. Os homens já haviam machucado teu corpo em demasia (e o meu). Bastava-me saber-te um pouco minha. E a ajudar-te a esquecer o passado, no momento em que te ajudava a falar. Pois finalmente me falavas sobre a paralisia de teus membros, a estranha paralisia que surgira enquanto eras torturada, enquanto levavas o choque. Tinhas então apenas uma semiconsciência de que parte do teu corpo não tremia sob a descarga de eletricidade. Uma semiconsciência que sumia quando enveredavas pelo sono, pelo sonho. Para esquecer os homens a manusearem teu corpo nu. Teu corpo brutalizado pelos choques sem resposta. Parado. Imune à tortura. Um dia resolveram levar-te para um hospital. E foi nele que apareceu o jovem médico, a sussurrar-te no ouvido que o que fariam com o teu corpo dilacerado era algo extremamente errado. Mas tu não tinhas como sair dali. Tu não podias fugir, e te encaminhaste para a operação. Como o gado no matadouro se encaminha para o corte. Sabendo da morte que se avizinha mas não vendo saída. Os açougueiros encapuzados mandavam no sangrento abatedouro.

Atravessei as chamas, com Alma a meu lado, totalmente visível. Sim, eu a via. Os cabelos de graúna, luzidios, o rosto pálido, enigmático, de quem atravessara fronteiras, o corpo de estátua que anda. Cheguei até o centro da fenda onde estava a pitonisa, que eu sabia ser Bela, sem que olhasse para ela. Não podia olhar. Seus olhos eram fendas para o nada. Mas Alma estava do meu lado, eu tinha a força de todos os homens do mundo em meu corpo, a força que ela me transmitira de seu próprio corpo. Sentia que seria até capaz de matar a pitonisa, caso fosse necessário. Mas não foi. Sua face estava curvada sobre o tripé. Os cabelos desarranjados caíam sobre os olhos de fogo. Um rosto às vezes jovem e sedutor, sob vasta cabeleira vermelha, às vezes velho, como o de uma velha de mil anos. A mulher mais velha da terra, carcaça com cabeleira engruvinhada, o cocuruto careca. Ela me olhou e eu estaria completamente perdido se em seus olhos não tivesse se alojado o aveludado ametista do poderoso olhar de Alma, que era capaz de trespassar corpos esfíngicos. Eu sabia responder à sua indagação. Perguntou-me pelo passado, pelo presente e pelo futuro. E o olhar de Alma me fez ter visões, a resposta veio clara em meu inconsciente. Era o tempo parado, era a mó, era a pedra, a criação. Era a flor da vida na pedra, o gênese. O que ela queria saber se eu sabia era o que minha mãe tinha me contado a vida toda e que eu nunca acreditara que fosse verdade. Falei da lua que minha mãe um dia avistara, sobre a colina de pedras, o satélite que eu nunca vira, que ela dizia ser pura nata, farinha nacarada. Falei das estrelas que não mais existiam na infinita noite negra que vivíamos, quando os dois sóis se punham. E os olhos dela giraram, giraram, e viraram estrelas. Estrelas de um brilho cortante, que cegavam. E ela me disse que um dia eu ia vê-las de nova, as luzes do céu, os olhos da madrugada. As pedras de Pietro eram estrelas mortas que haviam caído na terra. Eu tinha de seguir a trilha. Riu um riso sem dentes e me entregou a pedra. De repente, ruiva — o fogo chegava a estalar na cabeça —, bela, jovem e sedutora, com seios sensuais à vista, generosos num decote apertado, disse algo que eu não entendi direito, uma palavra que não poderia estar ali, naquele lugar, cheio de esqueletos de homens que um dia ousaram, movidos pela curiosidade ou pertinácia, subir pelas encostas pedregosas do Escalavrado. Uma palavra cujo ruído lembrava o ruído de água descendo em córregos no interior de florestas virgens, uma palavra que tinha o som do perdão. Vinha de Bela, aquela palavra? Inacreditável. Da maldosa Catarina? Não poderia ser. E perdão por quê? Pelo mundo destroçado? O mundo que fora delas? Haveria tristeza, sentimento de paraíso perdido até mesmo naquelas mulheres, que pareciam ter saído da grota do inferno? Não, não fora por culpa delas, nem mesmo de Pedro, nem do Mongol. Não dominavam os astros, o enigma do cosmo. O Grande Estrondo não fora culpa de ninguém, ou fora de todos, todas as destruidoras formigas da Terra, tão voltadas para si mesmas, perdidas nos labirintos de seus formigueiros. Talvez pedisse perdão por minha mãe, ou por Alma, sei lá... O que seria mais extraordinário ainda．Mas no fundo elas estavam mortas, aquelas bruxas, haviam carregado a morte no peito desde que nasceram e espalhavam morte ao redor, e minha mãe e Alma estavam vivas e viveriam em mim. Perdão pela sobrevivência da maldade no mundo? Do egoísmo? O que era Bela, afinal? Bela era a única que soubera antes de suas companheiras que Pietro viria... Bela sabia de tudo... Perdão pelo que viria, talvez, depois do cristal? Mas não era ela quem o estava entregando a mim, era Alma dentro do corpo das duas... Mistério insolúvel... O pedido viria de Alma, então? Por ter me deixado tão só? Por não ter me amado o suficiente? Ou eu ouvira o que quisera ouvir, para que meu corpo parasse de tremer diante daquela mulher repentinamente bela e fatal como Helena? Jovem como uma ninfa recém-saída das águas, uma nereida úmida da espuma ondulante do mar. Mas novamente ela ficou velha, cercou-se de seu fogo e me expulsou, antes que eu caísse nas sendas vertiginosas do amor, e esticou seu braço que era só osso em direção à porta de labaredas, ordenando a minha retirada. Atravessei as chamas que a protegiam do contato humano, com as estrelas a queimarem luminosamente o meu cérebro, planetas incandescentes a desenhar na caixa de minha mente em estado de demência formas esplendorosas, mosaicos ofuscantes em fundo de caleidoscópios. Caí no chão, aparvalhado pelo que via, entontecido pelo maravilhamento. Quanto tempo fiquei lá, em cima do Escalavrado, eu não sei. Senti meu corpo rolar pela encosta e ser desviado do abismo que levava ao centro fumarento da rocha. Senti que eu me tornara na realidade uma pedra, um seixo roliço, quando continuei a escorregar

Escalavrado abaixo. Sim, eu era a pedra, era a memória de meu pai, mas Alma estava comigo, dentro do minério ancestral, colada a mim como se fizesse amor comigo, e eu não estava morto. Ia acordar de novo, tudo aquilo era um sonho. Aquela noite foi a primeira noite que dormi com Alma, tendo de manto as estrelas, que pela primeira vez em minha vida iluminavam o céu negro de minha mente em desvario. Eu vi o que minha mãe vira. E passei a crer em Pietro e na casa, na parede, na fonte e no pólen. Sim, acredito em tudo, agora, pia e loucamente. A mágica polinização. Os copos-de-leite. Eu vi os seios de Alma, mais belos e rijos do que os de Bela, quando de virago se fizera maga lasciva. E me perdi nas grutas de seus olhos de alga, lembrei-me de Nadja, de seu corpo de lua quente, e chorei.

E aos poucos o teu mistério, o teu silêncio, foi se fazendo palavra. E a verdade que eu tanto queria me deixou mais tonta ainda que tua mudez. Através de ti, Maria, de teu relato, eu entrava na carne da maldade, e ela cheirava mal, putrefata que era. Eles cortaram o nervo de teu pé. Foi o que tu me explicaste, sem que eu entendesse nada. Ou sem que eu quisesse entender, para não vergar meu corpo sobre o corpo de tua dor. Eles cortaram o nervo de teu pé, e teu corpo paralisado readquiriu o movimento. Todo um lado calado à tortura voltou a ter sensibilidade, sentir a pressão dos dedos dos médicos, seus algozes. Aquele lado de tua matéria, tua morna matéria, voltava a viver. Mas o teu pé ficou morto para sempre. Sim, tu me contaste a tua história, mas não era uma história com princípio, meio e fim. Era a história sem sentido de teu passado doído, que ainda te machucava, tua ferida não cicatrizada, que te fazia dormir a cada trecho narrado. Era a história dos dilacerados. Dos mártires de uma guerra perdida, humilhados em porões fétidos, bestiais, desumanos. História que terminaria na Alemanha, na operação em que tiraram a bala de tua cabeça careca de teus sedosos cabelos negros. História de tua parca, sutil vaidade constrangida, teus lenços coloridos a esperar o renascer de teus cabelos, a esconderem a tua marca. Os pontos. História que fizera nascer em teus olhos aquela tristeza sem bordas, que nunca te abandonou, nem quando andavas com teus amigos pelas ruas de Paris, buscando se lembrar das músicas as mais tradicionais do repertório brasileiro, para matar as saudades da terra natal, ou quando brincavas com tuas amigas, impregnadas pelos ventos libertários de 68, de cruzar as pernas sem calcinhas diante dos fleumáticos passageiros gauleses do metrô, revelando que estavas nua, completamente nua por debaixo da saia de girassóis ou de flores-do-campo. O que, para maior divertimento teu e de tuas companheiras, não chegava a tirar totalmente os franceses da modorra da volta para casa, exaustos mas tensamente seguros nas alças do trem, com seus pacotes ou lembranças de cenas burocráticas no trabalho. Teus olhos de uma tristeza clara e transparente, como eram claros e transparentes em tua vida os teus sentimentos, carregariam para sempre o choque em teu corpo mudo. Aquele choque calado falava em ti o tempo todo. E como te transformaste num ser dolorosamente distante para mim, inatingível até, quando me disseste que ias partir, e começaste a colocar todas as coisas que tinhas em teu quarto numa grande mala, onde elas boiariam, tão parco era o teu patrimônio, sendo tristemente assistida por mim, deitada na cama que levarias embora numa kombi pactuada na esquina de nossa rua. A kombi que eu tantas vezes vira em meu trajeto para a praia ou de volta do trabalho sem que pudesse imaginar que um dia seria a minha carrasca. O instrumento móvel de nossa separação. A vontade era gritar, fazer uma cena, se ajoelhar a teus pés, pedir que ficasses, mas nada fiz. Aceitei o irreparável. Assim como chegaste um dia, partias. Tua hora soara. A minha também.

Quando houve a cena do livro, na cozinha, acho que eu já tinha tua história em meu poder como uma esmeralda, uma pedra marinha. Eram ainda fragmentos, mas eu já a tinha, já a podia montar, imaginar. E sofrer contigo. Deras-me uma imensa prova de confiança, eu sei, tanto que te magoara me repassar os pedaços daquela narrativa que nunca me vinha por inteira, mas mesmo assim me doeu e muito te ver ao lado de Beth, naquela cozinha tão doméstica e momentaneamente tão traiçoeira e letal. Será que até tu, pensei eu então, cheia de angústia no coração, até tu, Maria, foras seduzida e caíras na pegajosa teia de ódio tecida por Beth em torno de mim? Carla estava ali só por curiosidade do que poderia vir a ocorrer, eu sei, porque Carla, sim, também Carla — eu não estava tão perdida quanto pensava —, se provaria muito mais minha amiga do que eu supunha. Mas também ela, naquele momento, se disse magoada com os poemas e, sobretudo, com o livro, onde realmente eu estava a pôr, de uma forma expressionista, apenas o pior lado dela (Carla era bem mais complexa do que o simbólico personagem que eu estava a criar). Senti-me emparedada por vocês todas. Uma morta viva de conto de Poe. Nunca eu poderia imaginar que o que eu estava escrevendo fosse magoar alguém. Logo eu, que lutava tanto por tornar os outros mais felizes e que tanto me esforcei em manter a casa em festa, harmonia e alegria ruidosa. Mesmo quando Beth brigara com Rosa, quisera mandar Rosa embora, a nossa derradeira empregada, eu mantivera Rosa, a brava Rosa que enfrentara Beth, mas sempre a instruíra para que fosse delicada com Beth. Que não fizesse caras e bocas na cozinha quando ela nela entrasse, para cozinhar sua própria comida, já que anunciara, em alto e bom som, sem querer diálogos, acordos, que Rosa nunca mais cozinharia nada para ela, nunca mais arrumaria o seu quarto, nem nunca mais lavaria as roupas dela.

Fora a primeira vez que Beth não quis conversa, não quis debater o assunto em conselho, mandou às favas a democracia que reinava em nosso reino, somente porque Rosa se recusara a sair para comprar um litro de leite para ela, já que estava acabando de passar toda a nossa roupa. E Beth considerara que a negativa fora uma desfeita. E a mandara embora, aos gritos e palavrões, aqueles palavrões que costumava enunciar ao sair da cama. Incrível como Beth considerava tudo uma desfeita, até mesmo quando queríamos ajudá-la. Naquele caso, Rosa estava pedindo apenas um minuto a mais, ou dois. Logo terminaria de passar a roupa da casa, logo logo estaria na rua em busca do leite. Mas o pedido de Rosa fora visto como uma desconsideração para com ela, uma séria desconsideração, quase que uma humilhação ser tratada assim por um ser inferior (e o mesmo deveria ter acontecido com as outras empregadas que haviam sumido num buraco negro, desconsiderações, rebeldias). E para piorar a situação, a resposta de Rosa foi que não iria embora enquanto as outras três donas da casa não soubessem que ela estava sendo mandada embora. Enfim, ia esperar que todas ouvissem o que tinha ocorrido e tomassem a decisão de despedi-la ou não. Corajosa Rosa, lúcida Rosa. Nenhuma outra empregada que fora despedida enquanto estávamos dormindo ou trabalhando tivera esta idéia simples, a de pedir uma reunião do conselho, ouvir as demais donas da casa. O desejo de Rosa tinha tudo a ver com o discurso falsamente democrático de Beth. Mas é sempre assim. Os que se dizem democráticos, socialistas ou comunistas, muitas vezes, são os mais impacientes com os empregados, os mais autoritários, os que mais exploram os subalternos, os despossuídos. Tanto que Beth, ao ouvir a solicitação de Rosa, ficara enfurecida como se tivesse levado um tapa na cara, e não quisera mais os serviços do que passara a chamar de "nossa empregada". Não mais dela. Não, ela não daria mais um tostão a Rosa. Mas mesmo assim eu pedia cuidado a Rosa, que evitasse novos conflitos, choques, que deixasse Beth usar a cozinha quando quisesse. E que não mexesse na comida de Beth ou em seus víveres, para não criar problemas. De todas as minhas recomendações, a que mais incomodara Rosa fora a proibição de entrar no quarto de Beth. Temia que virasse uma pocilga. A pequena Rosa, de brandos mas enérgicos olhos azuis, era fanática por arrumação. Mas mesmo assim se conteve. Às vezes, quando via a porta aberta, e Beth não estava lá dentro, como me confessaria bem mais tarde, dava uma varridinha rápida, uma espanejada, morta de receio de ser notada, com a limpeza acusando a retirada da poeira e dos farelos de biscoitos, a organização dos jornais. Mas nunca o fora. Talvez Beth também temesse ver seu quarto transformado em charco de porcos. E nunca mais ocorreram atritos entre as duas. Até porque seria muito difícil novas dissensões. Beth não falava com Rosa, fingia que ela não existia. E Rosa respeitava os seus espaços, até mesmo aquele que se encontrava cravado em sua cozinha, o arsenal de material macrobiótico. O atrito que viria ocorrer seria todo centrado em minha pessoa e em meus escritos.

— Como ousa nos dar filhos? — disse ela novamente, quase cuspindo os dentes para fora da boca, tanta era a raiva, a doença. Misturava a minha imaginação com a realidade, atribuindo-me poderes divinos que eu não tinha. Eu ainda tateava no escuro. Sentia-me a balbuciar em vez de escrever, narrar.

Como ousava dar-lhes filhos? A velha história do membro duro dentro de minhas calcinhas, minha condição de hermafrodita. Logo eu, toda copas, em busca do ouro da palavra, meu toque de midas alquímico absolutamente mulher. Fui sincera ao inventar Gabriel, realizar o desejo. A frase ficou a martelar em minha cabeça por muitos dias, semanas, mas mesmo assim não pensei que viesse a ocorrer o que ocorreu, quando partiste, Maria. Não pensei que viesse para cima de mim com aquela faca pontiaguda, na quina do corredor que dava para nossos quartos. Pontiaguda, afiada, de serrinha. Faca com que cortava cebolas e verduras, aquele monte de verduras do qual se entupia até ficar esverdeada como um bulbo, um brócolos. Tenho horror a facas. Minha imaginação pulula só ao ver de longe seus gumes espelhados, criando imediatamente uma miríade de atos insanos a serem praticados no estopim de uma ira. Tenho horror a facas, facões, cutelos, machadinhas. Até facas cegas me metem medo, quanto mais as afiadas, de serrinha. Ao vê-las, imediatamente me sinto cortada em mil pedaços, ouço o barulhinho sanguinolento da carne sendo cirurgicamente serrilhada. Sinto o gume na carne. Basta olhar para uma delas deitada sobre uma pia, assim como quem não quer nada. Não acredito neste nada. É uma faca. É uma arma. Uma das primeiras, a imolar bisões. Fazer sacrifícios a deuses pagãos. E o pior, temo o que eu mesma faria com ela na mão num momento de ódio, num descontrole. Vejo-me cortando jugulares. Fazendo o sangue jorrar. Não é preciso, portanto, me ferir com a faca, me cortar, basta empunhá-la em minha direção que imediatamente eu sinto o corte na alma. Até tesoura me dá medo. Gilete então nem se fala. Pequenina, matreira, escorregadia, falsamente singela. Mas corta como o diabo. Acho que Beth, já tendo morado comigo o tempo que morava, bem o sabia. Já me vira esconder no fundo da gaveta o cutelo que ganháramos em algum Natal ou festa de aniversário, de algum desavisado que achava que iria me agradar com um conjunto de facas novinhas em folha. Sabia que eu virava o rosto sempre que abria a porta da cozinha e lá via pendurados o facão e a faca de pão que Rosa usava na cozinha. Via o cuidado com que eu pegava em qualquer objeto com lâmina. Não, não pode ter sido mero acaso ou coincidência aquela faca empunhada como um florete, uma adaga. Logo após a porta ter batido atrás de ti, Maria, logo após eu ter te ajudado a pôr a mala no táxi, a despachar a kombi com teu único móvel, a cama de casal que herdaras de teu casamento mal-sucedido. E com a caixa com teu som e teus discos (ou fui eu mesma que levei teu tesouro para tua nova casa, em meu carro, para que não corresse o risco de batidas? É bem provável, eu nunca me arriscaria que tu a perdesses, tua música).

Nada foi por acaso. Havia muito tempo ela se preparara para jogar na minha cara o que jogou, quando eu não mais ouvia teus passos em tua escada, o passo firme e o passo que se volatizava no ar. Eu estava ainda tão entorpecida por tua partida, bem no meio do pesadelo, que a princípio não entendi o que Beth me falava. Me falava, não, me gritava na cara, chegando a espumar. Porque, quando notou meu estado de sonambulismo, começou a gritar, a boca lançando-me as palavras na cara espasmodicamente. Ou seja, eu via aquela boca tremular, abrir-se e fechar-se, e tentava me ligar nos sons sem conseguir muito. Até que ela começou a berrar que me odiava. A mim e fosse lá o que fosse que eu representava para ela. E acho que foi aí que saí de minha letargia e comecei a prestar atenção. A prestar realmente toda a atenção no que ela dizia, tal era o meu espanto. Odiava-me? Que história era aquela? De onde surgira? Os gritos soaram em meus ouvidos como chicotadas, enquanto, bestificada, presa ao chão, eu ficava a olhar para o gume da faca, virada em minha direção. Sangrei antes de entender mais claramente o que ela me dizia. Antes de decifrar aquela fala sincopada pelo ódio e pela agonia. A vontade de se livrar de mim. E quando enfim entendi o que ela me dizia aos berros, seu rosto fazendo caretas indescritíveis de tão feias, quando peguei no ar tudo, tintim por tintim, já que ela repetia sem parar o quanto minha presença lhe fazia mal todos aqueles anos de moradia em conjunto, a centelha de consciência funcionou como uma real facada na artéria de meu coração. A maior, a aorta. Eu a ouvia e raciocinava, raciocinava, ou pelo menos tentava raciocinar no meio do onírico branco do espanto. E do sangue imaginário que jorrava de meu peito.

Há quanto tempo, Deus meu, Beth me odiava? E como eu fora capaz de germinar tamanho ódio em alguém? Eu ali, na quina daquele corredor, tão indefesa por causa de nosso amor, frágil, enfraquecida com a tua partida... E o pior era perceber que ela viera para cima de mim justamente porque me sabia fraca. Acabara de te perder. Senti-me a viver um sonho ruim, que teria de terminar. E o término traria a luz, o consolo. Eu nunca poderia germinar ódio em ninguém. Se fizera alguns homens sofrer, também sofrera muito por causa deles. Mas as mulheres, e ainda mais uma mulher que eu estimara, como eu criara dentro dela aquele sentimento pérfido, em que terra florescera aquela rosa espúria? Ou toda a minha bondade era apenas a capa de minha perversidade e eu não sabia? Fora má ao ser boa, dadivosa? Pelo menos, parecia ser isso que Beth estava a me dizer. E Beth poderia ser louca, mas burra não... Que espelho era aquele, meu Deus? Os estilhaços estavam caindo na minha cara, cortando-a, criando em minha mente uma outra face, a sombria face dos outros. Máscara a colar-se em minha máscara.

Nadja era cega e parecia ser muda. Pelo menos quase não falava. Mais um dos destroços humanos do Grande Estrondo. Vivia me seguindo. Eu podia ouvir seus passos, os passos leves de seu corpo esquálido, porque as pedras se moviam atrás de mim quando eu andava, como se uma sombra me seguisse, sem contorno, volume de carne. Era tão branca, tão clara, tinha o rosto de uma das três graças, com aqueles olhos vazados, os cabelos dourados, selvagemente despenteados, que iam até os pés, chegando a tocar levemente o cascalho e os seixos que cobriam nossas trilhas nos penhascos e nas colinas. Primeiro ela me seguiu, me seguiu por muitos dias. Muitos sóis e noites de trevas. Sem estrelas, sem luas. Talvez porque quisesse comida, eu pensava. Mas depois descobri que ela queria algo mais. De noite, quando o frio caía e me gelava o coração, naquela vigília sem fim em que ficávamos no escuro, ela se encostava em mim e se aquecia, aquecendo-me também. E aí sussurrava em meu ouvido umas poucas palavras doces, ininteligíveis. Demorei a ter coragem de amá-la. Era cega. E lhe faltavam palavras. Tão indefesa. Não seria correto. Mas depois, ao longo dos dias, vi que ela era um ser completo, apesar de cega e praticamente muda. Era uma rara mulher, uma companheira. Ela me ajudava. Ouvia os ruídos antes de mim. E me avisava quando os homens de Mongol e Pedro Magno estavam chegando para atacar meu povo. Ela parecia ver o que eu não via no silêncio e na escuridão em que vivia. Fui me acostumando a ser seguido por ela de tal forma, que me sentia extremamente só quando ela ficava doente ou optava por ficar ao lado de minha mãe, fazendo-lhe companhia — adorava ficar a ouvir as velhas histórias sobre o mundo que já se fora, sussurros contra sussurros, os murmúrios de minha mãe, os murmúrios dela, que minha mãe parecia entender como se ouvisse a voz das colinas, das cascatas e dos rios — e eu me via então, enquanto elas se entretinham, obrigado a fazer as andanças por nosso território sem tê-la ao meu lado, vigia de minha retaguarda. Nossas equipes de ajuda trabalhavam o dia inteiro, tentando cultivar alguma coisa naquela terra gretada, estéril, fazendo abrigos, ajudando os doentes. Por isso eu sempre saía bem cedo e voltava tarde, quando os sóis já haviam se posto. Minhas tarefas diárias passaram a ficar mais leves quando a sombra de Nadja me acompanhava. Eu era capaz de senti-la em qualquer ponto da terra. O cabelo brilhava, sol na terra. Trigo. Quando ela se afastava de mim, eu o seguia embevecido com o olhar, guiado por sua ígnea labareda, que caía em cascata até o chão. Acostumei-me a dormir ao lado dela. E quando descobri seu corpo branco, perfeito, de Vênus nua, ah, eu não a queria mais perder. No meu deserto, era minha água. Durante o dia, se não estava comigo, chegava a sonhar com ela, a ver os cabelos áureos balançar nos galhos de nossas árvores ressecadas. Neles nasciam pomos suculentos. Mas um dia Nadja sumiu, sumiu de mim. Sua sombra, sua aura dourada. Eu a procurei loucamente, procurei sua chama entre as pedras e as oliveiras. Mas ninguém a tinha visto. O Mongol a matara, me disseram. E eu senti em meu coração que realmente o Mongol a matara, porque ele doeu e se comprimiu como se tivesse levado uma estocada fatal. Matara como quem mata um cachorro de estimação. Queria me fazer sofrer. Pedro não teria tido coragem. Mesmo tendo deixado de ser Pedro Paulo, meu companheiro dos folguedos de infância, e tendo passado a ser o mortífero Pedro Magno, ruim como o diabo, reinando sobre sua corja de íncubos, súcubos e de humanax sem alma. Nadja era minha. Ele não teria coragem de tocá-la. Não conseguiria, porque, ao se tornar minha companheira, Nadja também havia se tornado uma irmã dele, uma velha amiga, intocável como é intocável o paraíso infantil. Mas deve ter achado atraente a idéia de me atingir tão dolorosamente e deixou o trabalho sujo para o Mongol. Mesmo tendo sentido o corpo dobrar com a dor da estocada, eu não chorei. Mas meu coração explodiu, inchado pelo sofrimento, e jurei que um dia ia conseguir ir embora daquele inferno e os mataria a todos. Eu ia acabar com o que tinha sobrado da terra após o Grande Estrondo. Pois a Terra, nosso planeta que um dia fora azul, não valia mais a pena mesmo. E os homens da Terra, muito menos. Eles não a haviam preservado. O que sobrara eram os humanax e uma escória que merecia ser extinta. Meu povo era só um punhado de homens e mulheres que vagava entre as pedras, perdido, esfomeado. Muitos deles haviam perdido a razão. Não sabiam mais o que era passado, presente e futuro, e pensavam que o mundo de antes tinha sido apenas um sonho. Os mais velhos ainda lembravam, como minha mãe, do mundo de um só sol e da lua. O mundo no qual havia estações. Que não era aquele calor de 45 graus pela manhã e tarde inteiras e aquele frio contínuo à noite. As crianças não tinham linhas na mão, não tinham futuro. Mas acreditavam em mim. Não haviam se transformado em animais selvagens e sem piedade, como as crianças sem inocência das hordas chefiadas por Pedro e Mongol. Minhas crianças eram sensíveis, puras — eu mesmo achava um mistério que ainda o fossem, naquele mundo tão árido e terrível, mas crianças são assim mesmo, são mistério —, e ainda tinham esperança de que eu lhes daria algo, apesar de não saberem exatamente o quê. Um Natal, sei lá. Um novo Cristo, elas que nunca haviam ouvido falar de Cristo. Eu queria salvá-las da decrepitude de sentimentos, a elas e aos pais delas, mas às vezes temia não ter a coragem de destruir o que já estava tão destruído. Não adiantava fazer exercícios de maldade. Nunca eu seria tão ruim quanto meus adversários, e este era o meu ponto frágil. Se ainda tivesse Nadja ao meu lado, Nadja e seu corpo de nata, que me alimentava como o primeiro leite... Pensar nela novamente me dava ganas de vingança. Sim, ela teria que ser vingada. E aquelas pessoas, que eu sei lá por quê, tinham aceitado ficar sob minha custódia, tinham que ser salvas. Eu tinha que achar forças inauditas dentro de mim. Meu coração viraria uma pedra. Acho que foi por Nadja que eu consegui chegar até a pitonisa. Mas é claro que, como já disse, não teria chegado lá sem Alma. Quando voltei lá de cima do Escalavrado, ao dormir com Alma ao meu lado, vi que ela tomou a forma de Nadja só para me dar mais prazer, camaleônica que era. Seus cabelos haviam ficado dourados, seus cabelos negros como a noite sem boca e sem cauda de estrelas na qual vivíamos. Descobri então que ela dominava completamente o dom da transmutação, tinha o poder de criar vertigens, ilusões, e acordei. Com a pedra-cristal na mão. A pedra que era o coração da nave. Um prisma de luz.

Sim, foi quando ela me disse que me odiava, e que odiava desde muito tempo, que eu comecei a sair do sonho no qual me refugiara desde o momento em que tu, Maria, me avisaste que ias partir. Desde o dia em que deixaste meus poemas caírem no chão, porque te queimavam a mão, e ficaste com certeza que era hora de partir. Viver sem mim e minhas palavras incandescentes como carvão no fogo. Sim, foi quando ela me disse que me odiava que comecei a acordar e entender o que me dizia, enquanto espumava a raiva havia tanto tempo contida. Odiava a mim e a tudo o que eu representava. Eu, com a minha cara de boa moça, dizia, minha falsa cara de moça donzela, que lhe dava vontade de cuspir no chão, escarrar. Meu amor por estrelas, fogos-fátuos, videntes e outras baboseiras que punha em meus poemas, eu e as minhas árvores de Natal ornamentadas com bolas vermelhas e falsa neve. Ridícula.

A árvore de Natal — quando ela falava da árvore de Natal, a ira ficava ainda mais explosiva, como se a pobre árvore houvesse acendido um rastilho de pólvora em sua mente venenosa. E as palavras cada vez mais fétidas cresciam de tom como cresciam as nonas de Beethoven que ela tanto amava, só que, em vez de irem ao céu, dirigiam-se ao inferno para o qual ela queria me enviar. Eu era uma tola mesma, ela acrescentava, cheia de ironia, com a faca na mão, ainda acreditava em contos de carochinha, os contos que me haviam sido narrados para me fazer dormir quando menina. Eu não crescera nunca e vivia num mundo falso. E o pior, o pior de tudo, é que isso me fazia melhor, ou me fazia ao menos pensar que era melhor do que outros. Sem máculas, sem falhas, eu, que havia permitido a entrada de um pintor animalesco em nossa casa, um marginal. Que pusera a vida delas em risco. Eu, que há muito anos não sabia o que estava fazendo, que havia tempos agia irracionalmente, às cegas, só porque perdera o homem que nunca tivera. Presa em meu mundinho egoísta, mas que eu teimava em dizer que era solidário aos outros, era incapaz de medir o mal que estava fazendo a todas elas, com aquela história de livros, poemas, todos, obviamente, acrescentava ela, de má qualidade. Quando eu ia crescer? Ah, como ela odiava aquela minha mania de harmonia, fraternidade. Porque eu era falsa, tudo meu era falso, já que eu vivia de miragens. Sentia verdadeiro horror por mim, por meus problemazinhos de menina bem-comportada que deixara de ser bem-comportada e se perdera em delírios, e era em frenesi que a faca só faltava cortar o ar, movimentando-se trêmula no nada que existia entre mim e ela, sem que ela ousasse, no entanto, enfiá-la em meu corpo tão próximo do dela. Nós duas estateladas naquela quina do corredor, ela com a raiva e eu sonambúlica de espanto, sem ação. Cataléptica. Imortal, ah, ela disse e riu maldosamente, você se acha acima dos mortais. Fica andando em suas nuvens e não vê o estrago que faz. Enfim, concluiu, terminando a dramática cena, gostaria de nunca mais me ver, e por isso ordenava que eu saísse da casa imediatamente. Estava me avisando, imediatamente. Era um ultimato. Senão eu veria o que ia acontecer...

Tonta com o ataque, saí mesmo de nossa casa por alguns dias, pensando em nunca mais voltar lá. Lembras, Maria? Naquela mesma noite, acho que não dormi no sobrado. Tu não estavas mais lá e eu cheguei a ficar com medo de ser esfaqueada de madrugada. O quarto de Beth ficava bem defronte ao meu. Quem me asseguraria que de noite ela não me atacaria, não teria um outro surto de cólera e realmente usaria desta vez sua faca de cortar cebolas em meu pescoço? Como se eu fosse uma batata, um aipo, um alho-poró. Fui-me embora. Desta vez, não haveria mais Armando e sua mania de conciliação. Armando já não estava mais no país, aliás. Ele e Chantal tinham se mudado para Paris. Mais uma façanha conseguida por aquela francesa apaixonada e fabulosa. Mas um dia, quando fui buscar alguma roupa em nossa casa, cansada dos mesmos vestidos que andava a usar, encontrei nossa proprietária na entrada da vila, a mexer naquela única floreira que a enfeitava, e ela me pediu que eu voltasse, que não fizesse isso com ela. Eu tinha de voltar, ela falou, era preciso, acentuou, com aquela sabedoria inata que sempre se abismou. Ela nunca poderia pôr Beth para fora de casa, porque o contrato estava em meu nome, lembrou-me. Eu é que tinha que pô-la para fora. Juridicamente era assim, e eu tinha que pensar nela, nossa querida dona Clara, sempre tão indulgente nas correções do aluguel. Mas nem pensar. Eu não tinha essa coragem, a casa fora alugada por nós duas. Sabia que a casa era tão de Beth quanto minha. Não me importava o aspecto jurídico da questão. Ninguém sabia, mas eu sabia que fora uma decisão nossa alugar o velho sobrado. E querendo Beth ou não, eu seria justa até o fim, seria sempre a falsa menininha boa. Altamir também insistia em minhas sessões de análise, quase me enlouquecendo de vez, já que na análise uma instrução adquiria a urgência de uma ordem. Eu tinha que pôr Beth e suas coisas na rua, dizia ele. Tinha que jogar tudo dela no meio da vila, e trocar a fechadura, imediatamente. Ela me ameaçara, o que eu estava esperando? Ser atacada? Ia aguardar parada o bote da cobra?

— A casa não está no seu nome? — lembrava-me ele, adotando pela primeira vez em nossa relação de analista e analisanda uma postura ativa no que dizia respeito a meus problemas, exigindo ação, agressividade. — Vá lá, pegue tudo dela, jogue em frente da casa, e troque a chave. Você não tem por que ter medo dela.

Mas eu tinha. De certa forma ela desmascarara alguma coisa em mim. Algo que eu não via. Porque eu me vejo por dentro, de dentro, com os olhos virados para dentro. Eu não vejo, sinceramente, o que faço aos outros ou como os outros me vêem. Sempre me vi bela de rosto e de alma, sem máculas. Pelo menos, sérias máculas, aquelas que não podem ser limpas com o desinfetante do tempo. O esquecimento. E pela primeira vez alguém dizia que eu era intrinsecamente feia. Horrível até. Exatamente por querer ser boa. Ou apenas por gostar do Natal. De bolas mágicas e coloridas. Versos sobre chapéus de sol enfeitados de miosótis. Homens de chapéu-coco e bengala que dançavam na rua, chapinhando em bueiros. Crepúsculos. Alvoradas. Palavras aladas. Infâncias perdidas.

Entrei na casa, ela não estava. E levei o choque de ver tudo dividido. De ver cintilar o brilho ácido da velha geladeira que ela trouxera da casa da mãe dela. Minhas toalhas, meus copos, meus pratos, meus paninhos bordados, tudo jogado no chão da sala. Lembranças de dias de festa. Nossos festejos infindáveis, namoros cálidos, risos, partidos ao meio. Os copos nos quais ela mesma bebera vinho. Ela e os amigos dela. Os poucos copos remanescentes. O resto do resto do que se quebrara. Como tudo o mais que veio a se quebrar dentro daquela casa abandonada por ti, Maria. Creio que foi em tua casa que procurei abrigo. Mas já estavas envolvida com aquele músico ensandecido que um dia te pediria que dormisses com ele e com a mulher dele, vinda do interior de Minas, e que tu porias para fora, aos pontapés, aos murros, mas que antes, por muito tempo, muito tempo antes de reagires, te conquistara completamente, quando ouviste as fitas que ele gravara.

Encantada com a música dele, passaras a achar que ele era o gênio musical que sempre procuraras em nossas florestas urbanas e, apesar de me receberes em seu despojado apartamento, eu sabia que já estavas perdida para mim novamente, muito mais perdida do que nos tempos de Ramiro, porque não voltarias, nunca mais voltarias, fosse por causa do músico ou não, e eu teria que enfrentar Beth sozinha. Mas não enfrentei. Quem enfrentou foi Carla, Carla que também foi embora, depois de ti, mas que deixou seu telefone para mim enquanto eu ficasse na casa, já que Beth havia trancado o seu dentro do quarto e pedira a Carla que levasse o dela, para que eu ficasse sem comunicação com o mundo externo. Para me matar realmente, talvez? Sufocar-me com o travesseiro, me emparedar na casa? Para que eu não tivesse como pedir ajuda? A resposta de Carla, ao fazer as malas e também chamar a kombi da esquina para levar a cama de viúva para a casa de uma amiga, Maria, foi a de que o segundo telefone da casa, o dela, ficaria enquanto eu precisasse dele, e isso foi suficiente para que Beth rompesse com ela para todo o sempre, riscando-a de sua vida como havia riscado Rosa. E como me riscara havia muitos anos sem eu saber.

Novamente dona Clara veio falar comigo; agora sim, disse, com a saída de Carla, não havia outra saída. Eu tinha que trazer alguém para dentro da casa de qualquer jeito, alguém que fosse muito próximo a mim, porque eu precisava me proteger e obrigar Beth a ir embora ou pelo menos evitar que ela trouxesse uma amiga dela para ocupar o quarto de Carla.

Porque juridicamente seria outra sublocação, a dificuldade dela para se livrar de Beth ficaria maior ainda caso eu não me defendesse, não ocupasse o território... Sábia dona Clara, se soubesse como tudo aquilo me angustiava, a paralisia na qual eu me encontrava. Mas era preciso agir, reagir... Altamir também estava a me colocar contra a parede, obrigando-me a montar meus cacos...

E aí veio a Madá, a Madalena, fui buscá-la às pressas na casa dos pais dela. Veio uma noite, e no dia seguinte, bem cedo, bateu em meu quarto para avisar que não ficaria naquela casa nem mais um minuto, porque Beth passava uma coisa ruim, pesada, que metia medo. Uma coisa de bruxa, mesmo. Não dava nem para respirar com a presença dela na casa, quanto mais dormir direito. Veio por uma noite e no dia seguinte voltou para a casa dos pais. Fiquei sozinha na casa com Beth, novamente, como nos tempos originais, aqueles nos quais ainda nem Carla chegara. Só que agora a casa estava dividida ao meio. E pesava no coração. Mas Madá, depois de ficar na casa dos pais com febre alta por alguns dias, a delirar com o susto que levara, sarou do pânico e voltou. Disposta a me ajudar, adquiriu forças e ficou.

E os meses se passaram. Meses atrozes, se não fosse o consolo de ter Madá como companhia naquele horror. Eu voltava do trabalho e me via obrigada a vivenciar aquela casa destroçada, a ter de suportar o lugar que nos abrigara sob a luz mortiça do abajur, trocando confidências até o amanhecer, vago de tua presença, sem o calor de teus olhos e de teu corpo moreno, sem tua dor, e tinha vontade de ir-me também, para qualquer outro lugar do mundo, bem distante de nossa casa. A casa onde fôramos tão felizes, nós quatro. Mas não fui embora. Madá e seu companheirismo, que eu bem conhecia desde a faculdade, me ajudou a ficar. Beth, assim como fez contigo, Maria, tentou seduzi-la, corrompê-la. Quando eu não estava em casa, ia lá no quarto dela perguntar se estava com calor, se queria o ventilador emprestado, chegava a oferecer um biscoito de gergelim, um chazinho de erva-doce, um mate, um suquinho de laranja. E quando eu voltava do trabalho, Madá me falava da perversa sedução, da encenação de amiguinha da outra, e ríamos as duas, de nervoso. Porque toda aquela situação nos deixava nervosas. Até que, maravilha das maravilhas, inesperadamente, os pertences de Beth começaram a ser postos em frente à nossa casa, porque se mudaria justamente para a casa defronte à nossa, onde antes morava uma amiga dela que partira para a Tunísia, a mesma amiga que dera a dica de nossa própria casa, quando procurávamos moradia em Ipanema. Senti um alívio sem fim e ao mesmo tempo uma agonia imensa, por tê-la na casa oposta. Da minha janela, via-a molhar as plantas, tão caridosa com as plantinhas que era, tão meiga, complacente com os vegetaizinhos — e a falsa era eu —, tendo um gato cinzento a ronronar por entre as pernas. Usava o mesmo roupão surrado, azul-piscina, as mesmas chinelas carcomidas. E nunca levantava os olhos para nossa casa. Nem o nariz de Alcéia. E talvez fosse por toda aquela história de fazer chaves, a insistência de Altamir para que eu trocasse as fechaduras, que eu sonhava inúmeras vezes, um daqueles sonhos recidivos, que ela tinha em seu poder as chaves de nossa casa, dentro daquela caixinha enfeitada por um cisne e um príncipe russo, a que fizera questão de colocar na estante de nossa primeira casa. E que eu tentava pegar a caixinha, as chaves, e ela não deixava, não deixava, fugia com ela, rindo. Me deixando aparvalhada, sem o coração da casa. Sem a chave. No meio da rua. A tomar chuva, com os sapos a caírem sobre o meu corpo.

E depois sonhei outros sonhos, muito tempo depois, eu me perdia em corredores, em salas sem fim, encontrava tu, Maria, juntamente com Branca e Beth, em nosso cantinho do abajur, a ruminar maledicências contra mim. Sonhos que me deixavam de coração acelerado, suando. Eu via Branca grávida, a se embalar na cadeira. Beth cercada de samambaias, espadas-de-são-jorge, gatos, a cerzir bolas numa cadeira de espaldar alto, para uma futura árvore de Natal. E tu chegavas da rua, com bolos de mel, acarinhavas a criança de Branca, e não perguntavas por mim. Eu nunca existira para ti. E houve aquele sonho em que Beth não era má, eu é que cometera um grande, imperdoável erro, dera um passo em falso, e ela me punha, então, para fora de casa no meio da tempestade, gritando seus argumentos. Eu estava carregando comigo um embrulho. Um violino, quem sabe. Um violoncelo. Um unicórnio. Um piano branco. E chorava, chorava, tentando tirar notas do instrumento sem conseguir. Beth ria da janela.

E depois chegou o poeta, e Madá se foi. E depois veio o pintor. Para passar uns dias conosco e ficou três anos. Um dia chegou a criança, a minha, e tu, já liberta do músico maluco, que tanto te magoara, e que estava longe de ser o gênio compositor que aparentara ser — parece que não aprendias mesmo —, vieste para cuidar dela. Cuidaste dela com tanto carinho e obsessão, dividindo inúmeras noites maldormidas comigo, que um dia chegaste a mim e disseste que ias embora, e desta vez para sempre. Porque, ao embalar meu filho, te doera o ventre. Doera em ti a dor dilacerante da vontade de ser mãe. E só muitos anos depois foi que acabaste de me contar tua história. Só quando a criança já era adulta é que voltaste para me dar o teu relato intacto. Como se me desses a caixa de música com a qual eu tanto sonhara. Com o coração dentro. O coração de nossa casa. Teu sofrimento era a chave de nossa alma. Tu tinhas a chave em teu poder, não Beth.

Deitada em minha cama, resplandecente em sua maturidade, os olhos sem mágoa, me fitando lá de dentro de sua noite profunda, a carne estalando, mais mulher do que nunca por causa das apimentadas carícias de seu macho baiano, ela enfim me conta, liberta da dor. A dor incomensurável que não houve, diz, tamanha que foi. Os olhos cheios do presente, entornando vida sobre a minha colcha, sombreados por um verde ainda mais verde do que o do nosso passado. Ela sobreviveu. Não, muito mais. Rompeu todos os sórdidos grilhões da tortura. Sozinha, sem a ajuda de ninguém. Depois da queda e do tiro no muro que dava para o terreno abandonado, baldio, que por um momento pensou que seria sua salvação, seu ponto de fuga, ela foi presa e levada para o Doi-Codi de São Paulo, inconsciente. Acordou na cadeira do dragão. Não lembra bem. Acordou na cela e foi levada para a cadeira do dragão. Não, acordou e foi levada junto com outros companheiros para uma sala imunda, onde obrigaram todos a tirar a roupa. A nudez, total, devastadora, os olhos lúbricos de estranhos a lamberem a sua pele humilhada, as risadinhas maliciosas, a despertaram da letargia do tiro. E depois, logo depois, foi levada para a cadeira do dragão. Eles tinham pressa, muita pressa. Precisavam dos pontos. Tinham que ser rápidos no despertar da dor. Os dois dias iniciais eram os piores. Porrada, choque elétrico, porrada, choque elétrico, e ela se viu de novo na cela, nua. E dormiu. Dormiu profundamente, para esquecer as feridas na alma, até ser levada de novo para a sala de tortura. Mais choques pelo corpo todo, virilha, ânus, seios, telefones no ouvido, porradas, e de novo a cela. E de novo o sono, o sono profundo. Não havia mais dor. Não sentia nada. Não pensava. Levaram-na de volta, e quando voltou, dormiu de novo. Quanto tempo, quantos dias?, até repararem que metade do corpo não se movia, não respondia aos choques. Metade do corpo estava morta. Continuaram, não falaram nada. Mas ficaram com receio. Não era para matá-la. A idéia não era essa. É claro que poderiam matá-la, impunemente, como já haviam matado tantos outros, mas não era o caso. Não podiam ir muito longe. Ela era bela, nua. Os homens riam, sempre. Excitados, falavam das pernas. O corte perfeito da carne. O plástico desenho iluminado pela luxúria. A pele morena, macia. Sussurravam gracinhas. O corpo exposto, indefeso. Mas; não a tocaram. Torturaram-na, mas não a tocaram. Será que a beleza a protegeu? Não, é claro, isso é bobagem. Foi um acaso, uma graça por uma dádiva de Deus não a tocaram. Criaram apenas o medo, a expectativa do estupro, o pavor, com as piadas sujas, as ameaças, as risadinhas torpes. E continuaram a aplicar os choques. Às vezes, ela dormia na cadeira de dragão. Metade do corpo morta. Ela morta por fora e viva por dentro, no silêncio do sono sem sonhos. Um dia, que dia?, pararam. A bala na cabeça, aninhada no cérebro, do lado direito, paralisara o lado esquerdo do corpo. Aquela mulher da ALN, era melhor parar. Parar de torturá-la. Os pontos já eram outros, àquela altura. Eles não eram burros, os cachorros dos amigos dela. E a ordem não era matá-la. Sim, de nada adiantava a tortura, porque ela não falava. E por mais incrível que fosse, dormia. Os pontos já tinham sido desfeitos, aqueles aos quais ela não comparecera, pois caíra. A urgência dos torturadores acabara. Ela voltou à cela, e alguém disse que estava hemiplégica. Guardou a palavra na memória. Mas não sentia nada, não tinha consciência, estava entorpecida, com a bala na cabeça. E não tinha consciência de nada, pensamento organizado. O corpo era uma massa disforme; que uma parte dele não respondesse aos choques elétricos não chegava a ser uma percepção, uma sensação clara. Tudo era dor sem ser. Uma dor surda, sem grito. Ela tinha que ser carregada, não andava. Mas não sabia por que não andava. Não sabia por que perdera os movimentos. Enfim, não conseguia entender por que se comportava como uma aleijada. Os membros pareciam inteiros. Só sabe que pararam. E que um dia alguém decidiu que deveria ir para o Hospital das Clínicas. Fazer exames. E um médico a examinou. Um médico jovem, de olhos sem fundo, como os dela. Só que pintados pelo demiurgo de azul-celeste. Ela era levada ao hospital pelos torturadores. E voltava com eles para a cela. Já não estava mais no Doi-Codi, estava no presídio quando informaram que tinha que ser operada. Eram poucos os amigos que via, os que a visitavam. Um deles era o ex-sogro. Ele pediu que lutasse, dissesse não. Que não permitisse a operação. Mas ela achou que era uma preocupação excessiva. Talvez a operação fosse mesmo necessária. Nas várias vezes em que fora ao Hospital das Clínicas, quando os movimentos do corpo começaram a voltar, porque voltaram, lentamente, o braço, a mão, a perna, ela sentia a perna tremer, sim, a perna tremia, sem parar, latejante, como um olho nervoso, uma pálpebra. Havia algo de errado com a perna, com o corpo. A perna moldada pelo arquiteto, com as curvas exatas, na dose certa, a pele macia, cor de jambo, tremia, descontroladamente. E a bala permanecia alojada na cabeça. Ou pedaços da bala. Estilhaços. Por que lutar? Por que dizer não? Estava viva, e o jovem médico tinha confiantes olhos azuis. Deixou que marcassem a operação. Só que quando entrou no hospital encontrou um outro homem, seco e duro. Com uma máscara na cara. E não havia mais como sair, voltar atrás, dizer não. Recorrer. Foi operada pelo homem com cara entalhada em madeira, sem expressão humana. Olhos frios, sem alma. Enquanto se recuperava no quarto, o jovem médico foi visitá-la, e explicou o que ocorrera. O capitão, sim, era um capitão do exército, o maldito operador, cortara o nervo ciático da perna esquerda. O jovem médico fez um desenho num papel em cima da cama, e disse, baixo, para que somente os dois ouvissem: um erro. O nervo ciático. Uma cagada. Não haveria volta. Ficaria manca... A bala continuava alojada na cabeça. A bala e seus estilhaços.

Maria cumpriu pena. Dois anos e meio de pena no Hipódromo. A outra pena, a de oito anos, caíra. Artes do advogado, naquele mundo fechado de sombras e gemidos, onde a advocacia era uma charada, um jogo. Quando saiu da prisão, o ex-sogro a esperava para avisá-la que o ex-marido a estava chamando, aguardava por ela na Alemanha. Lá, ela seria operada. Uma sensação ruim, ouvindo a língua rascante que não entendia, a língua que se tornara maldita nos campos de concentração, língua que se negaria a aprender. De novo na mão de estranhos. Estranhos gentis de jaleco branco, mas estranhos, que lembraram outros homens, outros momentos extremos. A cabeça teve que ser raspada. O crânio nu. Tiraram a bala. E explicaram, usando o ex-marido como intérprete, que as partículas que estavam no cérebro é que tinham paralisado metade do corpo e causado o tremor na perna. O nervo fora cortado à toa. Pura maldade. Nenhum médico cometeria tal atrocidade. Mas ela não quis entender, não quis acreditar. Proposital? Não, não quis pensar. Sofrer novamente. Estava viva, e era isso o que importava. Só não teria mais equilíbrio para dançar, mas e daí? Ouviria música e dançaria no assoalho da mente, no interior do corpo quebrado. Em sonhos. Fantasia. Não importava que tivesse que arrastar a perna atrás de si, sempre.

E por toda a vida continuou a pensar no jovem médico com um certo carinho até. Lembrava-se do desenho na cama, para explicar a operação, e dos solidários olhos azuis. E sabia que ele chegara a dizer o nome do capitão, mas o tempo apagaria o nome do monstro da memória. Poderia procurá-lo, um dia. Poderia usá-lo como testemunha, mas só ao pensar nisso o sono voltava, a tomava por inteiro, a entorpecia. O sono que a protegera da dor na tortura. O sono que fora um grito surdo, lamúria calada de mulher aviltada por olhos imundos. Sono onde ficariam enterrados o nome do capitão e sua vilania.

Maria, Estela, Joana. A memória da dor não te dobrou, tanta era a música dentro de ti. Tua música silenciosa mora em teus olhos, habita teu corpo. Que o passado enterre o passado. Ou não? E falamos de amor. Do ciúme de Ramiro (soube que ele tem uma filha que se chama Marta? Que estranho, não?). E falamos do ódio de Beth. Tentamos dissecá-lo, abrir sua barriga como as crianças abrem o relógio à procura de suas molas, e não conseguimos. Deixamos para lá. E chegamos a rir da inveja, da incompreensão. Da burrice. E perdoamos sem perdoar as cartas sujas, tanto tempo fazia. E pensamos em Armando, seus cabelos rebeldes, o nariz aquilino, sua doçura. O carinho que tínhamos por ele. As blusas de Chantal, colantes, os bicos dos seios empinados, endoidecendo os homens. Os filhos. Sabe? Falaram que Armando morreu, contei. Morreu mesmo? O brilho se calou nos teus olhos.

Não, não morreu, não pode ter morrido. Ainda não. Parece que foi uma confusão qualquer. Uma troca, sei lá.

Quanta coisa triste aconteceu com Armando, não foi? Ele não merecia isso. Quando Beth rompeu comigo, ele foi lá em casa, não tomou partido, entrava num quarto, saía, entontecido com a briga, entrava no outro, dividindo-se. Um dia em que veio de Paris, com Chantal, só para ver os amigos no Brasil, mostrar o filho. Chantal ficou tanto tempo a conversar comigo e com Madá, numa das vezes em que visitou nossa casa para nos ver, a nós três, que Beth, furiosa, disse a Madá para ter cuidado com ela, porque era uma francesa falsa. Foi a primeira fez que vi Beth falar mal de Chantal. Até que ponto ia o ódio que Beth tinha por mim. Chegou a desmascarar o horror que também sentia por Chantal. Depois, quanto sofrimento para Armando, não foi? Armando não merecia a perda do filho. Nem ele nem Chantal. Mas quando veio a notícia da morte dele, achei que era demais. Um pouco demais. Se matara por causa do filho? Não, não é verdade. A vida ainda deve estar agarrada a ele, mesmo que a considere amaldiçoada, tamanha a dor da perda que teve. Dizem que ele está em algum lugar deste mundo, sem Chantal. Não agüentaram o baque. Não conseguiram continuar juntos. Mas está vivo, sim, vivo. Em Sydney. Na Amazônia. Ou em Xangai. Estudando os peixes. Foi tudo um boato. Boato de um louco. Marta, não sabem mesmo onde ele está? Não, ninguém sabe, Maria. Aposto que alguma mulher sabe, está sabendo. Não tem jeito. Mesmo que não ame, Armando é amado. Peguei o carro e deixei-a na porta da casa de Chico. Ela andava com as duas pernas intactas, na tarde morna de Copacabana, o corpo bamboleando naquela cadência bem brasileira, molemolentemente baiana. A tarde estava molhada pela brisa marítima. No carro ela cheirara a brisa. E me dissera: como é bonito o Rio, não é? Bonito? Eu precisava dela para me lembrar da beleza do Rio. Há muito esquecera o mar. Para mim, naufragara na violência.

Só depois que ela partiu vim a saber que tivera que pôr uma placa de ferro na perna doente. Manter-se em pé estava cada vez mais difícil.

Tudo foi muito mais fácil do que eu imaginara. A treva era completa, mas mesmo assim achei que era hora de partir. Eu tinha a pedra e Alma. Perseguido pelos homens de Mongol e Pedro Magno, dirigi-me para a nave com a pedra na mão seguido de meu povo. Na corrida, foram poucas as mortes. E as que houve foram de homens deles, porque uma barreira invisível de força parecia nos proteger. E eles ficaram tão atarantados, jogando seus raios a esmo, em tantas direções, tentando abrir uma brecha na barreira-escudo, que alguns deles ricochetearam e os atingiram, funcionando como bumerangues. Tanto que ao final haviam se afastado de nós, temendo perder mais homens. Sem homens de nada adiantavam os humanax, uns teleguiados. Entramos na velha máquina. O cristal se soltou de minhas mãos e voou dentro da nave, como se tivesse adquirido vida, jorrando luz em todo o seu interior. Uma luz esbranquiçada que se desmanchava em flocos. A máquina ficou iluminada, plena de fosforescências, e começou a se mover, abandonando o solo. Alma se mantinha a meu lado. Eu nunca a vi com tanta nitidez. Tinha o rosto de Nadja. Mas os olhos eram verdes, como os teus, Maria. Teus olhos de abismo me olhavam por dentro do corpo de Nadja. E Nadja pela primeira vez me disse palavras que eu compreendia. Falou sem falar, mas eu a ouvia claramente. Quando a nave partisse e eu visse a Terra, lá fora, tinha que romper o cristal e jogá-lo pela janela, só ficando com um mínimo pedaço. Como romper o cristal? Foi ela quem me deu a arma, uma das armas deles, que agarrara com facilidade no ar. Não sei como conseguira aquilo. Eu nunca quisera usá-las. Mas naquela hora nos serviu. O raio-laser partiu o cristal em pedaços. Um deles continuou a voar pela nave. Os outros, eu joguei pela janela da velha máquina. Enquanto ela se afastava pela noite adentro, os cristais se multiplicaram lá fora em direção à Terra. Como se fossem uma infinitesimal chuva de meteoros. E eu vi a Terra explodir sem pena alguma. Havia muito deixara de ser a Terra de meus antepassados. Eu trouxera comigo minha mãe, a mulher que eu amava (as duas), meu povo, e toda a memória do mundo antigo. Sim, eu trouxera a memória do Telão, com a história dos homens desde o começo da saga dos dinossauros. À minha frente surgiu um caminho de estrelas. E vi planetas com satélites circundando-os, como minha mãe me descrevera. Pálidos e brancos como os seios de Nadja. Nata. Farinha nacarada. Pó. Via-Láctea. A viagem até o planeta de um satélite só ainda seria longa. No caminho polvilhado de estrelas, que fazia com que nos sentíssemos a voar por *dentro de uma chuva de prata, minha mãe nos contou uma história. Sobre pedras e flores. Uma história de amor e de ódio. E me contou que eu nasci num círculo de fogo. Labaredas. Era tudo verdade, eu sabia.*

Lembras, Maria? Vem, vamos voar pelas estrelas. Dançar com os astros. Eternamente.

PAPEL

CHAMOIS-FINE
alcalino

Este livro foi composto na tipologia Goudy Old
Style, em corpo 12/17, e impresso em papel
Chamois Fine Dunas 80g/m² no Sistema Cameron
da Divisão Gráfica da Distribuidora Record.

Seja um Leitor Preferencial Record
e receba informações sobre nossos lançamentos.
Escreva para
RP Record
Caixa Postal 23.052
Rio de Janeiro, RJ – CEP 20922-970
dando seu nome e endereço
e tenha acesso a nossas ofertas especiais.

Válido somente no Brasil.

Ou visite a nossa *home page*:
http://www.record.com.br